一兵士では終わらない異世界ライフ
著—やおいさん

04
introduction
04
introduction
クーロン・ブラッカス
女性・人族夜髪種
06
introduction
ギシリス・エーデルバイカ
女性・獣人族犬耳種
08
introduction
ワードンマ・ジッカ
男性・妖精族炭鉱種
09
introduction
アルメイサ・メアリール
女性・人族紫髪種

一兵士では終わらない異世界ライフ　登場人物紹介
07 introduction
ギルダブ・セインバースト
男性・人族黒(コクヨウ)髪種
07 introduction
02 introduction
ソニア・エフォンス
女性・人族金(コンゴウ)髪種
01 introduction
05 introduction
エリリー・スカラペジュム
女性・人族黒(コクヨウ)髪種
03 introduction
ノーラント・アークエイ
女性・人族茶(グラン)髪種
10 introduction
01 introduction
グレーシュ・エフォンス（主人公）
男性・人族黒(コクヨウ)髪種
10 introduction
ナルク・ナーガブル
男性・人族赤黒(コクエン)髪種

もくじ
序章 ― 〇〇七
第一章 家族 ― 〇一三
第二章 学舎 ― 〇四一
第三章 皇王戦争 ― 一一三
第四章 閑話 ― 二七一
あとがき ― 二八五
人物設定資料 ― 二八八

一兵士では終わらない異世界ライフ

■著――やおいさん
■イラスト――fu-ta

装丁　坂本知大

序　章

晴れやかな晴天の下……とあるアパートの一室に、俺こと後藤弘(ごとうひろし)は今日も今日とて引きこもり。

もう三十路(みそじ)となるこの歳で結婚はおろか、仕事もしていない。つまりニート。

親の脛(すね)を齧(かじ)って生きるクズだ。俺はそのことを承知している。俺はクズだろう。クズということが分かっているクズだろう。しかし、どうしようもないことというのは確かに存在するのだ。俺は仕事しようとワークがハローなところへ行こうと一歩外へ出た瞬間……震えた。

日の光が俺を照らした途端、俺は動けなくなったのだ。道を行く人々がみんな悪魔に見えた。怖かった。俺はもう外には出られない……そう悟った瞬間だ。

家でもできる仕事を探してみたが、どれもこれも俺にはできない。所詮、俺にはこうやって自室に引きこもってはゲームをする能しかないってこった。

俺は今日も怠惰な毎日を送っている。姉と弟がいるが、既に俺のことを見捨てている。当然だよなこんなクズ……でも母さんは……母さんだけは俺のことを今でも心配してくれている。仕送りもしてくれる。

俺はその好意を受け取る度にクズだと自分を罵(ののし)った。だから、俺は変わろうと思ったんだ。今日も今日とて引きこもり……そんな生活から抜け出してやるんだ。

あまり食事をとらないせいかやせ細った自分の身体には、どの服もダボタボといった感じで合わない。仕方ないだろう。あまり顔を見られないようにサングラスをかける。これでマスクと帽子を被ったら怪しい者この上ないため、さすがにしない。

準備が整うと俺は玄関に行って靴を履く。緊張した。トラウマがフラッシュバックした。でも変わらなくちゃいけないんだ。俺をここまで信じて心配してくれた母さんのために。

俺はなけなしの勇気を振り絞って玄関を開けた。

晴れやかな晴天の下……俺は震える足を一歩一歩進

める。歩みは遅いし、震えは止まらない。そんな俺は周りから奇異な目で見られているだろう……でも何年も歩いていなかったせいで、歩くのが辛(つら)い。歩くだけで精一杯なせいで、逆に周りの目は気にならなかった。

　道行く人々、車や自転車、変わってしまった街並み……俺は少しだけ外に出ることを克服できたのかもしれない。

　数十分歩いたところで疲れて、近くの公園で休むことにした。やはりまだ外に出るのはなれないな……。でも、外に出れた。出られればいくらでも、なんでもできる。まずは母さんのところに……そうだ実家に行こう。

　そしたら、まずは謝るんだ。今までのことを。そしてこれからのことを話すんだ。仕送りしてもらった分のお金は返すんだ。

　それからそれから……姉と弟にも迷惑をかけたし、謝らなくちゃいけないな。

　俺はまだやっと一歩を踏み出しただけだというのに、そんなことまで考えてしまった。でも考えずにはいられない。もしかしたら、これが変われる最後のチャンスかもしれないから……。

　と、公園で子供が遊んでいるのが目に入った。ボール遊びをしていた。自分も小さな頃はあんな風に遊んでいたなと俺は思った。そんな懐かしさについ子供たちを眺めてしまった。傍(はた)から見たら不審者に見えてしまうかもしれないと思った俺は、慌てて目を逸(そ)らした。すると、とある子供が蹴ったボールが道路に飛び出した。

　このとき、俺の中でアラームが鳴った。よくあるシチュエーションだ。アニメや漫画なんかじゃ、こういうときに颯爽(さっそう)と主人公が助けに入るのだろう。

だが、今ここには俺しかいない。

　俺は咄嗟(とっさ)に走り出した。子供は案の定ボールを拾おうと道路に飛び出す。そこへ運悪く車が走ってくる。

　くっそ！　アニメや漫画じゃねぇんだよ！　これは現実だ！

　俺はギシギシと音を立てる身体を無理やり動かして何とか子供を助けようと走った。

車が子供に衝突するその瞬間、俺は子供を突き飛ばそうと手を伸ばした。

「間に合えぇっ!!」

そこで俺は激しい衝撃に見舞われて視界が暗転した。

・・・・・

『亡くなったのは○○県の無職男性、後藤弘さん三一歳。事故の当事者である運転手の話によりますと……』

・・・・・

一面は花畑……青い花だ。もともと花に詳しいわけではないが、見たこともない花だと思う。それでも俺はその花が綺麗だと思った。

俺はキョロキョロとあたりを見回してみる。青い空に星が光っている……不思議だ。地平線はどこまでも花畑。綺麗な花と淡い青色の光に満ちている幻想の世界……そのように俺は感じた。

ここはどこなのだろう？　地獄には見えない……しかし俺のような奴が天国に行けるとは思えなかった。どうしようかと思ったところで俺の前にモザイクのかかった何とも形容しがたい奴が唐突に現れた。

なんだこいつ？

『初めまして。私は神です』

「はぁ……神様ですか……」

なんとも不思議だ……というか唐突。まあ、なんでもいい。神というのなら訊いてみよう。

「俺は死んだんですよね？　ここは……ここは？」

『貴方は死にました。ここは……そうですね。死後の世界と現世の狭間とでも言っておきましょうか』

ふーん……とりあえず納得。まあ、いきなりこんなところにいたら普通は混乱するものなのだろうが、俺はそういった妄想癖があるためにすんなりと理解できたのだ。

そう考えると日本の創作技術が卓越していることに改めて唸らせられる。なぜなら、こうも忠実に幻想の世界を再現できてしまうような二次元なのだ。そのおかげで俺は今、平然としていられると言っても過言ではない。

「それで……俺はこれから地獄に行くんですよね？」

と、言った俺に対して神と名乗るモザイク野郎がきょとんとした後にクスリと笑った。

『地獄に行きたいのですか？』

そんなわけない。

「行きたいわけじゃないですよ。ただ俺は天国に行けるわけないですし……それに生前の償いができていませんから……」

そうだ。やっとこれで償えると思ったんだ。母さんや姉や弟……それに父さんにだって。でも、償う前に死んでしまった。きっと俺が死んでも悲しむ奴なんていないのだろうけど……。

『そうですか……だから地獄に？』

「はい。死んでしまった俺が償えるとしたらそこだけですから……」

神様はもう一度クスリと笑うと言った。

『では貴方に償いの機会を与えましょうか』

「え？」

それはつまり地獄に連れていってくれるってことなのだろうか？　それとも生き返らせてくれるということだろうか？

と、俺が考えたところでその心情を読むかのように首を横に振った。だったらなんなのだろう……。

『生き返らせるのは無理ですし貴方は地獄に行けないんですよ』

「え？　なんで地獄に行けないんです？」

『貴方の死は予定にはなかったんです』

「は？」

おいおい、これはよくあるパターンなのか？　俺が死んだのは無駄死にで、本当はあの子供は俺が助けなくても大丈夫とかそんなオチか？

『本来なら貴方ではなくあの子供が死ぬ予定だった……』

あぁ……それなら俺が死んだのは無駄死にじゃないのか。なら、いいか。

『で、あの子供は死んで天国に行く予定だった。だから地獄には空きがなくってね』

「あ、その子供の代わりに死んだ俺は……」

『そうです。天国には行けない』

そりゃあそうだ。あれだけのクズだったんだ。天国に行けるわけがない。しかし、これは困った。どちらにも行けずここにいるというのも恐らくないだろう。

ではどうすれば？　俺は答えを求める気持ちで神様に目を向けた。

『だから天国にも行けず、地獄にも行けない貴方に償いの機会を与えます。今から貴方は別世界に転生します』

お、異世界転生か。そんなものが本当にあったんだ！と俺は感動を覚えたが直ぐに落ち着く。

そうだ、これは罪を償うためなんだ。浮かれちゃいけない……。

『そして貴方は第二の人生を歩みなさい。どんな風に生きてもらっても構いません。貴方の好きなように生きなさい』

その声音（こわね）は優しく、まるで母さんのようだった。俺は異世界で今度こそ間違わずに生きていこう。

それが償いなんだ。異世界の家族を大切にしよう。一生懸命生きよう。結婚して子供を作ろう。そしたら母さんは安心できるはずだ。

俺は異世界で一人前になる。

そう決心したところで俺の視界は再び暗転した。

第一章

家族

暗転した視界は一変して眩しいほどの光を捉えて、思わず俺は目を閉じた。聴覚はグワングワンと何か音を拾っているが反響しているようでよく聞こえない。誰かが喋っているのは理解できるが何を言っているのかは全く分からない。もう一度目を開けると、やはり眩しいほどの光で、閉じたくなったところをぐっと堪えて目を開け続ける。やがて光に慣れてくると、ピントが合うかのように視界に全てを捉えた。

まず、それはそれは美しい女性が目に入った。日本人には見えない。金髪だし、多分外国の人だ。いや、異世界の人？　まあなんでもいいが……。

チラリとあたりを見回すと木でできた床やら天井やら壁が見えた。木造建築だった。本当に異世界に転生したのか……となると俺はこの美人なお姉さんの子供ってことだよな？

おいおい、まじかよ？　見た目からしたら多分二〇代だろ？　年下の美人のお姉さんをこれからは、お母さんって呼ぶのん？　違和感しかないんだけど……。

美人なお姉さんは、何か言っているがやはり、俺にはなんて言っているのか分からない。多分、日本語じゃないからなのだろう。

兎に角……俺はこれからこの人の子供として生きていくのだ。新しいお母さんだ。今度こそ真っ当に生きよう。

■　■　■　■

生後数ヶ月くらい経ったと思う。何せこの赤ん坊の身体では自由に動けないし、時間なんて分かりようも……なんて思っていたがそうでもなかった。

いつも定時には鐘の音が聞こえてくるのだ。一日にそれが四回ほど聞こえる。それが一日の始まりで、終わりだ。それで、体感時間でおよそ二四時間ほどといったところだ。時間の流れが前世と同じなのはありがたい。

それとこの世界での俺の名前は『グレーシュ』だ。こっちでの母さんが俺に向かってそう言っていたから、多分そうだろう。後、自分を指差して何か言っていたから多分、「ママ」とかそういう意味なんだろう。

だから、そう言おうと思ったが、上手く呂律（ろれつ）が回らなかったために言えなかった。やはり、もっと成長してからではないとダメなんだろうな。

俺のお腹が空くと母さんは直ぐに駆けつけてきて母乳をくれる。美人のお姉さんの生乳やぁっ！　とかいって興奮なんてしなかった。なぜだろう？

前世じゃ生でなんか見たことないし、童貞を貫いていた。そんな童貞が美人の乳を見て興奮しないなんて……もしかすると将来俺は不能に悩むことになるかもしれなかった。

んなわけねぇけど……。

多分、脳の発達……生殖機能が未熟だからだと思う。肉親だからって興奮しない奴っているのか？

うん、人によりけりですねぇ……。

ちなみに、俺は漏らしたりも当然する。この身体は我慢できないようなのだ。そういうときも母さんは直ぐに駆けつけて、下着を替えてくれた。

さて、母さんの話ばっかりだと父さんが可哀想だろうということで、父さんの話もしようか。

父さんは母さんに比べて見た目は普通だった。でも身体つきはいいし、なんだか戦士って感じだ。戦士というか兵士？　そんな感じだ。

怖そうな人相だけど……母さんは父さんと一緒にいるときに、とても幸せそうだったからな。きっと、良いパパさんなんじゃないだろうか。今は、それだけ知れれば十分さ。

あと、俺には姉がいる。姉というと前世の姉を思い出してしまうから苦手だ。そしてこっちの姉も、俺にはなんだか冷たい。見た感じ六歳とかそんな感じだと思う。

そのくらいの子だと両親に甘えたいお年頃だろうに、俺が生まれて母さんは俺に付きっ切り、父さんは基本夜にしかいないためにあんまり甘えられない。

そう考えると姉は、俺のことが羨ましくて仕方ないだろう。つまりは妬（や）いていらっしゃるのだ。そういうわけで、姉との関係はあまり良いとは言えないのが現状の問題だろう。

言い忘れていたが、姉は母さんに似てべっぴんさんだ。髪はやはり金髪だった。そういえば父さんの髪は黒だった。俺はまだ自分の髪の色とか分からんが……金髪には憧れる。

あとは、少しずつだが言葉が分かるようになってきた。前世の記憶もあるからだろうが、赤ん坊としてはかなり早く覚えてきていると思う。

前世じゃ高校中退までは割りかし成績はよかった俺だが……こっちの俺の方が優秀なようだ。

おかしいなぁ……脳味噌は前世の方が発達していたはずなのに……赤ん坊に負けた。

とりあえず、なんか喋ってみるか。

「あーうぅ」

うん、今日もいつも通り言葉は喋れないね？　まあ良いんだけどね。今日もレッツクーイングぅ!!

■■■■■

再び時は経ち……俺は一歳の誕生日を迎えましたと……この頃になると、俺はハイハイで家中を見て回るようになった。ということで、俺の、およそ数ヶ月の成果を報告するとしよう。

まず、この家は一軒家。部屋は寝室と俺が今いるリビング、そして台所といった感じだ。木造建築で食器類なんかも木製だ。なるほど、異世界だなぁ。やっぱり、陶器なんかは高いのだろうか？　そういう先入観はあるな。

寝室には家族みんなで眠れるスペースがある。まあ、ギリギリだけど……俺はまだベビーベッドでおネンネだ。オネショしちゃうからね。

言葉も拙いながら話せるようになった。言葉も理解できるようになったからな。

だからここはひとつ成果を見せてあげよう……。

「まーま」

俺がそう言うと、颯爽と現れたのは我が母親のラエラだ。こっちでの母さんです。美人さんです。母さんです。そして、美人です。

大事なことなので二回言いました。

「どうしたのグレーシュ？」

ラエラママはハイハイしている俺の目線に合わせて、膝を曲げて手を伸ばす。

おかしいなぁ……なぜかママに自動変換されちゃう。ママとか呼ぶ歳でもねぇのに……（精神年齢は）まあいいや。

俺はママンに抱きついて精一杯甘えてみた。するとママンは一瞬驚いたような顔をした後、俺を優しく抱き上げた。

「本当にどうしたの？　いつもはあんまり甘えてこないのに……まあ、でもちょっと安心」

優しく俺に微笑（ほほえ）みかけるママンはとっても美しかったです。それにしても……俺ってそんなに甘えん坊じゃなかったのかしら？　可愛げないかな……うん、もっと頑張ろう。

「ただいま」

と、珍しく父さん……アルフォードパパが午前中に帰宅してきた。まだ鐘は二回しか鳴っていない。

「早いじゃない。どうしたの？」

母さんが訊くと、父さんは困ったような顔をして椅子に腰掛けた。母さんも続けて椅子に座った。

「実は戦争にな……行かなくてはならなくなってな……」

「えっ……」

えっ……と俺も母さんと同じように思わず絶句してしまった。戦争？　平和な国出身の俺にとっては縁も所縁（ゆかり）もないような言葉だった。

「どうして急に……」

「フェルデイナ共和国に前線が押されているようでな。俺の方の師団に招集がかかったんだ。明日には王都へ行かなくてはならない」

「それで今日は早く帰ってきたということね……帰ってこれるのでしょう？」

「も、もちろんそのつもりだ。生まれたばかりのグレーシュやまだ小さいソニアを置いては死ねん」

ソニアってのは俺の姉だ。今は多分学校とやらに行っているのだろう。この間チラッとそんな話を聞いたのだ。

　それにしても戦争か……この世界には普通にそんなもんが存在するんだな。

「だい、じょーぶぅ?」

　俺は、何とかそう声に出した。貴方の息子は、心配してますよーとしっかりと伝えておく。アルフォードパパは虚を衝かれて目をまん丸にしていたが、やがて優しく微笑むと俺の頭を撫(な)でた。

「なんだグレーシュのやつ……今日はやけにラエラに甘えているな」

「そうなの!　さっき私に抱きついてきてくれたの。あまり泣かないし、全然甘えてくれないから心配してたんだけどね……よかった」

　確かに赤ん坊というのはもっと泣くもんなんだろう。でも俺前世持ちだからなぁ……しかし、それによって心配をかけてしまっていたというのは申しわけない。これからはもっとワンワン泣こう……。

　それから、ソニア姉が帰ってきて夜になると家族で食事だ。明日からパパンは戦争か……とにかく無事を祈ろう。パパン!　無事に帰ってきてくれよな!

■■■■

　それから再び時が過ぎて数ヶ月……パパンはケロッとした顔で帰ってきた。心配して損したよ……でも家族の無事は素直に喜ぼう。

　だから、俺はパパンに抱きついた。

　パパンの身体はママンと違って柔らかくない……だけど強さと優しさを感じられた。これが父さんなんだと俺は痛感した瞬間だった。

■■■■

　俺はグレーシュ・エフォンス。

　三歳になった。

　身体が成長して多少なりとも動きやすくはなったが、頭が重くて思うように歩けない。走ったりするとバランスを崩してしまうかもしれない。子供の身体というのは不便だ。

それと、なんだか色々と物事を考えられるようになった。脳が発達してきたからだろうと思う。

ちなみに……エフォンスは我が家の家名だ。確かアルフォードパパの家名だったような気がする。

そんな感じで、最近の俺は三年間でこの世界に馴染みつつある。ということで、ここで近況報告などをしていこうと思う。

この前初めて外に出た。ラエラママのお買い物についていこうと思ったときだ。

まず、エフォンス家は町外れの森に家が建っている。買い物するのに不便だと思いました……。土地税が安いんですかねぇ……？　そこら辺、知らないんですけどね。

外に出てトラウマがフラッシュバックするかと思ったが、そんなことなく問題なく外出できた。

さて、エフォンス家から少し歩くと直ぐに町に着く。そこそこ大きな町ではないだろうか。商人風の人、行き交う人々の多さから、俺はそう思った。

町の中は我が家と違って石造りの家が多かった。レンガが多かったように思う。もちろん木造建築の住宅もあった。住宅だけではなく、お店もたくさんあった。町の大通りには露店が立ち並び非常に賑やかだ。そこも、大きな町だと思った要因の一つでもあったりする。

ママンの買い物は夕食の買い出しだ。それとソニア姉のお迎えだ。ソニア姉はこの町の学校に通っているようだ。

ここで説明しておこう。この世界では一六歳で成人となる。学校に通うのは六歳からで、そっから一〇年間は学校に通わせる。そして成人となると同時に卒業という流れだ。無論、リッチな奴が通うわけだ。そう考えると我が家は裕福な家のようだが……どこら辺が？　……まあ、いいや。

学校で教わることは算術、歴史、語学といった一般教養が中心だ。それから個人の自由で芸術やら剣術やらを習えるらしい。

おっと、言い忘れていたがこの世界にはなんと魔法なるものがあるらしい。正確には魔術というのだが……それも学校で習えるらしい。まあ兎に角、学校には色々と学びの場が広がっているそうだ。

ソニア姉は、一般教養はもちろんやらなくてはならないことだが……それ以外にとった教科が家事、外国語、護身術だそうだ。ママンと話しているのを聞いた限りではこれだ。

家事なんて教科もあるんだなーと俺は感心した。もしかすると、ゲーム科とかあるかもしれない。毎日ゲームする科目だ。

うん、ねぇか。

あったとしても俺は変わると決めたからにはそんな怠けた科目はとらん。今からでもどんな教科をとるか決めておいた方がいいのだろうか？　しかし、正確にどんな教科があるか分からない以上はそうやすやすと決められるものでもないか。

あとは報告することといえば……俺は姉と仲が悪いといったところか。悲しいかな、俺は仲良くしたいのだがことごとく拒絶される。もう僕泣いちゃうよ！

どうにも姉は俺が嫌いらしい。やはり両親が俺を甘やかしていると思っているのだろうか。俺は実際ソニア姉の気持ちがなんとなくだが分かるのだ。俺にあっちで弟ができたときのことだ。凄く可愛いと思った。弟が産まれたときは心底嬉しかったよ。弟ができるんだと思った瞬間、頭がお花畑になった。弟との楽しい生活ばかりが思い浮かんだんだ。

でも違った。当たり前だ。そんなもん幻想に過ぎない。両親は弟を溺愛し、姉も俺じゃなくて弟を可愛がった。なんでだ？　弟が生まれたらもっと楽しくて幸せな生活が送れるんじゃなかったのか？

当時小さかった俺はもっと両親に甘えたかった。でも両親も姉も弟を可愛がった。でも母さんは時々だけど俺の相手もしてくれた……でも、もっと甘えたかった。構って欲しかった。まあ、俺は弟の兄貴だし俺が大人になるしかないと大人ぶったときもあった。でも弟は生意気だったし、俺の玩具をなんでも壊しやがった。それで喧嘩になると怒られるのは俺だ。姉には冷ややかな目を向けられた。まあ、母さんは笑って頭を撫でてくれたけど……。

そんなこんなで俺は弟が嫌いだった。もしかするとソニア姉もそんな感じなのかもしれない。両親は自分ではなく弟を構う……だから、ソニア姉は俺を拒絶するのだろう。

だけど、このままは嫌だ。今度は間違いを起こすつもりはない。俺は弟が嫌いだった。それは両親のこともあるが、弟が生意気だったってのもある。

だからせめて俺はもっと可愛げのある弟になろう。うん……思い立ったら行動あるのみだな。とりあえずソニア姉に甘えてみよう。

ちなみに俺の予想はウザがられるだ。嫌いな相手に好かれても良い思いはしないだろう……？

＜ソニア・エフォンス＞

あたしの名前はソニア・エフォンス。九歳になる。今は学校で食事中だ。昼休みだからね。

あたしが通っている学校はトーラ学舎というところだ。この学校では様々な科目があり一般教養は強制的に学ばされるが他の教科に関しては自由にとっていいらしい。

あたしが選んだ科目は家事と外国語と護身術だ。護身術はお父さんが絶対にやりなさいというから選んだ。だから実際にあたしが選んでとった科目は家事と外国語になる。

外国語を学びたいと思ったのは将来外国に行こうと思っているから。他の文化に興味があるんだよね。家事はやっぱり必須でしょ？　女の子だからね。

時間割りはこうだ。午前中は一般教養の三科目が一科目一時間ずつ授業があり、それから昼休みを一時間挟んでから選択科目である。選択科目は日によって異なる。

今日は家事と護身術だった。

一日の授業が終われば、その後は帰るだけだ。いつも買い物帰りのお母さんに迎えにきてもらって、一緒に帰る。あたしはこの時間が大好きだ。だってアイツがいないから……。

と、思っていたところにあたしはそのアイツがお母さんと一緒にいるところを見て驚愕(きょうがく)した。

な、なんで……。

「ソニア。迎えに来たよ？」

お母さんはいつも通りニコニコした笑顔であたしにそう言った。でも、あたしはそれに返事をすることができなかった。だって……だってアイツがいるから。

黒い髪を目の上あたりまで伸ばした前髪と全体的に少し長めな短髪……幼いながらも整った顔立ち。そう、紛れもなくあたしの弟であるグレーシュ・エフォンスだ。

グレーシュがお母さんと一緒にあたしを待っていたのだ。

悪夢だ……。

＜グレーシュ・エフォンス＞

というわけで今日俺はソニア姉のお迎えにやってきましたよっと……母さんと一緒にね。

現在は帰り道を歩いている。ちなみにソニア姉はかなり不機嫌だ。母さんも困った顔をしている。何か学校であったのだろうかとか考えてんだろうが、違うんだよ母さん……原因は俺です。犯人は俺。

さしずめ帰りのこの時間だけはソニア姉が母さんを独り占めできる時間だったのだろう。その幸福な時間に嫌いな弟がいれば不機嫌にもなる。俺、嫌われすぎな……。

このことが分かっていて俺が母さんについてきたのには、ちゃんとわけがある。作戦があるのだ。そう作戦……その名も『お姉ちゃんと一緒！』

……なんか卑猥(ひわい)だな。まあそれはどうでもいいのだ。俺は第一作戦としてソニア姉にいっぱい甘えようと思う。それでウザがられたら別の方法を探そう。

問題があるとすれば、拒絶されたことで俺の心が折れないかどうか、といったところだ。俺の前世のことを考えるとガラスよりも脆(もろ)い砂のハートなのだ。

それだとひと吹きで消えるな……俺の心。

それはともかく。とにかく実行してみるしかないだろう。

ということではっじまるよー！

俺の脳内でパッパラパッパラパッパラとラッパの音が鳴り響いた後にゴングが鳴った。

俺は作戦を行動に移した。

「ソニア姉ちゃーん！　お手て繋(つな)いでー」

お姉ちゃんと一緒作戦を俺は実行に移した。兎に角、俺は可愛げのある弟になる。生意気なのはダメだ。

俺はソニア姉の隣に立つとそう言って、ニコニコと笑ってみせるのだが。ソニア姉はめっちゃ嫌そうな顔をしていた。やっぱりダメなのか……。

「ほらソニー？　グレイが甘えたがってるよ？」

ソニーとグレイはソニア姉と俺の愛称だ。ソニーっていうとエンターなテイメントが想起させられるが、別に関係ない。あ、当たり前か。

母さんに言われて、ソニア姉は渋々といった感じに手を差し出してきた。よし、ここは愛想よく可愛げタップリに喜んでみせるぞ。

「わ～い」

俺は無邪気にソニア姉の手をとる。五つも年上だがその手は小さかった。背は俺よりもずっと高いのにもかかわらずだ。俺はその小さな手をしっかりと握り嬉しそうに笑ってみせた。が、ソニア姉はプイッと顔を背けてしまった。やはり仲良くなるには時間がかかるようです。

それから俺はソニア姉と手を繋ぎながら、母さんと三人で家に帰る。四つ目の鐘が鳴った後に父さんは帰ってきて、その頃には夕飯ができていた。

いつも通りだ。俺はソニア姉の隣の椅子に座って、向かいには父さんが座る。父さんの隣には母さんが座る。これが我が家の食卓だ。

「では食べようか」

と父さんが言って、みんなで母さんの用意した食事に手をつける。この世界には食べる前に「いただきます」なんていう作法はない。宗教上の問題でやっているところもあるらしいが、少なくとも我が家では言わない。決まりとしては、父さんが食べ始めるまでは食べないというのが我が家の暗黙の了解だ。アルフォードパパは別に食べればいいじゃないか？　という感じだがなんとなくそんな風な習慣ができてしまった。

今日の夕飯はパンとスープに野草だ。パンとスープの材料は先ほど買い物で買ったものだが、野草はそこらへんで採ってきたものだ。この町外れに建っている我が家の周りには、食べられる野草が結構生えているのだ。

別にお金に困っているからこんな質素な食事をしているわけではない。父さんの稼ぎは多い方だという話を聞いた。というか、学校に通わせるくらいは裕福なんだから、そんなことはあり得ない。

しかし、俺も生まれたということで生活費は今までよりも多くかかるだろう。六歳になれば学校に通わせるために学費も払わなくてはならない。

既にソニア姉が通っているために学費は余計に嵩(かさ)む。そのために何かあったときに備え貯金を蓄えており、ちょっと質素な生活をしているのだ。多分……。実際は知らない。だから……決して貧乏ではない。

食事はもちろん美味(うま)かった。母さんの料理の腕前は良い方らしい。父さんがこの前言ってました！　まあでも、こんなに質素な感じでも美味く作れるもんなんだなと俺は感心した。

食べ終わると暇になる。ソニア姉も夕飯を食べ終わると特にやることがないのか寝室に行ってしまう。というわけで、お姉ちゃんと一緒作戦を続行。

「お姉ちゃーん。遊んで～」

俺がペチペチと走り寄ると、ソニアはあからさまに嫌そうな顔をした。

「イヤ」

「え～」

「もう寝る時間だもん。ちょっと考えてよ」

ソニア姉はそう言って鬱陶しそうに俺をシッシと追い払った。俺は仕方ないと思いつつ、最後にこう言った。

「じゃあ一緒に寝てー！」

「イヤ。オネショされたらたまったもんじゃないから」

うん。確かに……しないとは言い切れんなぁ……。

俺は、「ぶー」とできるだけ可愛く不貞腐れて、その日は眠った。

にしてもなんとかならないものかねぇ……。

■■■■■

翌日の朝となった。

俺が起きる頃には既に家族全員が起床している。ママンは朝ごはんを作り、ソニア姉は学校に行く準備だ。

パパンは朝の運動をしているんだろう。この前、パパンが外で剣の素振りをしているのを目にした。なるほど、だから朝ごはんのときには、いつも汗を掻いていたのか。納得ー。

剣術ってカッコいいな……前世じゃスポーツってやってなかったし……なんだったらパパンに剣術でも教えてもらおうか。頼んだら教えてくれるかしら……ちょっと僕行ってくる～。

そういうわけで剣を振っているパパンのところへ俺はやってきた。汗を流し、力強く剣を振るうアルフォードパパの姿はまさに一家の大黒柱。お父さんという感じだ。

俺は憧れた。なんとなく剣術を教えてもらえればいいやと思っていた俺の考えは吹き飛んだ。

「パパ！」

俺が玄関先で叫ぶとパパンは俺に気づいて、首にかけてある布で顔の汗を拭きながら俺に視線を向けた。

「ん？　どうしたんだグレイ？」

優しい声音だ。さっきまで剣を振っていた凛々しい父さんではない。俺は意を決して言った。

「パパ！　僕も剣術覚えたい！」

俺は真っ直ぐ父さんの目を見て言った。こういうとき目を逸らしちゃいけないのだ。タップリ数秒経ってから父さんがゆっくりと口を開く。

「どうしてだ？」

「パパみたいな男になりたい！」

　俺は即答した。アルフォードパパはビックリしたように目を丸くしていた。そりゃそうだ。ガキが男になりたいなんていったら驚くもんだ。

「そ、そうか……」

　アルフォードパパは少しだか嬉しそうに笑ってから俺の頭をガシガシと撫でた。

「そうだな。それじゃあ俺がみっちり教えよう」

　おっしゃ！　俺は飛んで喜びそうになったのをぐっと堪える。

「ただし、剣術は遊びじゃない……絶対に中途半端なところで投げ出さないと誓えるか？」

「うん！」

　もちろん即答だ。その答えを受けて父さんは満足そうに頷いて、二人で家に戻った。と、ソニア姉に睨まれた。ご、ごめんよー？　お父さんをとったわけじゃないんだよー？

　ともあれこれで剣術を習えるのだ。やっぱり家族を守れるくらいは強くなっておきたいよな。

■■■■

　翌日から剣術の修行は始まった。とはいっても最初は体力作りが中心だ。といっても、三歳児だから走り込みといってもヨチヨチとしか歩けないし、筋力トレーニングができるほど身体も発達していないので軽く走ってから軽く素振りといったのが主だ。

　今は素振りしてる。意外と素振りって辛いのね……まだ一〇回くらいだけど腕が上がらなくなってきましたよ。

「こら、集中するんだ」

　あ、怒られた。真面目にやろう。

　こんな感じで朝に修行を見てもらう。そして俺は時間があるときはいつもこれらを繰り返した。反復練習が大事なのだと父さんが言っていたからだ。

　とにかく頑張ろう。前世の失敗を繰り返さないためにも。

ソニア姉との関係は相変わらずギスギスしている。

俺が近づくと嫌がられるし、鬱陶しそうに追い払われる。

さて、そんな俺とソニア姉との間についに事件が起きた。食事をとり終えたときに俺が、「ソニア姉遊んで？」といつも通り甘え、ソニア姉の手に触れると払われた。それも強く。

「もうやめてよ！」

その拒絶の言葉と同時にだ。俺は急に払われて、後ろに倒れ込んでしまった。ゴスッと鈍い音がした。後頭部を床にぶつけたのだ。痛い……これが並の三歳児なら泣き喚いているところだ。

しかし、俺は前世持ちだ。オネショはしても泣き喚きはしない。ただし限りなく泣きそう……だって痛いんだもん。

俺が倒れて直ぐに動いたのは母さんだ。母さんは俺を助け起こすと同時にソニア姉に厳しい目を向けた。

あ、これアカン奴だ。

「ソニー！　グレイに謝りなさい！」

「っ……」

ソニア姉はスカートの裾を強く握りしめた。そりゃあそうだ、母さんは自分ではなく嫌いな弟を擁護してるんだから。父さんも、「謝りなさい」と言っている。味方のいない空間……それほど辛いことはない。

やがてソニア姉は絞り出すように声を出す。

「だって……だってそいつが」

「ソニー」

言い訳しようとするソニア姉を父さんが厳しい口調で遮る。これはいけない。

「なんで……なんでよ……そいつが来てから！　そいつばっかり!!」

ソニア姉は泣き叫んでから家を飛び出した。突然のことでパパンもママンも追いかけることができずにその場に硬直してしまっている。

この場で動けるのは俺だけのようだ。俺は声なく放心してしまっている母さんから離れてソニア姉を追った。後から、「グレイ！」と父さんの叫び声が聞こえたが構わず俺は家を飛び出した。

あたりは薄暗くなり始めている。完全に暗くなったら街灯もないこの世界では、絶対に発見はできなくなる。

冗談じゃないぞ。喧嘩別れなんて！

俺は前世の記憶を頼りにこういうときの対処法を瞬時に思いつく。

足跡だ。

前世と違ってコンクリじゃなくて柔らかな土の地面なら、足跡がつく。狩人は動物の足跡を見て、樹海などで獲物を探すという。

よし、と俺はソニア姉の足跡を探し……見つけた。ソニア姉は森の方に走っていってしまったらしい。なんとかして見つけないとな……。

俺は焦りながら、ソニア姉を捜した。

足跡を頼りに、俺はソニア姉を捜した。あたりは段々と暗くなってきている。時間はない。暫く足跡を追っていくと、森の中の木の根元で足を抱え込んで座る、女の子を見つけた。ソニア姉だ。ソニア姉は、嗚咽をもらしながら泣いていた。俺はどう声をかけるべきか思案しながらも、ソニア姉に手を伸ばした。

「お姉ちゃん」

ゆっくりと肩に手が触れると、ビクリとソニア姉は身体を揺らし、真っ赤に腫れた目で俺を睨んだ。

「あんたの所為……なんだから……」

俺は苦笑してソニア姉の隣に座った。

やがて、暗くなってソニア姉の顔が見えなくなってしまった。

もう帰れそうにないなぁ……。

暫く黙ってソニア姉の隣に座っていると、ソニア姉が唐突に口を開いた。

「ふぅ……ごめん」

俺は驚いてソニア姉の方を向いた。暗いけれどソニア姉の申しわけないという気持ちが伝わってきた。

「どうして謝るの？」

俺が聞くと、ソニア姉は肩から力を抜いて抱えていた足を伸ばし、後ろの木の幹に完全に体重を預けた。

「だって……あんた悪くないじゃん。ただ、あたしが構って欲しくて……それで構ってもらってたあんたに妬いてただけだもん」

どうしたことだろう。ソニア姉は急にそんなことを言ってきた。そうか……一回ブチ切れたおかげで頭がクリアになって改めて、そう冷静に考えてみたのだろう。

そうやって自分で踏ん切りをつけたのか。

「お姉ちゃん」

でも、俺はこういうときどうしたらいいか分からない。前世の俺は踏ん切りなんてつけられなかった。ただ弟が悪いのだと決めつけていた。

俺が子供だったんだ。

そして今、俺は内面の幼さ同様の姿をしている。だったら、やることは一つしか結局なかった。

俺の呼びかけにソニア姉はゆっくりと顔をこっちに向けた気がする。暗いからよく分からない。

そして俺は言った。

「お手て繋いで」

ソニア姉は呆気(あっけ)にとられた後、少しだけ躊躇(ためら)ってから俺の手を探し……そして優しく握ってくれた。

「あんたは……グレイは甘えん坊だね……」

「えっへん」

俺が偉そうにするとソニア姉からクスリと笑い声が聞こえた。

「あーあ……考えすぎていたあたしがバカみたい。あたしね、グレイにお母さんもお父さんもとられちゃったんじゃないかって思っていたの。あたしはいらない子なんじゃないかって……ね。でもお母さんもお父さんも全然そんなこと思ってないっていうのは分かってた。ただあたしよりもグレイの方が構われてたからそうなんだって勘違いしてたの。本当バカだったよ……」

情けないねと言うソニア姉。俺はそんなことないと思う。まだ九歳の女の子なんだ。前世だと小学校四年生だ。ちょっと生意気になってくる年頃でもあるが、それでもまだまだ両親に甘えたいはずだ。こうやって自分が悪いのだと言えるソニア姉は本当に凄いと思う。

俺にはできなかったことだからな。

「いままで……ごめんね、グレイ」

　ソニア姉は俺に謝った。本当は謝ることなんてないはずなのに。

「ううん。気にしてないよ？　これからは仲良くしてくれるんでしょ？」

　無邪気に言うと、ソニア姉は笑って、「うん、もちろん」と言った。よかった……これで和解できた。まあ、ソニア姉が自分で解決してしまったので結果的に俺の行動は、拗（こじ）らせて、引っ掻き回したに過ぎないのだろう。

　まあ、結果良ければ全て良しだ。しかし……。

「どうやって帰ればいいんだろ……」

　ソニア姉は、そう不安げに言った。そこなんだよなぁ……現状ネックなのは。もうあたりはすっかり暗いし、森の中じゃ淡い月の光程度だから視覚情報ゼロ。ついでに、どっちの方角に行けばいいのか分からない……あ、いや。来たときと逆に足跡を辿（たど）っていけば帰れるか……ただし、足跡を視認できればだけど。

「灯（あかり）でもあればねー」

　と俺がなんとなく、ため息交じりに言うとソニア姉が、「それなら」と言って自分の指先に小さな光の球を作った。それは強く輝き、ある程度だが視界を確保することができた。

「わー！　すごーい！」

　一体どうやってんだこりゃあ？　と俺は感心しつつ、きゃっきゃっと興奮してみせた。ソニア姉はどこか誇らしげに胸を張った。が、ここでソニア姉は、「あ」と言って急に光の球を消した。途端に視界が閉ざされる。

「え？　どうしたの？」

　俺が訊くとソニア姉は、「うぅ……」と恥ずかしそうな唸り声を出していた。果て、どうしたのかしらん？

「あ、あたし今……多分酷い顔してる……から」

　そりゃあ、さっきまで泣いていたもんね。

「だから……顔見られるの恥ずかしい……」

「大丈夫だと思うよ？　お姉ちゃん可愛いし」

　俺はそう言ってやった。実際そうだろ？　あのラエラママの娘なんだから可愛くないわけがないのだ。ちなみに俺はどうなのでしょうかねぇ？

パパンとママンのどっち寄りの血でも不細工にはならないはずだ。ママンは言わずもがな、パパンは普通だからな。カッコよくなることはあっても不細工にはなるまいと……。暫くすると、再び光の球が出て、視界が戻った。

「ねぇ、それどうやるの？」

俺が好奇心で訊くとソニア姉はきょとんとした後、「あー」となにか納得したように頷いた。

「そっか。グレイはまだ学校に行ってないから分かんないよね。これは魔術だよ」

「おっ」

ほぉーこれが魔術か。ふーん、便利だな～。

「あたしは魔術の科目はとってないけど家事の科目で習ったんだ」

なるほど。魔術は学校で教えてもらえるのか。しかし、なぜ家事の科目でこんな灯の魔術なんて習うのだろうか……一つ疑問が生まれたが今は気にしないことにする。まる。

「お姉ちゃん。その魔術はどれくらい使えるの？」

「え？　うーん使えなくなるまで使ったことないから多分だけど……そうだね。二時間くらいは持つかも」

二時間……まあ大して家から離れているわけじゃないし、それだけあれば帰れるだろう。とりあえず足跡を探そうか。

俺は足跡を探して、見つけるとソニア姉の手をとって歩き出した。

■　■　■　■

そうやって暫く歩いていると、ふと俺の脳に電流が走った。ふいに来た道を俺は振り返る。

なんだ……この嫌な感じ。囲まれているのか？　人……じゃない、獣だな。それも六匹だ。敵意をもってジリジリと詰め寄ってきている。だが、まだ距離はあった。

俺とソニア姉に向かってジリジリと詰め寄ってきている。だが、まだ距離はあった。

「どうしたの？」

と、ソニア姉はきょとんとした顔で俺を見た。どうしようか。走っていくと足跡を見失うかもしれない。なにせ暗いのだ。ソニア姉の灯はそこまで明るいわけじゃない。

どうしよう……その間にもジリジリと間合いが詰められているのを感じる……え？　感じる？　なぜ俺はそんなことが分かるんだ？　いや、今はそんなことを気にしている場合でもない。

相手は明らかな敵意をもって、俺たちに近づいてきている。このままでは非常にまずい気がする。

「お姉ちゃん」

俺が呼びかけるとソニア姉は反応して、「ん？」と首を傾(かし)げた。説明している時間は……ないか。俺は黙ってソニア姉の手を引いて、足早に歩いた。走ろうが早歩きしようが結局、子供の足では追いつかれる。だから、せめてソニア姉が直ぐに家の方に逃げられるように距離を稼ごう。

俺が黙ってソニア姉の手を引くとソニア姉は困惑したように言った。

「ほ、本当にどうしたの？」

「うん……ちょっとね」

まずいな……さっきよりも相手の動きが早くなってきているのを感じる。この分だと直ぐにでも襲いかかってくるかもしれない。

俺は意を決して、ソニア姉の手を引きながら走り出した。

「ちょっと！　もうっ」

非難の声を上げようとしたのか……しかし、ソニア姉はさっきのこともあったからか口を噤(つぐ)んだ。遠慮することないのに……。

走り出したといっても三歳児のヨチヨチ走りだ。ソニア姉の手を握って走っているためバランスはとりやすいが遅いことに変わりはない。

そして、俺の頭の中でアラームが鳴り響く。完全に包囲された。

「えっ……なに……？」

ソニア姉は怯(おび)えたようにして後ろに下がると背後の木の幹に背中をぶつけた。ソニア姉も気づいたのだ。

そりゃあそうだ、もう姿が見えるんだから。

ガルルルと唸りながら暗闇から姿を現したのは赤い目をギラギラと光らせるオオカミのような姿をした獣だ。ソニア姉はそれを見てさらに怯えるように身をガタガタと震わせた。

「ま、魔物……っ、ベオウルフ……？」

魔物……俺はそれでもう一度オオカミに目を向ける。たしかにオオカミに見えるが少し違う。なるほど、やはり異世界だ。って、感心している場合じゃない。

既に周囲は囲まれている。背後には木があるからまだいいが目の前には三匹の獰猛な魔物がこちらを睨みつけている。万事休すか？　せっかく和解できたってのに……。

と、俺が歯噛みしているとソニア姉が俺の手を強く握って言った。

「ごめんね……あたしのせいで。ごめんね……」

嗚咽を漏らしながら口にした謝罪を俺は黙って聞くしかなかった。

くそっ。どうすればいい？　勇ましく戦ってみるか？　いや、論外だ。俺は三歳児だ。勝てるわけがない。それに今俺の思考は割と冷静だが、身体の方は震えが止まらない。まともに戦うなんて無理だ。

だったら助けを呼ぶか？　どうやって？　いや……もしかすると俺たちを捜しているかもしれない両親が聞きつけてくれるかもしれない。父さんは兵士だ。こんな魔物くらい倒してくれるかもしれない。でも近くにいなかったら？

くそっ……他に何かないか？

そう考えている間にも魔物はジリジリと近づいてきている。もうダメなのか……何かないのかよ！

「ぐ、グレイ……」

恐怖に顔を歪めているソニア姉が、俺の名前を呼んだ。俺もカチコチに固まっている身体をなんとか動かして、首を回す。

「お姉ちゃん……」

どうすればいい⁉　考えろ！　考えるんだ！

考えるべきポイントはなんだ⁉　優先すべき事項は⁉　俺にできることはなんだ⁉

そうしているうちに、とうとう一匹の魔物が飛びかかってきた。

ちくしょう！

俺はなけなしの勇気を振り絞りソニア姉を守るために魔物の前に躍り出た。

ソニア姉だけは絶対に守る！

心の中で俺はそう叫んだ。

その瞬間、ドクンドクンと心臓の鼓動の音がした。俺じゃない。誰のだ？

それから、飛びかかってきたオオカミのような魔物は俺の目の前で口を大きく開いたまま落ちた。噛みつくわけでもなく、ただ落ちた。パタリと……ピクピクと少しだけ痙攣（けいれん）している。

ふと、周りを取り囲んでいた奴らを見ると其奴（そいつ）らは立ったままピクピクと痙攣して、動かない。

続いて、「グレイ、ソニー！」という声とともにオオカミの魔物が一瞬にして切り刻まれて死んだ。そして、その声の主を見て俺は思わず腰を抜かして、へたり込んでしまった。

多分安心したからだ。

そう、声の主は俺の父さん……アルフォードだったからだ。

■■■■

アルフォードパパは駆けつけて直ぐに、六匹のオオカミの魔物を斬って倒した。それから俺とソニア姉を抱きしめた。

「すまない……本当にすまなかった二人とも」

パパンは本気で謝った。

チラリとソニア姉の方を見ると、ソニア姉はピクリとも動かない。目を開いたまま微動だにしないが、やがて意識を取り戻したかのように目をパチクリさせ、目の前で自分を抱きしめる父さんに気づくとうわんうわん泣いて抱きついた。

俺は父さんに抱かれながらも感動的なシーンにうるってしまった。いや、別に怖かったとか、パパンが現れて安心して涙が出たとかそんなことはないです。

全然そんなことないです。

それから俺たちは家に戻った。意外と直ぐについたので、かなり距離が稼げていたようだ。家では顔を真っ青にしたママンがソワソワと俺たちの帰りを待っており、姿を見るや否や、パパンと同じように俺とソニア姉を抱きしめた。

「よかった！　二人が無事で！」

ふぇ〜んと、子供のように泣く母さん……美人が台無しよ？　父さんはそんな母さんを後ろから抱きしめた。

いいなぁ……こういうの。今、こんなことを考えてしまうのは不謹慎なんだろうけどさ……俺は今、愛されてるんだって実感できる。

幸せだなぁ……。

俺はそれを噛みしめるためにも抱きしめ返した。

その後は反省会さ。両親はソニア姉に謝ってソニア姉は俺に謝ってと……俺は所在なさげに誰かにとりあえず謝った。

それが可笑(おか)しくて、みんな笑った。これでもう大丈夫だ。

その日は疲れたので直ぐに眠った。翌日の朝からは、もう普段の日常の光景が広がっている。学校に行く準備をするソニア姉。朝ごはんを作る母さん。そして剣を振るう父さん。

俺も剣の修行をするために直ぐに木刀をとって外に出た。父さんは俺に気づくと笑って呼んだ。

「遅いぞ」

「ごめんなさーい」

全く反省ゼロの俺。しかし、父さんは怒ることなく稽古をしてくれた。まあ今日も素振りだ。せいやっ！　せいやっ！

ふふん？　これはもう素振りの達人と言えるんじゃないのん？

「こら。脇を開きすぎだ」

あうち……パパンに叱られてもうた。どうやら達人への道は険しいようです。それから暫く、俺は剣を振って朝ごはんができたという母さんの声に、俺と父さんは家に帰っていった。

■■■■■

こうして色々あったが一年が経過した。俺は四歳となった。あの一件があったこともあり、俺たち家族の関係は非常に良好だ。

前世の家族との関係はとても悪かった。かなりギスギスしていた。まあ、俺が悪いんだけどな……でも今は、ちゃんとやっていけていると思う。

ある意味、前世の経験のおかげと俺は思っている。兎に角、これからも家族は大切にしていこう。うん。

さて、今俺はソニア姉の下で魔術について講義を教えてもらっている。ソニア姉はどういうわけか、学校の選択科目に追加で魔術の授業もとったそうだ。

理由を訊くと、「何かあったときに魔術が使えると便利じゃん？」と仰せられた。多分森で魔物に襲われたときのことが効いてんだろうな……。

というわけでだ。ここで魔術について話しておこうと思う。魔術というのは俺たちの脳味噌にある魔力保有領域（ゲート）っていうところから魔力を引き出して、その魔力ってのを基礎四元素という物質に変換する……基礎四元素とは〝地水火風〟の四つの元素のことであり、これが所謂（いわゆる）、属性って奴らしい。

この基礎四元素へ変換した魔力が、火の元素なら〝炎〟、地の元素なら〝岩〟を作り出せるなど……そうやって魔力を別の物質に変換する作業を、我々は〝魔術〟と呼ぶらしい。

魔力保有領域（ゲート）に内包された魔力にも属性というのがあって、これは生まれつき決まっているらしい。その属性の魔術を使うときに威力が上がったりとか、消費魔力が減ったりと、いくらかの補正があるそうだ。

逆にその属性以外で、その属性と相性が悪い……相反する属性の魔術には逆補正がかかる。まあ、ゲームでもよくある設定だな。

属性は先述の基礎四元素の地水火風の四つの属性と

雷と氷と光と闇がある。これは特殊四元素と言われている。

　こいつらは基礎四元素の二つの元素を合わせることで生まれるらしい。まあ、今はそんな感じでいいと思う。

　また、魔術には威力や危険度……難易度によって格付けされた階級が存在している。上から、

初級（イージー）
中級（ノーマル）
上級（ハード）
熟練級（エキスパート）
達人級（マスター）
伝説級（レジェンド）
神話級（エンシェント）
夢幻級（ファンタジー）

　以上の八つの階級を〝全八階級〟と呼ぶ。覚えやすいね！

でだ、魔術を使うにはまず詠唱が必要である。この詠唱は先の階級が上がるごとに長くなる傾向にある。が、単純にライター程度の火や灯くらいになる光を作るなら詠唱はいらないらしい。

　詠唱とは、特殊な魔術言語〝ルーン〟と呼ばれる言語を使うことで、魔力を通じて世界に干渉することができるというものである。

　詠唱が必要となるのは、例えば炎属性の初級魔術で【ファイア】があるのだが、これは単純に火を作るだけでなく飛ばしたりしないといけないわけで、その他もろもろの制御をするために必要になるのが詠唱という行為だ。

　中には無詠唱でできる人もいるそうだが……。と、まあ魔術について今俺が知っているのはこんな感じだ。

　そういえば、俺が知っているゲームとかラノベとか漫画だと無詠唱ってのはイメージが大切とかなんとか……。

　俺はなんとなく漫画で見るような地属性の魔術をイメージする。岩がソフトボールくらいの大きさとなっ

て対象に向かって飛ぶやつ。前世の記憶もあるのでイメージしやすい。

俺は魔力保有領域から魔力を引っ張り出す。イメージを作り上げ、そして魔術を発動させた。その瞬間、俺の中から何かがごっそりと抜けていったのを感じた。岩の弾丸は生成されて的である木に向かって飛んでいくのだが、途中でガラガラと粉々になって、宙で消えて、ついでに俺もその場で倒れた。

これは……よくある魔力枯渇とかっていう現象かねぇ？ うわぁ……岩の球を作るだけでこんな倦怠感に見舞われるのか……辛たん。

それから俺が倒れているのを発見して顔を青くした母さんに助けられた。めちゃめちゃ心配されたが、魔術を使ったことは内緒だ。

だって、俺は懲りずにやり続けるつもりだからね！ だって〜やっぱり魔術を使うことは日本男児にとってのロマンなのよん？

魔術のお次は剣術だ。一年経って素振り以外のこともやるようになった。型の練習だ。父さんが俺に教えるのは父さんの所属する軍隊で教わる本気で人を殺める剣術だ。

と、ここで俺は一つ思ったことがある。よくよく考えたら俺はまだあまり周辺状況に関して理解していないように思う。俺はなんという国に生まれたのか。父さんはどこの軍に所属しているのか。あの町の名前は？ ソニア姉の通っている学校は？ 意外にも、俺は知らないことだらけだった。

もっと、よく調べないとな。俺はもうこの世界で生きているのだから。

第二章

学舎

　この世界に生を受けてついに六年が経過した。俺の身体はすくすくと育っていって、背はずっと伸びたけど、前世で言う幼稚園児くらいの大きさなのには変わりなかった。

　さてさて、六歳になったってことはどうなるかお分かりではないでしょうか？　そう！　学校に通うことになりましたのよ！　おほほほほほほっげほ⁉

　俺がこれから通うのは、ソニア姉と同じトーラ学舎という学校だ。トーラ学舎は我が家の付近に立つ町、トーラにある学びの場だ。

　ここでトーラの町について説明しておこう。この町はまず、イガーラ王国に属する町で、貴族の領主が治めている。地方支配は分権的なもののようだ。

　トーラの町は俺の最初に感じた印象と同じで、やはりかなり大きい町だ。たくさんの貴族がいて、商人がいて平民がいて……と、そんなトーラの町に一つだけあるトーラ学舎には様々な子供が入学してくる。

　それは貴族であったり商人であったり平民であったりと多岐にわたる……が、平民にしろ商人にしろ裕福層に限られるけど。

　俺は平民の子供だ。父さんは軍人だから普通の平民よりも権力はあるが、それ以外は普通の平民となんら変わらない。まあ、何事も普通が一番だ。トーラの町は大体そんな感じだ。学舎も特に言うことはない。

　俺は今日からトーラ学舎へ通うこととなる。まず、制服である学校指定の黒を貴重としたローブを着て、俺は身支度を整えた。緊張するなぁ……前世じゃあ高校中退だったからな。この気分を味わうのは本当に久しぶりだ。

　俺は朝ごはんを食べ終えると、ソニア姉と送りに来た母さんと一緒に学舎に向かった。そのとき、俺たちは並んで歩いた。

「学舎って楽しい？」

　俺が訊くとソニア姉は鼻を鳴らし、笑顔で言った。

「うん、きっと楽しいよ」

　得意げである。

ソニア姉は一二歳だ。小学校六年生……そうとは思えないくらい、ソニア姉は女性らしい魅力を持っていた。家族の俺が言うのもなんだが、間違いなくソニア姉は可愛い。やっぱり学舎とかじゃモテモテなんだろうか？

もしかしてもしかして、変な虫とかがソニア姉に変なことしてないよね？　そんな変な虫は変なことする前に俺が処分しよう……。

俺が暗いことを考えているとソニア姉が不思議そうに首を傾げたので俺は誤魔化すように咳払い（せきばら）いした。

全く……俺はとんだシスコンだな。悪い気はしないけど。

「大丈夫だよ。グレイならいっぱい友達ができるからさ！」

ソニア姉はニカっと笑って言った。母さんもその隣でニッコリ笑って頷いている。盛大な誤解をしているようです。ちょっと、良心が痛むなぁ……。

それにしても、友達ねぇ……。

ふと、前世での友達というのを思い浮かべてみた。

世間一般で言うところの友達というのと俺にとっての友達というのは違ったな。

それはネトゲ友達という存在だ。ネッ友ネッ友ぉ～。ほら、友達ってついてるし、友達ってカウントしても、俺はいいと思う。

もちろん、現実の友達なんていませんでしたよ。ええ、だって私はニートだからっ‼　ドヤァっ！

しかし、友達が……そうだな。友達たくさん作ったら、きっと母さんも父さんも安心できるだろう。うむ、そうしよう。

そういうわけで、俺の当面の目標は友達一〇〇人作ることです。そして富士山の頂上で、みんなでおにぎり食べよっと。

「そういえばグレイはなんの科目とるの？」

母さんが首を傾げて訊いてきた。そう訊かれても困る。まだ、どんな科目があるのか詳しく知らないからだ。

「まだどんな科目があるか分かんないと思うよ？　お母さん」

ソニア姉が言うと母さんは、「あ、そうだった」と言って笑い、ソニア姉もクスクス笑った。いいなぁーこういうのいいなぁー。

町に入って学舎の前まで来て、母さんとはそこで別れてそのまま、母さんはお仕事に行くのだろう。確か、軍人の父さんと違って、治療魔術師という……前世で言う医者？　みたいなものだった気がする。治療魔術って呼ぶくらいだから回復魔法的な……？　まあ、詳しくは知らない。

母さんと別れて、残った俺とソニア姉の目の前には学舎の門があった。

「ほら、行くよ」

「あ、うん」

言われるがままについていき、門を潜る。そして俺は中の光景を見て思わず感嘆の息を漏らした。

さすがに貴族の子供が通うところだけあって綺麗で、そして大きな造りだ。

俺がほけーっと眺めているとソニア姉が微笑みながら頭に手を乗せてきた。ソニア姉の方を見てみるとどこか誇らしげだった。

「凄いでしょ？」

「うん」

確かに凄いけどお姉ちゃんが凄いわけじゃあないよ？　でも、それを言うと不機嫌になってしまうかもしれないので喉の奥に飲み込んで、黙って笑った。

入学式は学舎の大きな庭で行われた。庭で整列……はせず入学生たちはおのおの自由なところに立っている。そういう概念がないのだろう。

俺は適当に目立たないところに立った。すると壇上の方に誰かが歩いていくのを見て、くっちゃべっていた入学生たちは、一瞬でシンっと黙り込んだ。

学舎長と名乗る老齢の人物が壇上に上がると入学生からザワザワとした声が広がった。

はて？　どうしたのだろうか。

壇上に上がった老齢の人物は男だ。白髪で顔には老斑点と皺があっていかにも年寄りといった風だ。しかし、人とは違ったところがある。耳だ。耳が尖っている上に長い。

これは異世界特有のあれですね？　エルフっ！

つまりこの世界にはエルフっ娘がいるわけか？　いいねぇ。やっぱりエルフっていうと可愛いんだろうなぁ……ウヒョぉぉぉ！

とまあ、それはとりあえず置いておいてだ。学舎長は壇上に上がってから暫く、入学生を見渡した後に咳払いを一つ……それだけでザワザワしていた入学生たちはみんな黙った。

「私はトーラ学舎で学舎長をしているエドワード・ネバースです。まずは入学おめでとう……それから……」

やっぱり、どこの世界でも校長の話というのは長い。やっと終わったかと思ったところで俺たちは移動させられた。

移動先は学舎内のだだっ広いところだ。円形の……そう屋根つき闘技場のようなところだ。そこに一〇〇人近くの入学生たちが集められた。

これから入学試験なるものをするらしい。入学の合否を決めるものではなく本人の力を見るものらしい。

この入学試験は実技と筆記があり、筆記はこの後にやるそうだ。まずはここで実技。なんの実技かというと、ここで自分の選択科目を選んでその科目ごとの実技だそうだ。

俺は選択科目一覧から何があるのかをまず確認した。ちなみに、既に決まっている奴らは実技試験に入っている。

俺はノンビリとやるかね……お、まずは剣術だな……当然のことだけど。あとは……野営？　なんか面白そうだな。ん、弓術？　俺は選択科目が記載されたリストの一番下にあった科目に目が留まった。弓術っていうと弓か……。

ふと、俺は前世でやっていたモンスターをハンティングするゲームを連想した。よくやっていたなぁ……オンラインプレイとかあったし。

思えば、あれでネトゲ友達も増えたな。

俺はそのゲームでは弓を使っていた。なぜかっていうとなんとなくとしか答えられないけど……。

うむ、弓術をとってみるのもいいかもしれないな。

あとは魔術だな。

そんなこんなで俺は野営、魔術、弓術、剣術の四つの科目をとった。それぞれの入学試験の内容はこうである。

まず剣術だが、これは剣術の先生たちと簡単な模擬戦をするというものだった。俺は剣術の稽古をパパンにやってもらっていたこともあり最初は善戦していた。まあ、手加減してもらっていたってのもあるけどな。後半は体力がなくなって力尽きてしまった。結果は良かったし、先生には褒められたから良しとしよう。

野営は実に面白かった。この科目は、つまりサバイバルの知識を身につける科目だった。というか、野営の先生がとっても美人さんなうえにボンキュッボンな女性だったので、この科目に入ろうと思います。

え？　下心なんてないですよ？　全然ないですよ？

野営の試験は火おこしだ。魔術を使わずに火をおこせって言われた。材料は用意されており、俺は木と木をこすり合わせる古代技術をつかって試験をクリアした。

ちなみにここでも先生に褒められた。美人の先生に褒められてホクホクしました。ホックホック！

その先生というのが、ギシリス・エーデルバイカ……ギシリス先生というのだが、この方は俺たち人族とは違って獣耳や獣尻尾などを生やした、所謂獣人族の先生だ。

ギシリス先生は褐色肌で、少し撥ねた長い銀髪、スラリと長い手足で、身長も高い。何よりも、頭頂部から生えたフサフサな犬耳と、お尻から生えているフサフサな尻尾が可愛いのだ。

そう、可愛いのだ。大事なことなので二回言いました。

ギシリス先生はどちらかというと格好良い。褐色肌の女戦士、アマゾネス……そんな印象を受ける方だ。筋肉もあって、それでいて女性的な肉体美の彼女は、その犬耳と尻尾によってギャップ萌えが発生しているわけだ。

しかも、この犬耳と尻尾……時折、ピクピクと動くのだ。この格好良さで、この愛らしさ……これで萌えない奴はケモナーじゃないから帰れ。まあ、小さいもの好きのケモナーなら仕方ないでしょう。

続いて魔術の試験だ。魔術の試験は的を破壊するというものだった。的を破壊する魔術は指定されており、初級の基礎四元素……地水火風の四属性の内の攻撃魔術だ。指定魔術は一覧で、紙に張り出されており、詠唱するために用いるルーンも載っていた。とても良心的ですね！

いつかの日に話した得意属性……俺は地属性であり、相反する属性は火属性だ。そういうわけで、俺は初級地属性魔術【ロックボール】を選択した。多分、岩の弾丸とかそんなところじゃねぇかなぁ……。

順番が俺に回ってきて、的から数メートルほど離れたところに立った。先生や、他の受験者たちが見ている中で、俺は【ロックボール】の詠唱を始めた。

「〈我が腕(かいな)より・放たれよ〉【ロックボール】」

詠唱の開始とともに、俺の手のひらにソフトボールくらいの岩の球が生成される。イメージ通りな、硬質そうなそれは、俺の手のひらで溜(た)めを作ってから、宙を直進した。

直進した岩の弾丸は、確かな質量と速度をもって、的に向かっていく。そして、中心から少し右側を直撃して、的を破壊した。

周囲から、少しのどよめきが聞こえた。別に凄いことをしたわけではないのだが……初級魔術なら初めてでも、詠唱さえできれば誰でも簡単に発動できるんじゃないかな。実際、今やったし。初級って言っているし。知らんけども……。

ここでもなんだか先生たちに褒められたので、とりあえず良いかな。

最後は弓術。弓を使ってどれだけ正確に的を射ることができるかの試験だ。現実に弓を持ったのは初めてだ。練習したが、弦を引くのにかなり力が必要なのと、狙いが定まらないのに結構苦労した。

ゲームのキャラクターって凄いねっ！　とか思いながらいよいよ本番……と、そんな折に、ふと不思議な感覚が俺に訪れた。

襲ったという表現を使うにはあまりにもしずしずとその感覚が現れたので、訪れたという表現がぴったりだと思う。どんな感覚かというと、まるで視点が一人称から三人称に移り変わって自分を自分で見ているかのような感覚だ。ゲームみたいだ。

すっと身体は機械のように動き弓を引く。

シュンという風切り音とともに矢は飛び、的の中心を射抜いた。それと同時に俺の感覚は一人称視点に戻った。なんだったんだ？　今の……。

これまた弓術の先生もビックリして、それから俺を褒めてくれた。今日はなんだか褒めてもらってばかりだ。

ま、悪い気はしないけどな。

■■■■■

入学してから、俺はトーラ学舎で勉学へ励むこととなった。とりあえず、ここ一ヶ月のことを話そうか。

まずは、一般教養だ。算術に関しては足し算と引き算といった簡単なことをやっている。これでも高校中退するまでは成績はよかった方だ。というか、できなかったらやべぇっての……。

忘れていることもあるが、さすがに足し算引き算で躓く(つまず)ほど頭の記憶力は悪くないつもりだ。ＦＰＳでマップ覚えるのだって、記憶力が必要なんだぞぅ⁉　感覚って人もいるけど……。

ちなみに、俺以外にも貴族は算術の基本はできている。多分、入学する前から家庭教師なんかを雇って学んだのだろう。算術ができない殆ど(ほとん)どは平民だ。裕福層とは言っても、平民は平民……貴族は貴族と、やはり分かれている。

それゆえに、貴族は平民を見下す傾向にあり、平民の生徒たちは教室の隅の方で萎縮(いしゅく)してしまっている。その中に俺もいるのは当然だ。当たり前だろぅ？　怖いし……。

が、そんな貴族に臆(おく)さない子がいた。名前をノーラント・アークエイといって、短めな茶髪が特徴な活気

溢れる女の子だ。今じゃ、我がクラスで少数の平民たちの救いの女神扱いとなっている。今日も今日とて俺たちは虐げられ……、

「ふん、平民風情が僕らと同じ空気を吸っているというだけで反吐が出るよ」

「本当ね」

このクラスの貴族の男女二人組。名前はどうでもいい。こいつらが、いつも俺たちを見下し、暴言を吐いてくる。そんなときに出てくるのが……、

「はぁ？ 同じ教室にいるのは当たり前じゃん。同じクラスなんだから」

やってきた我らが女神のノーラントちゃん。クラスの奴らからは、親しみを込めてノーラと呼ばれている彼女は、今日も貴族に喧嘩を売っていた。

「また君かノーラント・アークエイ。いつも君は出しゃばってくるね」

「いい加減目障りだわ！」

二人でノーラを囲むように立つ貴族。でもノーラは臆することなく、むしろ楽しそうに不敵に笑った。それから暫く口論が続き、やはり最終的に貴族の方がいつも通り折れた。しかも顔を真っ赤にして怒り心頭だ。

「今日のところは見逃しておいてやる！」

「覚えてらっしゃい！」

「覚えたくもないよーだっ」

こうして俺たちに平穏は戻った。みんなでノーラの周りに群がっておのおのお礼を言ったり、あの二人の悪口を言ったりする。ちなみに俺はお礼を言う方だ。

俺、よえぇぇ……。

そんなこんなで歴史の授業の話をしよう。歴史は我がクラス……バリアン組というのだが……の担任であるフェイラス・フェイバー先生が担当だ。彼は眼鏡をかけており、髪は黒の天然パーマだ。

歴史はイガーラ王国を中心にした世界史のような授業だ。

イガーラ王国は、初代国王ビュヒュ・テオド・イガーラ一世によって建国された国であり、建国から現在三世紀ほど経過している国だ。王国の内政は、〝王下四家〟

と呼ばれる四つの家によって取り仕切られており……、
国王として政治を取り仕切る〝テオド〟家。

宰相として国王を支える〝アルマ〟家。

将軍として軍事を取り仕切る〝ノルス〟家。

法律を司り、裁判を行う〝パラム〟家。

以上が、王下四家である。これが国を支えてきた〝公爵〟と呼ばれるもので、さらに建国当初から国を支えている家を〝侯爵〟、重要な役割を任された家を〝伯爵〟……その下に子爵と男爵が来る。

まあ、とりあえずここまで……。

歴史の次は語学だ。言葉は分かっても文字が書けなかったから非常に助かる。イガーラ王国の言葉というのは、国教としている宗教……神聖教の定めた〝神聖語〟というものだ。この世界での言語の区切りというのは、その国で国教になっている宗教によって異なるために同じ言語を使っているところもあったりする。

この三科目が終わったら昼休みだ。最初のうちは友達もできなかったが、今じゃ友達と呼べる奴らが三人できた。気のいい奴らで楽しく過ごさせてもらっている。

午後になると選択科目の授業が始まる。野営と魔術と剣術と弓術の授業は全部楽しいものだった。まずは先生がよかった。特に野営。

あのボンキュッボンな美人の先生……ギシリス・エーデルバイカ先生だから、とっても楽しい。目の保養に加えて、野営の知識も得られるのだから！　まあ、主な理由は前者だったりする。おっと……失言だったぜ。

まあ、こんな風に割と楽しい学校生活を満喫している。まるで生まれ変わったかのように充実しているよ。あぁ、まあ生まれ変わったのだけどね？

今日も俺は母さんとソニア姉の三人で学舎へ向かう。ソニア姉と別れてからは教室に行って友達と駄弁り、フェイラス先生が来てホームルームを行い授業が始まる。

そんな流れで一日は始まる。

いつものようにノーラちゃんと貴族のアホ二人（↑悪口）が口論して、そして授業を受けて昼休み……。だからいつも通り友達と飯を食って午後の授業すらもいつも通り過ごそうとした俺に、今日は変化が起きた。

本日の選択科目は魔術だけだった。その日は課題を二人組で行うというもので、俺がパートナーを探しているると活発そうな茶色の短髪を揺らしながらノーラちゃんが近づいてきた。

ん？　どうしたのだろ？

俺がそう思ったところでノーラちゃんが俺に向かって言った。

「ねぇ、君もパートナー探しているとこ？」

「ん？　うん。普段は二人組の課題なんかないからさ。この授業で仲のいい人いなくって」

「そっか。ウチもそうなんだけど、よかったら組もうよ！　余り者同士さ」

お、まさかノーラちゃんからお誘いが来るとは！ちょうど困っていたし役得だね！

俺はもちろん二つ返事で了承した。

課題の内容はこうだ。二人組で、とある魔術の制御をするというもの。制御する魔術は特殊なもので、ちょっと魔術のコントロールが上手くないと難しい。

なるほど、互いにカバーし合って制御すればいいのか。

俺とノーラちゃんは互いに目を合わせてから魔術を発動させるためにルーンを紡ぎ、詠唱を始める。

目の前に光が生まれ、消えたり、光ったり、変な形になったりしている。これを安定させるのだ。集中……こいつを完成形にしてやればいいんだよな？　光っていて、丸い……。

「へぇ……」

ふと、隣にいるノーラちゃんから声が漏れた。視線だけ送ると、ノーラちゃんが少し驚いたように俺を見ていた。

どうしたのだろう……？

俺とノーラちゃんのタッグは難なく課題をクリアして、その日の授業は終了となった。ふっ、居残りする哀れなものたちよ……さらばだっ！

まあ、今日はソニア姉の方がもう一時間多いから一時間待たなくてはならない。やっぱり一緒に帰りたいしねぇ？

だから、俺は学舎の図書館の方へ向かった。図書館で時間でも潰すかと考えて図書館の方へ向かった。図書館は学舎とは別に建てられていて、とにかく蔵書の数がヤバイ。

図書館に着くと俺が目を向けたのは、まず小説系だ。俺が歴史の本とか無理に決まってんだろ……まあ、この世界じゃラノベもクソもないというかこの世界がラノベみたいな異世界というか……ねぇ？

そんなこんなで適当に見繕った小説をとって読むために、椅子に座り読む。

暫く読み進めていると、俺の向かい側の席に誰かが座る気配を感じた。音も立てずに座った。怪しい……が気にしないことにする。

ふむふむ……はは ぁ～ん。おっ！　意外な展開っ！ラノベほどではないがこの世界の創作物もなかなか楽しめるものだ。いずれ俺が漫画文化でも広めてみようかしら？

と、俺が一人そんなことを考えていると、俺の向かい側の席からクスリと笑う声が聞こえて視線を向けてみるとノーラちゃんがいた。え？　なんで？

「やっと気づいたー」

ノーラちゃんは待ちくたびれたように欠伸をしながら言った。一体いつからいたのだろう？　それだけこの創作物の世界に入ってしまっていたのかもしれない。

まあ、気づいていたんだけど……でも、なぜノーラちゃんは音も立てずに俺の向かい側の椅子に座ったのだろうか。わけが分からない。

「ねぇ、ウチ教えて欲しいことがあるんだけど……いい？」

「ん、いいよ？」

果たしてなんだろうかと俺が首を傾げているとノーラちゃんは言った。

「魔術を教えて欲しいの」

そうノーラちゃんは言った。はて、なぜ？　という疑問符が俺の頭の上を飛んだ。その疑問に答えるかのようにノーラちゃんは続けて言った。

「ウチね、魔術がどーしても上手くならないの！　もっと魔術を上手く使えるようになりたいの！　だからお願い！」

「えっと……なんで僕なのかよく分かんないんだけど……僕より魔術を上手に使える人ってたくさんいると思うんだけど？　それこそ先生とかに訊けばいいんじゃない？」

「君より上手く魔術が使える人はいないと思うんだけど……」

「え？」

俺は思わず素っ頓狂な声を出してしまった。俺より上手い人なんかいないとかなんか言っていたな……聞き間違い？

そう思って俺は尋ねてみた。

「今なんて？」

「だから君より魔術の上手い人なんていないって」

ふむ……聞き間違いじゃないようだ。しかし、俺は魔術の成績は……うん、まあそれなりかな。なんだぁ？　ぼくちん意外に優秀～？　だが、やっぱり過大評価だと思われたので、俺は唸ってから口を開く。

「うーん。やっぱり、僕よりも他の人の方がいいんじゃないかな？」

「だ、ダメなの？」

「いやー僕じゃなんにも教えられないしなぁ」

「そんなことないと思う。だってあんなに制御が上手いのに」

制御？　あぁ、今日の課題のことか。

「単なる初級の魔術だよ」

「それでも凄いの！」

「あ、うん……」

俺はノーラちゃんの気迫に気圧されながらも、なんとなく頷いてしまった。

「どうして、あんな風に上手く制御ができるの？」

訊かれて俺は、「あぁー」と一拍置いてから考えるように顎に手をやって、答える。

「詠唱に必要なルーンを正しい音で発音するんだよ。最初のうちはそれで詠唱して、慣れてきて早く詠唱できるようになったら良いと思う」

「へぇ〜凄いね」

「ん？」

と、唐突にノーラちゃんに褒められて俺は首を傾げた。そんなに褒められるようなことを言ったのだろうか。俺がそのことについて尋ねようとすると、ノーラちゃんは何かに気がついたように窓から外を見て、「あ！」と声を上げた。

「もうこんな時間だ！　色々教えてくれてありがとね！　じゃあまた教えてねー」

「あ、うんバイバイ」

そう言って、慌ててノーラちゃんは帰っていった。

ふと、俺も外を見てみると夕日が落ち始めている頃だった。そろそろ、ソニア姉も終わった頃だろう……そう思ったところで外を眺めていた俺の視線がぴたりと止まった。

窓越しに見える光景は校門だ。その中で生徒たちが下校しているのが見える。が、俺の視界に映ったのは生徒ではなく本来ここにいるにはそぐわないであろう人影だった。

校門近くに植えられた背の高い木の陰に気配を感じる。目を凝らせばそこに背の高い男がいるのが見えた。全身黒色のぴっちりとしたタイツを着込んだ男だ。

怪しい……。

俺がそう考えたあたりで、図書館から出て急いで帰っていくノーラちゃんが視界に入った。ノーラちゃんが校門を出ると人影はそれと同時に忽然（こつぜん）と姿を消した。

慌てて探したがもう学舎にはいないだろう。俺はあの男の気配を探し……そして見つける。ノーラちゃんの近くをぴったりとつけているのを感じる……。

そう、俺は最近気づいたが気配というのを敏感に感じ取ることができるようなのだ。これがあれば夜に怖いテレビとか見ちゃって背後が気になって、「誰だっ！」って叫びながら振り返るようなことをしなくてもいいねっ！

じゃなくて……。

とにかく、そんな特殊能力を身につけた俺は感じ取った気配を追従することもできる。俺はとりあえず索敵スキルと呼称する。

かっこいいいぃいぃいぃ！

あんな怪しい奴がノーラちゃんの後をなんでつけているのか気になるところだ。俺は急いで追いかけるべく図書館を出た。

■ ■ ■ ■ ■

こんにちは皆さん。今俺はストーキング行為をしています。変態じゃないです。下心はないんです。そう……これは重要な任務なんだよ！

だが、傍から見れば怪しいのは俺だろう。しかし、安心して欲しい……実は気配を察知する索敵スキル以外にも自分の気配を消し去る隠密スキルなるものも俺は使えるのだ！

隠密スキルは、索敵スキルに次ぐ俺の能力であり、前世では空気にすらなれた俺の臆病なまでの卑屈な精神から生まれたスキルだ。

ハイディングってカッコいいなって思って編み出したスキルだ。それで俺は気配を消して空気となり、後をつけている。

おい、完全にストーカーじゃねぇかそれ。

まあ、仕方ない。今回はなにせ俺よりも怪しい男がノーラちゃんをストーキングしているんだからな。しかし、何者なんだ？

気配を殺してノーラちゃんの後を追っているところからして、怪しいのは間違いない。そう考えると奴の目的はなんだ？　ノーラちゃんは確か貴族の出じゃなかったはずだし……。

そう考えると誘拐の線は薄いか？　じゃあ変態か？六歳児の女の子に欲情してしまうような変態なんじゃなかろうか？　それが一番当たりかもしれないな。

よし、ここは王子様のように、いっちょ変態からノーラちゃんを守ろう。（↑ガキの発想）

暫くつけていると、やがてノーラちゃんが建物の間……路地の方へ入っていく。路地となると、もちろん人気の少ない道だ。

俺の中で警報が鳴る。この警報が鳴ったときの俺の嫌な予感的中率は一〇〇パーセントだ。この前は宿題を忘れていて、何か忘れているなと思ったときに警報が鳴り、「あ、宿題忘れた」と思い出した。

いやーまじ危なかったよ。危うく怒られてしまうところだったよ。でも他の科目でも宿題忘れていたのでその日は二回ほど怒られた。余談だが野営の課題は忘れたことがない。ギシリス先生に不真面目な生徒の烙印を押されるわけにはいかないからね！

ノーラちゃんと男が路地に入ったところで俺も慌てて路地に入る。すると案の定ノーラちゃんの悲鳴にも似た声が聞こえてきた。

「もうっ！　いい加減にしてよ！」

声が聞こえた方を見ると、ノーラちゃんが全身黒タイツの男に腕を摑まれていた。俺はその瞬間、戦闘モードに切り替わった。

視点が変わり一人称から三人称の視点へ移り変わる不思議な感覚が訪れる。よく分からないが、魔術を使ったり、弓を持ったり、剣を握ったりすると訪れるのである。この感覚が訪れると同時に俺は動いた。

ゆらっと動く俺に、最初に気づいたのは黒タイツの男だった。隠密スキルは発動状態だったので簡単には晴れないはずだったが完璧ではないからな。

俺は魔術を使うために、魔力保有領域から魔力を解放する。

使う魔術は、学舎で習った攻撃性の初級地属性魔術【ロックランス】。ルーンを紡ぎ、詠唱を始める。

「〈荒くれる大地よ・貫け〉【ロックランス】」

頭から足の方へと流れた魔力が地面を伝って黒タイツの男の手前で、地面を槍のように隆起させた。地面から伸びてくる凶悪なそれに、黒タイツの男はノーラちゃんを離すという行程が入ったために避けるのに一歩遅れた。

黒タイツの男は、寸前のところで身体をズラして避けようとしたが、岩石でできた槍は黒タイツの男の腕を掠めた。

俺はすかさず、もう一発【ロックランス】を放つ。が、これは簡単に避けられた。

速いっ!!

男は軽いフットワークで、必要最低限な動きのみで【ロックランス】を躱していく。狭い路地に乱立した【ロックランス】の群れが邪魔で、これ以上は【ロックランス】が使えないというところまで来てしまった。

ここまでで【ロックランス】は何十発も使っている。魔力が結構ヤバい……。対して、男の方は余裕そうである。俺は歯噛みした。

くっそぉ……弓でもあれば。

もちろん、こんなところにそんなものはない。男が一歩を踏み出し、万事休すかと思われたそのときだった。ノーラちゃんから大声で「ストォォォォップっ!!」という声をかけられたのだ。

それで視点も戻ってきて、いつも通りとなった。黒タイツは特に何事もなかったように立っていただけだった。

と、ノーラちゃんは視線を向けると呆れた顔で俺と黒タイツを交互に見てため息を吐いた。えーピンチを助けただけなのになぁー。


危なかったけども……。

「はぁ……とりあえず色々言いたいことがあるんだけど……まず、なんで君はここにいるの?」

「この……いかにも怪しい全身黒タイツの男が君の後をつけていたから気になって……」

「あ、それで……って嘘……まさかお父様のことが見えてたの……?」

恐る恐るという風に訊いてきたノーラちゃんに対して俺は、「うん」と頷いた。何かおかしなことを言っただろうか。ていうか……お父様?

「ねぇ、この全身黒タイツの怪しい男の人はノーラちゃんのお父さんなの?」

「……うん。お父様」

そう呼ばれて……ノーラちゃんのお父さん、もとい全身黒タイツの男は俺の目の前へ来た。

「吾輩はノーラの父、ソーマ・アークエイである」

「あ、えっとどうも……グレーシュ・エフォンスです」

手を差し出してきたので、俺はそれをとって握手を交わした。と、ソーマというノーラの父は俺の名前を聞いて眉根を寄せた。

「お前はアルフォードの息子であるか？」

「え？　あ、はい。アルフォードは僕の父ですが……」

「そうか……ふむ。吾輩の【透明化（インビジブル）】を見破るその器量と先ほどの手合い……アルフォードは良い跡取りができたであるな」

　えっと……いまいちよく分からないな。跡取りって何の話だ？

「あの、父のお知り合いなんですか？」

「うむ。吾輩はお前の父と同じ軍に所属していてな。階級は大師長だ」

　ここで俺の率直な疑問としては大師長って何？って感じだ。と、ここでノーラちゃんがもう一度尋ねてきた。

「ねぇ、本当にお父様が見えてたの？」

「ん？　うん」

「そ、そっか……やっぱり魔術制御といい凄いなぁ」

「え？　そう？」

「うん。お父様の【透明化（インビジブル）】って指定した相手以外からは見えなくなる魔術なの。効果は術者の制御技能によるんだけど……こう見えてお父様は大師長になるくらい凄い技能を持ってるんだよ。それを見抜くなんて凄いよ」

　正直実感が湧かなかった。ただなんとなくだけどこの人がかなり偉い人で、ノーラちゃんはその娘さんなんだということが分かった。

　とりあえず気になったことを訊いておこうか。

「えっと……それでなんで娘さんの後をつけていたんですか？」

「娘が可愛いからだ」

「ん？」

「娘が可愛いからだ」

「あ、一回でいいですよ？」

　つまりあれかこいつ……ただの親バカだったのかよ。心配して損した……と、俺の考えていることとは別にノーラちゃんは俺のことをとても感心したような目で見ていた。

「ねぇ、お父様の魔術を見破った方法は後で聞くとして君……グレーシュって実戦経験があるの？」

「グレイでいいよ。特にないけど？」

なぜそんなことを訊くのか疑問に思ったが、とりあえずは横に置いておくことにする。それから暫く、二人と他愛もない話が始まった。

「本当お父様は過保護すぎなんだよね。さっきも図書館でグレイと話していたときに、ふと窓の外見たらお父様がいるんだもん。ウチ慌てて出ていっちゃったんじゃん」

あぁ、それで急に図書館から出ていったのか。なるほどね。

「吾輩はただノーラが心配だったのだ」

そういうソーマとノーラちゃんの会話に俺は笑いながらも家に帰った。今回はなんだか新しい出会いがあった。初めて警報が外れたがまあいい方に転がるに越したことはない。

ちなみに家に帰って、機嫌を悪くしたソニア姉に土下座したことは言うまでもない。

そういうことだったのね……。さすが俺だわ。

・・・・・

昨日は色々あったが、今日は朝から午後まで特に何もなかった。変わったことはノーラちゃんと仲良くなったことだ。今じゃ気軽にノーラと呼んだりするし、ノーラも俺のことをグレイと呼ぶようになった。

そういえば、アルフォードパパンにソーマについて訊こうと思ったのに、昨夜は珍しく帰ってこなかったんだよな。まあ、いっか。

さて、今日の選択科目は野営だぜっ！　ひゃっほう！　ギシリスさぁん‼

俺はギシリス先生のいる、学舎裏にあるちょっとした森へやってきた。小さいが川も流れていたりして自然豊かだ。まじトーラ学舎ってぼっちゃん校だな。

いつもの場所に来るとギシリス先生が仁王立ちで立っていた。あぁ……その褐色肌に逞しい筋肉と大きなパイの実が素晴らしいですねぇ……。

他にも一緒に野営の授業を受けている女の子が既に

いた。名前はエリリー。エリリー・スカラペジュムという女の子だ。

本日はエリリーと俺の二人と一人の先生によって野営の授業は構成されている。

すくねぇ……。あ、いや……いつもこれだけしかいないわけじゃないよ？　他の授業とのスケジュール合わせの結果、こうなっちゃったんだよね～。本当だよ？

「揃ったな。始めるぞ」

ギシリス先生が、俺とエリリーが揃ったのを確認してから、そう言った。

どうでもいいことを考えていた俺は、一拍遅れてから返事をする。

「あ、はい」

野営の授業は自然で生き残るための術を知る授業だ。野宿するはめになったときなんか非常に役立つ知識だと思う。

エリリーはどうしてこの授業を受けているんだろう？

この娘とは一ヶ月も一緒にこの授業を受けていたので多少なりとも仲良くなっていたりする。

そんなわけで訊いてみることにした。

「どうしてエリリーは野営の授業を受けたの？」

「えぇ？　ちょっと気になって受けてみただけだよ？」

「そうなんだ。てっきり趣味とかで受けたのかなと」

「さすがにこのマニアックな授業を好んで受ける人はそういないんじゃないかな……。人によると思うけどね。兵士を目指している人なんかだと受けるんじゃない？」

「そうだよね～さすがにマイナーだもんね」

「確かにマイナーだ」

「「ふぁ⁉」」

二人で話していたら、いつのまにかギシリス先生が俺たちの後ろに回っていて、そんなことを言った。

怖い……でもあのギシリス先生がこんなに近くにいやがるぜ！　えぇ匂いやのぉ～。

いかんいかん私は紳士なのだから努めて冷静に……。

それからギシリス先生は俺たちに諭すように言った。

「野営はマイナーではあるが、戦場では非常に役立つ知識だ。もし自軍に帰ることができず野宿することになれば自分で糧を得なければならない。そんなときにこの授業で培った知識が役に立つ」

戦場って……ギシリス先生は一体何者なんですか？

その疑問を俺の代わりにエリリーが訊いた。

「戦場って……ギシリス先生って先生じゃないんですか？」

その疑問に対して、ギシリス先生は何か逡巡(しゅんじゅん)するように顎に手をやり、それから暫くして口を開く。

「いい機会だから教えておこう。今日の授業はそれだ」

そう言ってギシリス先生は座った。ちなみに俺たちは今、川辺にある大きな岩に並んで座っていて、その向かい側にある岩の上にギシリス先生は座った。

「私は一〇年くらい前まではイガーラ王国の兵士として戦場に出ていたんだ」

まじですか……ギシリス先生ってなんか普通の先生と違うところがあるなぁって思ってたけど元が兵士だったのか。確かにこう……物腰というか雰囲気が戦う女性だよね。見た目もアマゾネスだし……そう、言うなれば戦乙女(いくさおとめ)とでも言っておこうか。きゃーっ！

ギシリス先生かっこいい！

「とある戦では小師長率いる私の所属部隊は敵の陽動作戦に引っかかってしまってな。敵に囲まれて動けなくなって野宿することになったんだ。そのときは野営の心得があったものがいたため何とかなったがあのときの私の役立たずさが悔しくてな。以来こうして野営の勉強をしているんだ」

そっか。そんな理由で……しかし、

「……なんで兵士やめちゃったんですか？」

俺は恐る恐るそう訊いた。戦場で生き残るために学んだことを生かさず、今は教師をしているギシリス先生に俺は疑問を持った。ギシリス先生は薄く笑って答えた。

「私のように戦場に出るかもしれない子供たちが同じ目に遭わないように教えたいと思ってな。そのときに声をかけてきたのは、このトーラ学舎の学舎長のエドワードだった。今じゃこの職につけてよかったと思っているよ」

　ギシリス先生はそう言って笑った。その後もギシリス先生から野営の有用性について色々聞いた。でも、俺の中では最後にギシリス先生が言った言葉がずっと引っかかっていた。

『この職につけてよかった』

……俺は将来どんな仕事につこうか。間違わないと決めた、この新たな人生。俺はもちろん家族を養うために真っ当な仕事につきたいと思っている。でも、俺はまだこんなにも小さい。早いかもしれないけれど……俺は将来について考えずにはいられなかった。

　野営の授業が終わった後、その言葉は俺の中に残っている。

＜アルフォード・エフォンス＞

イガーラ王国トーラの町の領主館に俺は……アルフォード・エフォンスは昨日から続いている会議に頭痛がする。

　領主館の一部屋を使って行われている会議に参列しているのは、この町の有力者たちだ。俺はその中でもこの会議の一連の出来事を決定づけることができる権力を有している。

　俺はイガーラ王国の兵士で、階級は大師長という。この階級は将軍の次に偉い階級だということを知ってもらえればいい。

　この階級は、戦で功績を順当に収めていったものが辿り着ける極致であり、ここまで来ると爵位も与えられる。俺の爵位は伯爵……そして、このトーラ伯領を牛耳っている。そういうわけで、この会議において俺以上の決定力や発言力を持っているものはいない。

　そんな俺が参加している、この会議の内容は近々起きるであろう隣国との戦争についての話し合いだった。

「およそ三年以内に確実に戦争が始まります。そのとき、この町の防備はどうなさるのですか？」

　という一人の有力者。俺は簡潔に答えた。

「現在会議中だとしか言えん。将軍としては各地に防衛軍を分散させておきたいと仰っている。だが、どうにも軍の中で反対意見が多くてな」

そう、明らかに軍内部での反対派の意見が多い。中には故郷すら捨てて他に防備を回せという輩も出ている。

俺としては裏があるとしか思えない。

「なぜ軍はこちらに防衛軍を配備なさりたがらないのでしょうか？」

「反対派の主張では重要拠点の防衛が最優先だと言っている。理にかなってはいるが、そもそも重要拠点の攻略には三倍の兵力が必要だと知っているだろうに。隣国と我らでは兵力に差はない。そう考えれば無駄なことだというのに、何を考えているか全く分からん。とにかく今将軍が説得を試みている。もう暫く待って欲しい」

大体、俺にもこの町に家族がいるんだ。娘のソニアは一二歳だがまだ子供だ。息子のグレーシュに至っては六歳だ。愛する妻もいる。家族を戦争に巻き込むわけにはいかないのだ。

「ふぅ……これ以上は特にないと見て本日は解散とする」

こうして本日の会議は終わったが今日も帰れそうにない。家族が心配していないといいが……。

俺は会議室に使っていた部屋を出て、自分の執務室へと足を運ぶ。普段は家に帰ってしまうために、殆ど立ち入らないが、こういうときに来ると一番落ち着いて寛げる場所である。

執務室の中は、あまり使わないために特に何も置いていない。掃除などは侍女がやってしまうので、汚れらしい汚れや埃といったものは、特に目にはつかない。

仕事用のデスクと椅子、いくらかの書物……奥の方にはイガーラ王国では高価なガラス張りの窓が閉じており、窓辺に夕日が差し込んでいる。もう、こんな時間なのかと俺は苦い顔をした。

椅子の方へと歩み寄った俺は、深く座り込むと一度、深くため息を吐いた。

「………疲れた」

あまり弱音は吐きたくないが、こう家族に会えない時間が多いとどうしても気が沈む。早く、会いたいものだ。

＜グレーシュ・エフォンス＞

学舎に入ってついに半年が経過しました。皆様はいかがお過ごしでしょうか。私は死にそうなくらい勉強しています。

俺は現在、学舎の図書館を使って勉強会なるものをしている。参加者はこの半年で仲良くなったノーラやエリリーを始めとする同学年の友達だ。この二人以外には俺とよくつるんでいる三人だ。そして、ソニア姉とそのお友達の方々も今回の勉強会に参加している。俺たちの先輩ってわけだ。分からないところは先輩に訊きに行くってことになったんだけど……ねぇ？　なんでノーラとエリリーとお前ら三人は俺に訊きに来るの？

「えー？　だってねぇ？」

「うん。グレイは頭いいし。それにやっぱりタメの方が訊きやすいよ」

ノーラとエリリーは口々に言って他の三人もそんなことを言った。先輩方は苦笑していたが、特に怒ってもないようだ。

「グレイって結構モテんだね。やるじゃん」

「やめてよ、お姉ちゃん……」

肘でつついてくるソニア姉に俺は渋い顔で返し、勉強を再開する。さて、どうして俺たちが必死こいて勉強しているかというと……のこり一週間後くらいに学舎の試しという……いわゆるテストがあるのだ。

この学舎の試しは年に二回。その内の一回目が差し迫っているのだ。ちなみに、この学舎の試しですこぶる悪い評価をとると進級に関わってくる。まあ、それはどちらかっていうと二回目の方に関わることだ。

むしろ一回目の場合は学舎の試しの後に学舎の祭が控えているのだが、今回の学舎の試しの結果が悪いと、その祭に参加できなくなるのだ。それが嫌でみんな必死なようだ。

俺はソニア姉や友達から、その祭がどれだけ凄いかを聞いている。なんでも美味しい屋台とか遊びとか……なかでも目玉なのは闘技大会というものらしい。学舎の生徒同士で闘い、勝ち進んで見事優勝したものにはこの学舎のアイドル的存在……生徒会長のアリステリア様から褒美を貰えるらしい。噂ではキスだとか……。

俺はアリステリア様をまだ一度しか見たことがないが、ソニア姉と同学年にもかかわらず、既に生徒会長という座に座る超カリスマ性を持った人だ。

普通、生徒会長はもっと上の学年がやるもんだろ？ そこがまずアリステリア様の凄いところだ。そして、さっきから気になっているかもしれないが、アリステリア様に対してのこの様付けだ。

アリステリア様はなんと驚いたことに王族の親戚……つまりは公爵様なのだ。彼女のフルネームは、アリステリア・ノルス・イガーラ公爵令嬢様……あの王下四家の血筋というわけだ。俺たち平民と普通こんなところで関わりを持つことは許されないのだが、アリステリア様たっての願いにより、こうしてトーラ学舎で学んでいらっしゃる。

遠目に見たアリステリア様は一二歳とは思えないほど優雅で美しく、キラキラ輝く金色の長い髪に俺はつい見惚れてしまった。

ちなみに、アリステリア様はどんなときでも様付けしないとアリステリア様のファンとか従者に刺されるらしい。気をつけないとね。

そんなわけでもっぱらの噂の優勝の褒美とやら狙って、こぞって猛者たちが出場する闘技大会……それが行われる学舎の祭に参加するには、まずはこの学舎の試しを乗り切らなくてはならない。

まあ闘技大会に参加したがるのは主に男子生徒が大半だけど……。

ともかく、俺たちも先輩方もとにかく必死だ。

「グレイ～この魔術の基礎四元素と特殊四元素の違いが分かんないんだけど」

と、ノーラが訊いてきた。ノーラは闘技大会にはあまり興味はないようだが学舎の祭には出たいという。ノーラも結構頑張っているが、やはりまだ魔術分野は実技も座学も苦手なようだ。

「えーっとね。基礎四元素は僕たちが普段使うような魔術の属性だよね」

雑学として、基礎四元素の地水火風がこの世界の全てを構成しているというのは魔術的な考え方とされている。他にも色々な説があって、こういう分野は割と面白かったりする。

「で、特殊四元素なんだけど……これは基礎四元素から派生して生まれる雷氷光闇の元素なんだよ。


地と水からは氷の元素が……

水と火からは光の元素が……

火と風からは雷の元素が……

風と地からは闇の元素が……


ってな具合にできるんだ。だから扱える属性が二つあると、派生して特殊四元素の魔術も使えるようになるからお得だね」

「「おぉ⁉」」

というのは先輩方……ソニア姉も含めた勉強会メンバー全員の感嘆する声だ。おい、なんで先輩も聞いてんだよ。

「よく覚えてるよねグレイは」

ノーラは俺をそう言って褒めた。なんだよ……照れるじゃないか……。

「覚えるのは簡単だよ」

「どうやって覚えてるの？」

「僕はイメージ記憶で覚えてるよ」

俺は訊いてきたエリリーにそう答えた。人それぞれ勉強の方法はあるだろうが俺はそれを一枚の絵として覚えるイメージ記憶で暗記している。

算術は不得意だが暗記勝負の歴史や語学はこのイメージ記憶でかなり助かったりする。細かく説明するとだ。たとえば、ノートに書いたページ……その全ての位置と書いてあることを覚えるのだ。歴史だったらそれをページ順で覚えれば流れで覚えられるし、語学だったらあれの下にあれがあったなーとかってできる。

少なくても俺は文系科目に対してこれで十分通用している。だが算術は無理。というか算術が嫌いだ。前世でも数学は苦手だった。

なに？ ルートとかいらないでしょ？

まあ、それはともかく。

俺も語学の文法で分からないことがあったので隣のソニア姉に訊こうと思って……でも今は他の人を教えているのでやめた。

ソニア姉は人気者だった。まあ、可愛いしな。それにアリステリア様と同じ金髪だから目立つのだろう。

俺は逆隣に座るノーラに訊くことにした。

「えっとノーラ。ここなんだけど……」

「ん？ あぁ～ここはぁ～」

と、ノーラが俺のノートを覗(のぞ)き込んでくる。その拍子にふわりとノーラの短めな髪からいい匂(にお)いがした。

その瞬間、俺の頭の中で警報が鳴る。

敵襲！ 敵襲！

鳴り響くアラーム。そして、この背中を舐(な)めるようにして押し寄せる威圧感……。

クルリと後ろを振り返れば案の定というか……ノーラのストーカーもといノーラのお父さんであるソーマが全身タイツで相変わらずノーラをつけ回していた。

どんな過保護だよ……。

「ちょっときいてるのー？」

「あ、ごめん」

どうやら俺以外に見えてないらしい。多分【透明化(インビジブル)】を俺にだけ見えるように発動したのかもしれない。もしくは俺の索敵スキルに引っかかったか。

どうでもいいけどノーラに接近しすぎると危ないかもしれない。先日帰ってきたパパンにソーマのことを聞いたのだが……。

『大師長というのは……偉い人だと覚えておけばいい……』

という風に、珍しく父さんが言い渋ったので追及しなかったがソーマにはあまり関わらない方が賢明だろう。

とにかく気をつけよう。

俺は一通り文法内容の確認も終わったので、今度は実技の方の練習だ。保健体育のな……うひっ。

あ、ソーマから威圧感が……。

今日はとりあえず剣術の練習だな。俺は野営も剣術も一緒であるエリリーとともに一緒に練習することにした。

「せやぁ！」

エリリーは木剣を握り、気合いの入った一撃を俺に向かって振り下ろしてきた。だが、残念ながらそんなに速くない。女の子の力だから仕方ないっちゃ仕方ない。

戦闘モードの意識下で、身体をゲームのコントローラーで動かすような感じの俺は受け止めずに半歩足を動かして身体をずらし、エリリーの攻撃を避ける。

戦闘モードの俺はこんな芸当ができるわけだ。ゲームなら負ける気はしないね。格ゲー……どんだけやり込んでると思ってるんだ？

エリリーは驚きつつも、直ぐに切り替えて木剣を横薙ぎに振るう。とりあえず隙があったので、「てい」と全く気合いの入っていない軽い一撃をエリリーの脳天にぶちかました。

「いたぁ」

途端にエリリーは頭を押さえた。あ、やりすぎた？

「ご、ごめんエリリー。強く打ち込みすぎっ」

「隙あり！」

エリリーは叫び、手に持った木剣を振り上げてきやがった。狡い真似を……。

俺は予想していたのもあり、ひょいっと避けると今度は木剣を持つ手を叩いた。エリリーは木剣を取り落とし、慌てて取ろうとしたところを俺が木剣を彼女の首に当てたことで停止した。

「うっ……参りました……」

「はい、参られましたっと」

俺は木剣を引くとエリリーは残念そうな顔で俺を見た。しゅんとしててカワユス。

「どうしてそんなにヒョイヒョイ躱せるの？　みんなは受け止めてくるのに……」

だろうね。避けるという動作は慣れていないと難しい。俺も素の状態なら無理だと思うけどね。しっかし、自分で言うのもなんだけど……この戦闘モードって凄いなぁ。本当に自分をゲームのキャラクターみたいに動かせるんだもの。ただし、身体能力は六歳児だから、超人みたいな動きは無理。

「その技術が羨ましいな」

と、先輩が俺のところに近寄って言った。この人も剣術の実技試験があるらしい。だが俺たちとはレベルが違うために一人でイメージトレーニングをしていたようだがさっきの俺とエリリーの手合いを見て褒めてくれた。

「よかったら俺とも手合わせしてくれないか?」

お、ふむ……ここで上級生の力を見ておくのも悪くないか。きっといい経験になるだろうと思った俺はその手合いを受けることにした。すると、それを面白がった勉強会のメンバーが周りを囲って騒ぎ出し始めた。おい、お前らの勉強はどうしたんだよ……。

「頑張れーグレイ」

「おうっ!」

ソニア姉の応援で百人力だ!

そういう経緯があり、俺と先輩の手合わせが始まった。先に動くのはもちろん俺だ。ここは学ばせていただきたいところ……俺が積極的に動くのが道理だろう。

足に力を込めて一歩踏み込み、間合いを詰めると先輩は驚いたように慌てて一歩引いた。俺はどうしたのだろう?と思いつつ木剣を振るう。そのときになって、俺は罠かっ!と思ったが先輩は俺の攻撃を辛うじて防御したような感じでヨロヨロと下がった。

あれ?

が、きっとこれも俺を油断させる罠だと思い再度詰める。先輩はそんな俺に対して木剣を振り下ろしてきた。エリリーより速いっ!

けど……避けられないほどじゃない。

俺は、なんとかスレスレで躱して、ガラ空きの先輩の喉元に木剣の剣先を突きつけた。そこで先輩が、

「参った……」と言ったので俺は剣を引いた。

……あれ?

手合いをした先輩も笑顔で俺に握手を交わしてくれた。

あれあれ？

「お疲れ様グレイ！　やっぱグレイ凄いよ！　あたしの学年の中でも一、二を争う人をあっさり倒すなんて！」

ソニア姉は興奮しているのか俺に抱きついてきた。あ、最近ソニア姉は発育がいいから……その胸が当たってます……もしこれがノーラだったら俺はソーマパパンに後ろから刺されていただろう。ふぅ……よかったぜ、ノーラが俺に惚れてなくって。

しかし、あれだな。ソニア姉の学年で一、二を争うか……まさか勝つとは思わなかった。…………ねぇ？　俺って、もしかして強いのかな？　強いってことでいいよね？

自信を持って……いいんだよな……？

上級生に勝ってもなお、俺の中には自分自身を信じきることができない不安な気持ちが、心の奥底で押し潰され、固まって残っていた。

■■■■■

勉強会から、およそ一週間後……予定通り学舎の試しは始まって、それから一週間に俺は試験の毎日に明け暮れた。

結果だが、まず一般教養の歴史と語学はかなりの手応えがあった。算術はまあ足し算とか引き算だから余裕だった。

野営の試験は一日だけ自然の中で過ごすというものだ。飯もなければ水もない。全て自分で自然の中から探し、そして生き残るというのが課題だった。俺はエリリーと協力して一日を生き延びた。と、まあこんな言い方をしてはいるがかなり楽しかった。ぶっちゃけ、ギシリス先生の教えを受けた俺らからしたら、一日だけのサバイバルなんてキャンプしてるようなもんだ。むしろ、一週間でも余裕だ。

　こんな感じで野営の試験は乗り越えて、お次は剣術の試験だ。内容は剣術の先生との模擬戦だった。戦闘モードで戦っている所為なのかもしれないが、先生の振るう剣を某幻想シューティングゲームの無理ゲー弾幕と比較してしまい、「あんぱい、あんぱい（↑麻雀用語）」とスルスルと躱すことができた。そのまま、先生を打ち負かしてしまったが先生はむしろ、褒めてくれたし、周りの人たちも俺のことを賞賛してくれていたので良かったのだと思う。

　魔術の試験も同じように先生との模擬戦だ。俺の魔力保有領域（ゲート）から引き出せる魔力はあまりない……が、最近魔術に関して気づいたことがあった。

　地属性の魔術で地面を隆起させる魔術を使ったのだが、これが思いの外強力になってしまい、かなり広範囲の地面が盛り上がってしまった。魔力枯渇を起こすかと思いきやそうはならなかった。地属性が俺の生まれながらの属性ってのもあるだろうが、それだけじゃない。多分地面を隆起させるためだけに魔力を使ったからだと思う。

　火や水は本来この場にはない。それを作り出すのに、まずは魔力を使う。そして制御するのに魔力を使うってことで無駄に魔力を使ってしまうから魔力枯渇が起きる。しかし、地面を隆起させるだけならば、作り出すのに魔力はいらない。しかも、消費魔力も減るという相乗効果によって地属性の俺との相性は抜群だ。おかげで魔術の模擬戦でも先生を打ち負かしてしまった。ここでも褒められた。

　最後は弓術だ。いままで話すことはなかったこの科目……実はこの科目は他のどの科目よりも俺が一番優れている科目である。

　弓術の試験は的の中心を射ること……およそ三〇メートル離れた位置にある的に対して、俺は初手にて中心を見事に射抜いた。そのときの先生や他の生徒の驚きようといったら……。

　そんなわけで俺の学舎の試しは景気よく終わり、ノーラやエリリーも無事に終わったようだ。あの三人はダメだったようだ……はぁ。

ソニア姉や先輩方も無事だったということで、あの勉強会メンバーで学舎の祭を楽しもうという話になった。俺たちとしても先輩方と交流が持てると色々便利なので、二つ返事で了承した。そんなわけで着々と祭の準備が行われている学舎の中は色んな人がせっせと動いていた。

屋台を設営する人。看板を作る人……みんな忙しそうだ。祭は明日……精一杯楽しもうと思う。

にしても、なんか向けられているこの視線は何？学舎の中を歩いていると妙に視線を感じるんだよなぁ……色んな人から。索敵スキルを使わなくても感じちゃうよ。

俺は妙な居心地の悪さを感じながらも、木陰の方に寄りかかりふとため息を吐く。すると、どこからともなく木の枝にぶら下がって逆さで突然登場したのはソーマだった。

「わあっと……ビックリしたなぁ……」

「む？　気づいてたのではないのであるか？」

「え？　うん、そりゃあね」

気づいてなかったらワザワザ木に寄りかかったりしない。感じていた視線の中に、ソーマの視線を感じた俺は何か用でもあるのだろうと思って、こうしてここまで来たのだ。

「でも、急に出てきたら誰だって驚きますよ？」

「本来、吾輩が出たところで気づかないがな」

少し悔しそうなソーマは俺をジト目で睨んできた。あれ？　意外とプライドを傷つけていたん？　ごめんなさい……。

「はぁ……そうですか。えっと、それで何か用でした？先ほどから、どうも僕と接触したがっていましたけど」

俺が単刀直入に尋ねると、ソーマは頷きつつも懐（ふところ）を弄（いじ）り始めた。

「あぁ。これを」

そう言って逆さのまま懐から紙を取り出して、それを俺に渡してきた。受け取って中を確認すると、まず俺は目を疑った。

「え……アリステリア様？」

差出人がアリステリア様だった。これは……どういう？

紙に書いてあることはこうだ。

『生徒会室に来てください。お待ちしております。

アリステリア・ノルス・イガーラ』

お、お嬢様から直々のお呼び出しかよ……なんか嫌な予感がするなぁ……。

「なんでソーマさんがこれを？」

「詳しいことは言えないが……吾輩は常にアリステリア様のお側に控えているのである」

護衛か。俺はてっきりソーマのことをただの親バカの変態ストーカー野郎かと思っていたが普通に仕事してんだな。しかも、公爵の護衛だ。大師長とやらはかなり偉いらしい。

ん？ 偉いなら逆に護衛とかしなくね？ はて？

気にはなったが、詳しいことが言えないと言っているのだから、訊いてみるだけ無駄な労力だと思われる。

「あぁ、それと……吾輩の娘にあんまり近づくとぶち殺す……」

それだけ言ってソーマは、ヒュインと消えていった。気配は学舎内にあるので大方アリステリア様のところだろう。つーか、あの親バカ……やっぱりただの変態ストーカーだったか。

消え去ったソーマの影を呆れ顔で見ていると、不意に後方から聞き慣れた声が聞こえてきた。

「あ、いたいた」

「ん？」

声が聞こえたのでチラリと視線を移動させると、手を振りながらこっちに走り寄ってくるノーラがいた。その後ろにはエリリーがノーラに追従するように走り寄ってきた。

この二人は最近仲がいいなぁ。

「どうしたの？」

「えー？ いや、特に用があったわけじゃないよ」

「うん。ただグレイがいたからなんとなく声かけただけだから」

「そっかー。ところでノーラ、ソーマさんって生徒会長の護衛なの？」

「えっ……なんで知ってんの」

一瞬固まったノーラだが直ぐに訊き返してきた。

「さっきソーマさんに会ってね。こんな手紙をもらったんだ」

俺はさっき受け取ったアリステリア様の手紙を見せる。するとノーラとエリリーがなぜか不機嫌になった。

ぬ？

「なんかこれ……ねぇ？」

「そうだね。まるで告白の呼び出しみたい……」

「ん？　いや、違うと思うよ？」

「ちょっ、なんで言い切れんの！」

大声を張り上げるノーラ。俺は思わずビクリと身体を震わせてしまった。

「なんでって……アリステリア様だよ？　しかも会ったこともなければ話したこともないし」

「じゃあもし告白されても絶対受けたりしないよね？」

「な、なにを？」

「だ、だから……その……」

「つまりは交際しないのかってこと！」

珍しくモジモジして言い淀むノーラの代わりに、エリリーが答えた。

にしても交際ねぇ……。

「しないよ」

俺はきっぱりと言ってのけた。すると二人の表情が見るからにパアッと明るくなった気がした。えっと……なんだろう。この二人可愛いなぁ……。表情がコロコロと変わるからだろうか。

「でも……どうして？　アリステリア様だよ？」

「そうそう！　みんなの憧れだよ？」

ノーラとエリリーが、再び詰め寄って問いただしてきた。付き合って欲しいのか、欲しくないのかどっちだよ……。俺は一つだけため息を零すと、振り返って二人に手を振った。

「じゃあ、行ってくるよ」

後ろからガヤガヤと何か言われているが気にしなーい。ふと、俺の脳裏に二人のことが思い浮かんだ。

普段は馬鹿なことを話したりして一緒に笑い合うノーラ。

ギシリス先生の野営の授業をともに受ける同士のエリリー。

二人から感じる好意が俺は素直に嬉しい。残念だったねぇ。俺は鈍感系じゃないから、分かってしまうものなのです。どうしよう……好意を向けられるとこんなにも可愛がりたくなってしまうんだな……。しかし、何というかな……今はあまり恋愛に時間を取られたくはないんだ。

いつかは結婚したいとは思っている。一人の女性を愛して、生涯を共にすることに憧れる……それが俺の中での真っ当な生き方だ。でも、今は……そういうのは、いらない。まずは、家族第一がモットーだから。

俺がそんなことを考えている間に生徒会室に着いてしまった。扉を叩く。ノックしてもしもーし。

『どうぞ』

と、聞こえたので俺はゆっくりとドアノブを回し、扉を開けて入室する。

「失礼します」

後ろ手に扉を閉めて生徒会室の中を見ると、なんだか社長室みたいなところだと思った。そして奥の方の豪華な革の椅子にはアリステリア様が座り、その隣には学舎の制服を着た男……かなりのイケメンである。

ソーマさんの気配も感じるので本当に護衛だったようだ。

「ようこそ生徒会室へ」

見目の麗しさもさることながら、声までも凛（りん）として美しい。こういう人って王女様とかそういうキャラだと思うけど公爵なんだよね。

「まずはそこにおかけなさって」

「ありがとうございます」

俺は言われて、アリステリア様に対面するようにしてソファに腰掛ける。

「本日はわざわざありがとうございますわ。わたくしはアリステリア・ノルス・イガーラですわ」

「あ、こちらこそ。お呼びいただいて大変恐縮しています。グレーシュ・エフォンスです」

「ふふ。楽になさって結構ですわ。わたくしはグレーシュ様と是非とも仲良くしていきたいと思っていますので」

　チラリと横の男に目を向ける。

「わたくしの従者ですが……なにか？」

　楽にと言われても……ふと噂が頭をよぎった。アリステリア様に粗相があったら、ファンやら従者やらに後ろから刺されるという……。

　アリステリア様の言葉に俺は首を振った。

「い、いえ。あの……アリステリア様の従者ならばあり得ないと存じますが、以前ちょっと貴族様とトラブルがありましてね」

　所詮、噂は噂でしかない。相手に直接言うのも憚られたので、適当に誤魔化しておいた。

「そうでしたか。アイクは大丈夫ですわ」

　と、イケメン従者のアイク君は俺に頭を下げて一礼した。俺も慌てて頭を下げた。

「ふふ。さて、そろそろ本題に入ってもよろしいかしら？」

「あ、はい」

　言われて俺は気を引きしめた。なにを言われるのやら……。

「折り入って頼みたいことがありますの」

　改まった顔をするアリステリア様だが、表情は朗らかに笑っている。ここから何を言われるのかと俺は身構えて、固唾を飲んだ。そして、アリステリア様の美しい唇で、その言葉が紡がれた。

「闘技大会に出ていただきたいの」

「……ん？」

　俺が首を傾げるとアリステリア様は、ふっと笑った後に続けた。

「いきなり言われても仕方ないわよね。説明するわ」

　チラリとアイクに目を向けるがアイクは微動だにせずジッとこちらを見つめて立っている。

　ちっ、さっきから威圧してきやがるな……。

「まずは……そうね。グレーシュ様は闘技大会の優勝

賞品が何かご存じでしょうか？」

「僕はアリステリア様のキスだと聞き及んでいますが……」

正直に言ってみると、アリステリア様は額に手をやってため息を吐いた。

「やっぱり……」

ガックリと項垂(うなだ)れるアリステリア様。あぁ、やっぱりデマか。ちぇっ、期待して損したぁー。

「その噂……物凄く広まっているらしく、もうわたくしでは収拾できなくなっていますの」

「大変ですねぇ」

「た、他人事みたいですわね……」

実際他人事なんですよ。

「それで、グレーシュ様には闘技大会で優勝していただきたいのです。そうすれば、わたくしのキスは守られるし、優勝したらグレーシュ様も自慢できますでしょ？」

「僕、名声とかは別に興味ないんですけど」

「では、なにか褒美を与えますわ。もうグレーシュ様しか頼れるお方がいないのです……」

ふと、俺は首を捻(ひね)った。俺しかいない……？ そんなはずはない。この学舎には最強と呼ばれる剣士がいるはずだ。俺も一度だけ見たことがある。学舎の最高学年だから一六歳……六歳の俺らとは格段に違う体格差を見せられて俺はビビっていた。トーラ学舎最強という……ギルダブという男子生徒だ。髪は長めだが、屈強な身体と相俟(あいま)ってむしろ威厳を感じさせていた。赤い瞳は血のようで震え上がった。一目みれば強いと分かる……そういう人だ。

「僕以外にギルダブ先輩など……もっと強い方はいらっしゃるのでは？」

「あら。まだ学舎に来て半年だというのによくご存じですのね。たしかにギルダブ様は名高いですからね」

そんなアリステリア様の目は恋する乙女だった。たしかにギルダブさんくらい強いとモテたりするんだろうな。

まあ、雲の上の人は俺と関わり合いなんて持たなそうだけど。

「では整理しますが……僕は闘技大会に出て優勝してアリステリア様のファーストキスを守ればいいんですね？」

「ふぁ、ファースト⁉」

その反応に俺は思わず顔を顰めた。

「え？ まさかご経験が……」

「ありませんわ！」

「ですよねぇ」

アリステリア様と俺はそれから少し笑って、再び話を戻す。

「それでお受けしていただけまして？」

「ええ、お受けいたします」

「では褒美の件ですけれど……」

「必要ありませんよ。強いて言うならアリステリア様の初めてを守ることが僕への褒美ってことで」

そう言ってやるとアリステリア様は目を丸くして驚いてから優しく微笑みかけてきた。

「六歳とは思えませんわね。グレーシュ様のような年齢でそんな殺し文句を言ってはいけませんわ」

俺は肩を竦めて心外だと身体で表現した。というか、褒美なんてそもそも必要ないのだ。

「僕、元々言われる前から闘技大会には出ようと思っていたので、褒美なら優勝賞品でお願いします」

そういうわけだ。言われる前から出場する予定だったのだから、褒美を貰うなんて間違っている。俺の意図を察したのか、アリステリア様は感心したように頷いた。

と、こんな理由で俺は闘技大会へと出場することになった。やっぱり面倒なことでしたよ……。

＜アリステリア・ノルス・イガーラ＞

グレーシュが去った後に生徒会室に残ったのは、アリステリアとその従者アイク。そしてアリステリアを陰ながら日々護衛しているソーマだった。

「……ふぅ、どうでした？」

アリステリアは横で立っている従者にそう訊いた。

「ええ、とても六歳児とは思えませんね。私の威圧を受けても全く動じていませんでした」

「そうですか……」

と、その会話に割り込んでくるように陰からソーマがヒョイと姿を現した。

「吾輩の存在にも気づいていたようだ」

さも、驚きのように言うソーマ。アリステリアもアイクも信じられないようなことで顔を顰めた。

「イガーラ王国軍の大師長であるソーマ様の【透明化(インビジブル)】を見抜くことは容易ではないはず……それこそ六歳児では不可能なはずですわよね？」

「はい。私では少なくともできません」

アイクは肩を竦めて言った。大師長とは軍階級の中で将軍の次にある階級……つまり、上級階級だ。ここでこの国の軍階級を確認するが……

上から、

将軍

大師長＝宮廷魔術師
中師長＝魔術師
小師長

大師兵
中師兵
小師兵

特等兵士長
上等兵士長
兵士長

特等兵士
上等兵士

一等兵士
二等兵士
三等兵士

四等兵士

以上が軍階級である。その頂点に君臨するのが将軍で次が大師長と呼ばれる戦争の重鎮たちだ。

貴族の中にはお金の力で有無も言わせず軍階級の身分秩序に割り込んでくる愚か者がいるがそれが可能なのは大師兵までだ。

小師長以上となると戦争での功績が必要となる。それは武力であったり知力であったり様々だ。そして大師長とはその戦争の功労者の中の頂点……何かの分野で群を抜いたエキスパートたちだ。

ソーマは潜入や工作員として敵地に侵入するのに特化した能力を持つ。その一つとしてソーマが磨いた魔術【透明化（インビジブル）】はかなりの練度だ。それを見破ることができるグレーシュという子供が、アリステリアには理解できなかった。しかし、こうして実際に会ってみてアリステリアは感じた。

「グレーシュ様の実力は本物ですわね。アイクは二〇歳……若いですけれど軍階級は既に中師兵の実力。そのアイクの威圧を物ともせずにわたくしとの会話をやり遂げた。普通ではありませんわね」

だからこそ、とアリステリアは続けた。

「わたくしは彼が欲しいですわね……」

アリステリアの目的というのは、優秀な戦力の導入である。今日、グレーシュにお願いしたことなど建前にしか過ぎない。割と適当に作った嘘である。

真の目的は……グレーシュと学舎最強の剣士であるギルダブを戦わせることだ。

その理由としては、噂で聞いたことがある限りのグレーシュ・エフォンスではなく、真の実力を見定めたいというものだ。

アリステリアは軍事を司る王下四家……ノルス家の長女であり、将来は結婚させられるか、将軍位を継ぐかのどちらかである。普通は政略結婚に使われるはずの女……それにも理由がある。

現在のイガーラ王国軍の内情は非常に切迫していて、軍のなんたるかを知らず、ただ政治介入を目的とした貴族の乱入によって軍内部の秩序がおかしな方向に走り始めた。

近々起きるであろう隣国との大戦に備えた各地への防衛軍配備に関しても、自分の身可愛いさに自分のいる街に防衛軍を回そうと根回ししている。そのおかげで防衛軍の配備にかなり手間取っている……とアリステリアの父であり将軍であるゲハインツが愚痴っているのをアリステリアは毎晩のように聞いていた。

ゲハインツは民のことを重んじる男で、王族に忠誠を誓う由緒正しき武人だ。貴族のあり方を体現したその姿に、アリステリアは父親としての尊敬の念を抱いている。そんなゲハインツが愚痴ってしまうほどに軍は荒れている。

そんなわけで、今は下手な貴族と結婚させるわけにもいかない上に、ゲハインツという人物がそういった人物というのもあって、粗方アリステリアの好きにできたりするのだ。

アリステリアは恋愛結婚を望んでおり、かつ将軍位を継ぐつもりでもある。民を守る父親のような人間になりたいというのが、常日頃からの彼女の格言だ。

学舎を卒業する残り二年で、自身の師団を編制しようと思っているアリステリアは、こうして候補者と会ったりしていた。が、学舎の生徒でこのような候補者が見つかろうとは思っていなかった。人柄重視で探していたとはいえ、ある程度強いことも必要なのである。それが、六歳児……。驚きを隠せないのも無理はない。

「今は少しでも戦力を集める必要があります。……彼のような幼い子を戦争に連れ出すのは心苦しいですけれど」

「仕方ない……といって済ませられませんがね」

アイクの皮肉にアリステリアも思うところがあったのだろう。苦い顔をした後に言った。

「大体！　わたくしは最近の貴族の振る舞いが気にくわないんですのよ！　貴族の本来あるべき姿とはお父様のように民を思い、民のために戦うのが貴族です。所領を治めて、民を導く……それが貴族なんです。それなのに無様にも保身に走り、あまつさえ守るべき民を見下して傲慢に振る舞うなんて貴族の恥ですわ！」

アイクは暫くアリステリアの愚痴を聞きながら苦笑

していた。アリステリアが愚痴って満足したのを確認してソーマが声を発した。

「しかし……アルフォードが息子を軍に入れるのを許可するとは思えんな」

「確かに……」

「え？　どうして……なのです？」

アイクは訊いてきたアリステリアに神妙な面持ちで答えた。

「アルフォード大師長って家族に自分の軍での立場だとか所領管理に関して、それに爵位のことまで隠しているようです。それに加えて町での自分の軍人としての……また、伯爵としての活動を家族に見られないようにと町外れに住む徹底ぶり……」

「家族を軍に関わらせないようにしているとしか思えん」

「うっ……そうなると彼を軍に引き込むのは難しいですわね……」

アリステリアは非常に残念そうに顔を歪めた……が、直ぐに恥じらうように身体を自分の腕で抱いて顔を赤らめた。

そんな艶(なまめ)かしい姿に一二歳とはいえ美しいアリステリアに思わずアイクはドキリとしてしまった。それからアリステリアは震える口を開いた。

「さ、最悪……男の人ならわたくしの身体で」

「やめてくださいお嬢様っ!!」

生徒会室にアイクの叫び声が響いたのを誰も知らない。

＜グレーシュ・エフォンス＞

こうして幾日かが経過し、学舎の祭の日がやってきた。学舎には色々な屋台が並び、様々な催しがなされていた。

「ちょっとアレ見てよ！　やばくない⁉」

ノーラの発言に、お前は渋谷のＪＫか、と内心ツッコミを入れた。ノーラは初めての祭でかなり興奮している様子だ。その横で、はしゃぐ友人を苦笑交じりに微笑みながら歩いているエリリーがいた。

　俺はそんな二人の後ろを数歩離れた位置で歩いている。

「なんか新鮮な感じ」

　というのは俺の隣を後ろで手を組んで歩いているソニア姉からだった。学舎の制服が映える綺麗な金髪が、微風で靡く（なび）のを、俺は横目で眺めながら訊いた。

「なにが？」

　ソニア姉は片手で靡く髪を押さえながら、なんと言ったらいいのか迷っているのか微妙な面持ちで答えた。

「んーグレイがいるってことが……かな。今までは友達と回っていたし。それに……あたし、九歳頃までグレイのこと嫌いだったから。そんなグレイと一緒にお祭を回っているなんて、新鮮だなーって思ったの」

　今では懐かしいですね。三年前のことですもんね。私としては、もう姉弟喧嘩なんてしたかないですわね……。俺は自嘲気味に笑い、それからソニア姉の前に踊り出て、居住（いず）まいを正した。

「じゃあ、せっかくのお祭りだし……楽しみませんか？」

「ん……そうだね」

　俺が紳士っぽく手を差し出してみると、ソニア姉はまるでお嬢様のような仕草で、俺の手の上にそっとその小さな手を置いた。

　あぁ……小さくて柔らかい……でも、興奮はしない。近親相姦（きんしんそうかん）は嫌いじゃないけど……多分、本当の姉弟なんてこんなもんなんだろうな。

　俺とソニア姉がクスリと笑い合うと、どこの屋台で買ったのか綿飴（わたあめ）を、ノーラが三本ほど持って俺たちのところに戻ってきた。後ろでは一本の綿飴を持って、それを食べながら歩いてくるエリリーがいる。

「はい、グレイとソニア先輩に」

　ノーラはそう言って綿飴を二本差し出してきた。うむ、ありがたくいただこう。

　ちなみに、この綿飴はこっちの世界じゃあ、カミユルスパイダーの糸という。つまりは蜘蛛（くも）の糸です。うげぇ……でも甘い。僕は甘党だから、どんどんカモンだぜ？

「あ！」

四人で屋台などを見ながら歩いていたところ……唐突に、とある屋台を指差して、エリリーが叫んだ。

「どうしたんエリリ〜」

「ほら、見てノーラ」

「ん？　射的屋さん？」

エリリーが指差す方向には射的屋がある。前世ではコルクを飛ばす鉄砲だったが、こっちの射的は、もちろん弓だ。大体二〇メートルくらい離れたところにある景品を射抜けば景品ゲット……ふむ。

「ちょっと待っていて」

そう言うとノーラとエリリーが期待の眼差しで俺を見つめてきた。ふっ……やらんよ？

ソニア姉は首を傾げていたが、俺が射的をやるというのに気づいて、「頑張って」と一声応援してくれた。

よぉしっ！

俺は射的屋のおじさんに銅貨を一枚渡す。すると弓と先っぽが柔らかい矢を二本貰った。チャンスは二回ということだ。

まずは、第一射目だ。俺は集中するために一旦目を閉じる。そして開けたときには視点が切り替わっていた。三人称視点……戦闘モードと呼んでいる状態だ。この状態の俺は、まるでゲームコントローラーで自分の身体を動かしているかのように身体が動く。未だに、どうしてこんなことができるのかは不明だ。

まあ、今はどうでもいいが……さて何を狙おうか。ふむ……ん？　あの左隅の、ソニア姉が好きそうな色のアクセサリーだな。ソニア姉が好きな色は黒色だ。昔はピンクとか、女の子らしい色だったが……いつからか黒色の物を好むようになったのだ。髪留めも黒色が多いし……。よし、そうと決まればだな。

俺は弓を引いて、特に溜めもせず、ヒュンッと矢を放った。少しだけ山形に景品に向かって飛んでいく矢は黒のブレスレットにジャストヒットした。

「おっ、おめでとさん」

と、店主は言って俺に景品である辞書を渡した。

「えーブレスレット？」

「うわーヌイグルミを期待してたのにー」

女性陣……主にノーラとエリリーの非難が俺に集中した。欲しけりゃあ自分でやれよな……。

「いや～いい腕してるなぁ、坊主」

「た、たまたまですよ……」

苦笑いしながらも、店主のおっちゃんから黒のブレスレットを受け取った。

肌触りは滑らかで、何が使われているのか気になったが、とりあえずソニア姉にプレゼントしてしまおう。

俺は黒のブレスレットをソニア姉に手渡した。

「え……いいの？」

「うん。ソニア姉、黒色好きでしょ？」

「でも……」

「もらって。僕は使わないいし」

ソニア姉は遠慮がちだったが、最後には俺の好意を受け取ってくれた。

「ありがとうね」

「うん」

すると背後に邪悪なオーラがっ！って、ノーラとエリリーかよ……仕方ない。俺は最後に一本の矢でヌイグルミを射抜いた。

店主には、「すげえ腕だなー。子供にしか見えねぇぞ？」と言われた。子供だよ……中身はおっさんだけどな。実質、ガキと変わらない精神年齢なんだけども……。

ヌイグルミをエリリーとノーラにあげると、嬉しそうに二人同時に受け取り……そして気づいたらヌイグルミの取り合いをしていた。

あぁ……ヌイグルミの身体がぁ……。

最終的にはソニア姉が、「喧嘩しちゃ、めっ」と叱ったので二人は不貞腐れながらも、ソニア姉には逆らえないので大人しく従った。子供だな……子供なのか。そうだった。

そして、また暫くあちこち回って歩いていると道の奥の方からなにやら黄色い声が聞こえ始めた。気になって俺たちも見てみると、道を優雅に歩くアリステリア様がいた。その横にはイケメン従者のアイクがい

た。ちなみにアイク・バルトドスが彼のフルネームだ。気配から察するに近くにはソーマさんもいるようだ。ノーラもソーマさんに気がついているようで、なぜかげっそりと顔を歪ませていた。今のところは俺に見えないが、【透明化(インビジブル)】でノーラにだけ、見えるようにしているのかもしれない。

道を歩くアリステリア様を呆然(ぼうぜん)と四人で見ていると、その視線に気づいてアリステリア様がチラリとこっちを見るなり立ち止まって、優雅にお辞儀した。

「こんにちは、みなさん」

その美しい仕草に思わず俺たちは見惚れた。周りの女子生徒たちは、「きゃーっ」と叫んだり、男子生徒に関しては言葉も出ないようだ。

アリステリア様が顔を上げると、今度はアイクがお辞儀した。

「こんにちは」

これまた美しい仕草。だが、俺にそっちの気はない。しかし、男子生徒たちですら、これまた言葉を失うほど彼の仕草は完璧だ。もしかすると、四つん這(ば)いの生き物が湧いているのかもしれない。殺虫剤を散布しようかしら……。

「こんにちは」

とりあえず、一番初めに回復した俺はアリステリア様とアイクに挨拶を返しておく。それから直ぐに、ソニア姉がぺこりとお辞儀した。ノーラとエリリーはまだかかりそうだな。

「こっちの二人はまだ復活しなさそうなので、お許しください」

一応、断るとアリステリア様は微笑んでから、「構いませんわ」と許してくれた。

「みなさん。学舎の祭は楽しんでいただいていますか？　今回はわたくしたち、生徒会の催しもあるのでそちらの方もご参加していただけると嬉しいですわ」

へぇーどんなんだろう。

「ええ、では是非。いつからで？」

「闘技大会の後ですわ」

「分かりました。場所はどこへ行けば？」

「学舎の庭を予定していますわ」

「はい。では後ほど行きますね」

それから俺はアリステリア様との会話を暫く楽しんだ。

うん、学舎の祭って楽しいなぁ！

＜ソニア・エフォンス＞

あたしは弟が嫌いだった……。どこか子供らしさがなくて、かしこくて。でも、それは九歳になった頃には好きに変わっていた。きっと、あの森での一件からだと思う。あのときは恐怖からか一瞬だけ心臓がビクンと跳ね上がって、身体が全く動かなくなった。それから、何も考えられなくなって意識がなくなった。そして、気がついたらお父さんがあたしを抱きしめていて、あたしは安心して、たくさん泣いた……もう、あれから三年も経っていると思うと、時間が過ぎ去るのは早いものだと思う。


今日は学舎の祭といって、トーラ学舎で行われる祭の日だ。一般開放された学舎の広い敷地にたくさんの人が来て屋台を開き、色んな催しをする。あたしも、かれこれ祭はこれで七回目となる。ここまで来ると慣れも出てくるものだが今年は弟がいるからかいつもと違って、不思議で新鮮な感じがした。

あたしがそんなことを言うと弟は、楽しみましょう？　なんて言いながら紳士のような仕草で手を出してきた。あたしはそんな弟の仕草に思わず笑ってしまいながら、その弟の手を取った。

今年の学舎の祭は先日の勉強会で知り合った弟のお友達であるエリリーちゃんとノーラちゃんを含めた四人で回ることになった。

ノーラちゃんが持ってきてくれたカミュルスパイダーの糸は、とても甘くて美味しかった。あたしは甘党だったからとても嬉しい。そういえば、弟も甘党だったはずだ。あたしはそう思ってチラリと隣の弟に視線を向けると、至福の笑みを浮かべていた。小声で、「ワタアメ」と言っていたけれどなんのことだろう？

それから弟は射的屋さんに目を向けて、薄く笑ってから射的屋さんに行った。あたしは弟が何か欲しいものでもあるのかと思い、「頑張って」と応援した。

すると弟は嬉しそうに笑ってくれた。

お、弟だけど……カワイイ。

いけないいけない。弟なんだから！　ダメっ！　絶対！

弟は射的屋さんから弓と矢を受け取ると、弓を引いて矢を放つ。矢は吸い込まれるかのごとく景品に当たった。景品は黒色のブレスレットだった。ジャストヒット……狙い通りのようで、弟は悠々と景品を受け取った。

弟は弓術が得意だ。学舎内では「百発百中」と言われるくらいで、授業で外したことは一度もなく、その精度と安定した矢の軌道は学舎一番と言われるほどだ。一学年にしてその実力……もちろん、学舎内では弟を知らない人はいない。六歳なのだから噂になるのも当然だ。そのために、弟と歩くと妙に視線を感じてしまうのだ。

しかし、どういうわけか本人はそのことを知らない。噂が本人の耳に入っていないようだ。どういうことだろう？

ちなみに弟は弓術だけじゃなく、魔術や剣術でもかなりの実力がある。剣術に関してはあたしと同じ学年で、剣術では一、二を争う実力のある男の子を手合いであっさり倒したのだ。

魔術はまだ魔力が少ないし、覚えている魔術も初級のもので少ないが……その練度の高さが凄いのだ。単なる初級魔術とは思えないような威力で有名だったりする。

本当に……六歳なのか疑いたくなる。

黒色のブレスレットをとった弟がどうするのかと思って眺めていると弟は、あたしの方にきてブレスレットを渡してきた。

私が、黒色が好きなことを知っていて、とってくれたらしい。嬉しくないわけがない。

だって、これは弟があたしのためにとった景品なのだ。当然だ。

その後、弟は最後の矢でヌイグルミをとってエリリーちゃんとノーラちゃんに贈った。二人が取り合いをしていたので、あたしは苦笑交じりにそれを見つめた。

再び四人で屋台を見回っていると、道の奥の方からアリステリア様と、その後ろを追従するアイク様が歩いてきていた。

アリステリア様はいつ見てもお美しいことこの上なく、アイク様に関してはとても紳士的だと感じた。実はあたしは密かにアイク様をお慕いしているのだ。

あぁ……アイク様……一度でいいからお話ししたい。

と、そんなことを思っていたらチラリとアリステリア様が弟を見たかと思うと突然、お辞儀をして挨拶を交わしてきたのだ。

あたしは突然のことで固まってしまった。だってあのアリステリア様があたしに……というか、あたしたちにだよ？　しかも、それに倣うようしてアイク様まで……。

あたしは、まるでとろけそうになった。そんな感覚がしたのだ。あたしがぽけっとしている間にも弟は普通にお二人に挨拶を交わしていた。どうも知己の仲であるようだ。直ぐに我に返ったあたしもお二人に挨拶をする。ノーラちゃんとエリリーちゃんは帰ってこなさそう……。

暫く、アイク様とアリステリア様と弟、そしておまけのような形であたしを含めた四人で談笑した後に、アリステリア様が、「それではまた後で」と言い残して優雅に歩いていった。

あぁ……あたし、あのアリステリア様とアイク様とお話ししたんだ……とろけちゃう。

それにしても、あのお二人と知り合いだったなんて我が弟ながら恐ろしい。この弟の交友関係はどうなっているのだろうか？　あたしはふと気になった。そんな折に、三回目の鐘の音がトーラの町に鳴り響く。お昼の時間を知らせているのだ。

「あんまりお腹空いてない」

あたしはその弟の言葉に同意した。先ほどから歩きながら食べているためお腹が減るわけもなく……しかし、ノーラちゃんとエリリーちゃんはまだまだ食べられると言って再び屋台で食べ物を買っていた。

どんな胃袋をしているのだろうか。

カミュルスパイダーの糸のときのようにノーラちゃんはいくつかあたしと弟に渡してこようとしたが、もうお腹がいっぱいだったので、あたしたちはさすがに遠慮した。

二人はたくさん食べられて幸せそうな顔をしている。

太るよ……と、思ったところでノーラちゃんが思い出したように、「あ」と声を上げた。

「どうしたの?」

あたしが訊くとノーラちゃんがあたしの方に目を向けた。

「闘技大会の席のチケットとらなくちゃ」

「あーそういえばグレイが出るんだもんね。応援しなくちゃね」

「ウチとエリリーでチケット買うんで、グレイお願いしてもいいですか?」

「うん。お願いね～」

そう言うと二人は急いでパタパタと走っていった。

カワイイ……いけないいけない。

「元気がいいなぁー」

「グレイもあれくらい元気な方がいいんじゃない?」

弟がふたりを眩しそうに見ながら言うので、私は少し皮肉交じりに返した。

「僕は十分元気だと思うけど?」

「そうだけど……グレイって同年代の子に比べたら大人しいから。お母さんも心配していたよ?」

「えっ」

あたしの言葉に弟は顔を曇らせた。弟はまだ六歳なのに、家族に心配をかけまいとしているようなのだ。

全く子供らしくないとあたしは思う。

「それより闘技場の方に行かなくていいの?」

「うん、そうだね。じゃあ行こうか、お姉ちゃん」

あたしは弟が歩き出すと同時に、その隣を歩き出した。こうして並んで歩く日が来るなんて九歳までのあたしは考えもしなかっただろうね。

■■■■■

闘技場に着くとあたしたちは控え室に通された。ちなみに、あたしは特別に通された。

あまり弟のことで深く考えるとドツボにはまるので考えないことにする。

控え室には数十人ほどの学舎の生徒がいた。その誰もが、あたしよりも上の学年の上級生だ。弟はこんな強そうな人たちと戦うことになるのか……大丈夫かな？

「ねぇ、グレイ」

と、あたしが弟の方へ視線を向けると、弟は全く気にしていないような顔であたしを、「ん？」と見返してきた。頼もしすぎるんだけどあたしの弟……。

あたしは、「なんでもない」と答えて、また視線を控え室の方に戻した。すると、アリステリア様がアイク様をつれてあたしたちの方へやってきた。

あ、アイク様……。

「失礼しますわ」

アリステリア様とアイク様は、あたしたちに一礼した。あたしも慌ててお辞儀し、グレイもお辞儀した。

アリステリア様は学舎内でとても有名なお方だ。そんな人が話しかけてきたのだ。控え室の人たちの視線がこっちに集まってきた。うっ、あたしの場違い感がヤバイ……。

「どうでしょうか調子は」

「ええ、普通です」

「それは何よりですね。例の件……お願いしますわよ？」

「もちろんです」

アリステリア様と弟が話している……が、なんの話をしているのか分からない。暫く、二人でなにやら話している、と、そのときである。

控え室に突如として、とてつもない威圧感が漂い始めた。控え室にいる人々は、あたしたちも含めてその威圧感の主……今、控え室へ入ってきた一人の男の人に注がれた。

男にしては少し長めな髪だが屈強な身体と相俟ってむしろ威厳を感じる姿。……ギルダブ・セインバースト。この学舎最強の男がそこにいた。

ギルダブ先輩は最高学年で、学舎で知らないものはいないとされるくらいの有名人だ。知名度で言えばアリステリア様に匹敵する。そんな人が闘技場の控え室へ……まさか参加するつもりなんだろうか？

確か、ギルダブ先輩は今まで一度も闘技大会には出ておらず、「興味ない」と言っていたはずだが……。

ギルダブ先輩の登場でアリステリア様たちも唖然としており、弟も目を丸くしていた。そんなあたしたちのところへギルダブ先輩は歩いてきて……、

「初めましてだな。ギルダブ・セインバーストだ」

ギルダブ先輩はそんなことをあたしと弟に向けて言った。あたしは半ば反射的に口を動かした。

「そ、ソニア・エフォンスです……」

「グレーシュ・エフォンスです」

「ふむ。よろしく頼む」

それだけ言って、ギルダブ先輩はアリステリア様とアイク様に目を向けた。

「どうなさったのですかギルダブ様？　闘技大会に出場なさるとはお珍しいですわね」

アリステリア様は、どこか緊張しているような口調ではあったが、その言葉がまるでギルダブ先輩が今回の闘技場に参加してくるのを織り込み済みだったかのような言い方だった。

「ふむ。実は今回の闘技大会の賞品がアリステリアのキスと聞いてな。いても立ってもいられなくなった」

「え？　ギルダブ様……？」

アリステリア様は困惑気味にギルダブ様を見つめている。今の言われ方はまるでギルダブ様がアリステリア様に気があるような言い方だった。ちなみに、アリステリア様を呼び捨てにできるのはギルダブ先輩だけだ。最強の男を後ろから刺せる人は……少なくともこの学舎にはいない。

「俺が優勝したら……楽しみにしている」

ギルダブ先輩はそれだけ言って歩き去っていった。

カッコイイ……。

「ぎ、ギルダブ様……」

アリステリア様のギルダブ先輩の背中を見送る目がとろけていた。もしかして、アリステリア様の思い人って……あたしは、呆然とする弟の肩に手をやってクスリと笑った。

なんだか今年の祭は今までと違いすぎて楽しいなぁ……あたしはそう思った。

＜グレーシュ・エフォンス＞

俺が闘技場に来るとアリステリア様とアイクに話しかけられた。無駄に視線がこっちに集まってきたので妙に居心地が悪い……。

そこにさらにあのギルダブ先輩も来て目立った。

はぁ……。

アリステリア様はギルダブ先輩に、「楽しみにしている」なんて言われて目をとろけさせていた。これは……俺が優勝する必要ないんじゃね？　つーかギルダブ先輩が参加する時点で無理な気がする。

「アリステリア様」

俺が呼ぶと、ビクリと肩を震わせて、アリステリア様は俺の方へ視線を向けてくる。目がまだとろけてやがる……頬も若干赤くなっていて息も悩ましく上気していた。

「ギルダブ先輩もいることですし、例の件はなかったことということで宜しいでしょうか？　正直、僕の手に余ります」

と言うとアリステリア様は目をくわっと開いて、そっぽを向いて言った。

「それはダメですわ……ええ、いくらギルダブ様でもまだダメですわ」

なぜか、アリステリア様は嬉しそうにそう言った。お、乙女だ！　俺がそんなことを考えていると隣のソニア姉から視線を感じたのでそっちの方を向くと目が合った。

「なに？」

「え？　あ、なんでもない。ただ……何の話かなって」

「そういえば話してなかったね」

　俺はアリステリア様に頼まれたことについてある程度掻い摘んで話した。するとソニア姉は目を丸くさせて言った。

「アリステリア様から直々に……グレイって本当にあたしの弟？」

「えっへん」

　俺が偉そうに胸を張るとソニア姉はクスリと笑った。

　俺は再び視線をアリステリア様に戻して、どうしてダメなのかの理由を訊いてみた。すると、アリステリア様は口を開いた。

「対戦表はランダムに組まれますが、とにかくギルダブ様に負けないように頑張ってくださいませ」

　惚気ていたアリステリア様は、急に居住まいを正すと、真面目くさった表情で言った。少し重みのある言葉に、俺も思わず頷いた。

　そんなにファーストキスを大事にしたいのだろうか……まあ、いい。男が一度約束したのだ。それに、俺も今の自分の実力を知りたい。……もしも、ギルダブ先輩と当たる機会があれば全力で挑むつもりだ。

　それから、しばらくして鐘が鳴った。この鐘の音は闘技大会の開会を知らせる鐘だ。そして、アリステリア様とアイクとソニア姉は、観客席に移動するために選手控え室を後にした。

　残ったのは本大会に出場する猛者たち……全員、目がギラギラしていて怖いです……。

　まあでも……これは俺が望んでいることだ。今の自分がどれだけ強いか腕試しがしたい……とは言っても、学舎の上級生を相手に優勝なんてできるわけがないと思っているけども。

　鐘が鳴って暫く、外の方が騒がしくなった。司会が観客を盛り上げているのだろう。俺は張り出された対戦表に目を向けて自分の名前を探した。

「おや？」

　名前は直ぐに見つかった。一番上……つまりは一回戦目だ。それだけなら別にどうでもいいが……問題なのは対戦相手だ。

『ギルダブ・セインバースト』

よりにもよって一回戦目から……。

「ほう。さっきのお前が対戦相手か」

話しかけられて、俺は気配だけでその名前を呼んだ。

「どうも、ギルダブ先輩」

振り返りながら見ると、ギルダブ先輩は威厳に満ちた立ち姿で俺に対峙していた。王の風格……そんなようなものを感じた。

はぁ……一回戦目からボスキャラってよぉ……これがゲームだったら運営をバンしたかもしれない。その場合、俺はギルダブ先輩にバンされかねないけど……。

六歳と一六歳の戦い……これは運営側の意図として俺を噛ませ犬に仕立てたってところか。そういうのは大会を盛り上げるのには必要な要素だ。分かる……分かるが……実際にやられた方はイライラする。

あ、でも……対戦表ってランダムだっけ……？

………………。

もう、あれだな。はじめてを一歩するような作品で出てくるあの噛ませ犬の方々に、私もう脱帽します。

と、大会の運営者が控え室にやってきて、俺とギルダブ先輩の名前を呼んだ。出番のようだ。その際に、俺の前に立つギルダブ先輩が再び話しかけてきた。

「お互い、全力を尽くそう」

背中で語りかけてくるギルダブ先輩……言葉数は少ないけれど、そこには漢気を感じた。

もちろん、俺はこう答える。

「はい」

■■■■■

闘技大会のルールはこうだ。まず、武器の所持は自由で、自前でもいいし、大会から支給されるものを使ってもいい。これは貴族の参加も考慮したルールで、貴族なんかだと自分の武器を持っていたりするので、こういうルールが設けられたようだ。

ちなみに俺は支給された剣と弓……そして矢筒を背

負っている。周りからはかなり奇異な目で見られた。

魔術だが、魔術も特に使用制限はない。大会で怪我をしたら危ないと思うかもしれないが……闘技場には水属性と火属性から生まれる特殊四元素の一つ、光の属性魔術【ヴァーチャルフィールド】がかかっている。ちなみに、上級(ハード)の魔術であり……確か、神官が一〇人以上必要らしい。

神官というのは、神に身を捧げた人たちのことで、その宗教ごとに存在して、普段は教会で働いている人たちだ。ここでの身を捧げるという意味は、火の元素と水の元素……そこから生まれる光の元素の三つしか使えなくなるという意味である。

【ヴァーチャルフィールド】という魔術は、その効果範囲内で起こった全てのことをなかったことにするという驚異的な魔術だ。もとは兵士の実戦訓練のために考え出された魔術だそうだ。

そんなわけで、本大会の武器には刃(やいば)もあれば鏃(やじり)もある。本当の殺し合いに近い。

ゴーンゴーンという鐘の音が鳴り響くと、まずギルダブ先輩が舞台へ上がった。それだけで一気に観客が沸き上がる。その歓声は闘技場を揺るがし、地面を震わせた。それから俺が舞台に上がり司会は簡単にだが選手紹介に入る。

俺の目の前で仁王立ちする先輩はまさに王。威圧感を俺に放ってくる。俺も負けじと、威圧する。傍から見たら子供が背伸びしているようにしか見えないだろう。やがて、選手紹介も終わり一瞬、あたりが静寂に包まれる。そして次に響いたのは司会の大きな声だ。

「それではカウントダウンいきますよぉ！」

一〇カウント。司会の声に合わせるように観客も声を張って数を減らしていく。のこり五カウントで俺は視線を感じて観客席に目を向ける。視線の先には、ソニア姉とノーラとエリリーの三人が俺に向かって手を振って何かを言っている。周りがうるさすぎて聞こえないものの唇の動きは、俺に向かって、「頑張って」と言っているようだ。

うん……頑張ろう。

のこり三カウントでギルダブ先輩は武器を構えた。

長い刀を両手で中段に構えた。ギルダブ先輩が構えをとったのを見て、俺も構える。右手には剣を持ち、左手には弓……。

そして……

「ファイト！」

最後のカウントの代わりに放たれたのは試合開始の合図。俺はそれと同時に戦闘モードへと移行し、意識を切り替える。一人称から三人称へ変わった視点で、俺はギルダブ先輩を見据えた。

ギルダブ先輩は俺との間合いを詰めるために走り出した。特別速いとは思わなかった。ギルダブ先輩は俺が間合いに入ると、両手を振ってきた。

長刀がシュンという風切り音とともに俺の眼前に迫る。俺は上体を反らして避ける……と、その瞬間体勢の悪い俺の腹部に強烈な衝撃が入った。胃の中をグチャグチャとかき回させる感覚が俺を襲う。

「ぐぅっ⁉」

俺はそれで気づいた。蹴られたのだと。六歳の小さな身体は簡単に宙を飛ぶ。ギルダブ先輩はそこへ追撃を入れるために長刀を振り下ろしてきた。俺は身体を必死に捻って剣で防いだ。支えのない状態で受けたために俺の身体はさらに吹き飛ばされた。なんとか空中で体勢を立て直すと、ギルダブ先輩は俺のことを見下ろしていた。「そんなものなのか？」と目で訴えてきている気がする。

だから過大評価しすぎなんですよ……と、俺は内心思いながらも、どうやってこの状況を打破するのかを考えていた。

どうするかなぁ……基本スペックが違いすぎて弾幕を避け切れない。この基本スペックの差をどう埋めるか……。

俺は剣を逆手に持ち替え、矢筒から矢をとり、弓を構えて弦を引く。その一連の動作はわずか一秒と少し……ギルダブ先輩が動き出したところで俺は矢を放つ。

ギルダブ先輩の急所を狙った矢は真っ直ぐに進む。が、ギルダブ先輩はそれを最小限度の動きだけで回避した。大丈夫、想定通りだ。

ギルダブ先輩が肉迫した距離で俺に長刀を振ってき

た。俺は剣を逆手で持ったまま受けて、身体を入れ替えるように捻る。そしてその瞬間、地面に手をついて魔術を行使した。俺は魔力保有領域から魔力を引き出し、手のひらから地面へ注ぐ。その魔力は俺の制御で土の槍として再び地表へ出現する……初級地属性魔術【ロックランス】をできる限り早く詠唱して発動した。

これにはギルダブ先輩も反応できず、その一撃をもろに喰らった。

「っ！」

地面から突き出てきた槍により、ギルダブ先輩の身体が浮き上がる。俺はそれをチャンスとみて再び矢を引いた……そのときだった。

ギルダブ先輩の威圧感が消えた。さっきと打って変わって殺気を放ってきた。思わず俺の身体はビクリと静止してしまった。

同時に脳内にアラームが轟く。しかし、俺の身体は動かなかった。

どうなってやがる！

内心叫ぶがそれで身体が動くようになるわけでもない。ギルダブ先輩は地面につくと長刀を構えた。

「はぁぁぁぁ……」

そして気合いを溜める。こんなのアラームが鳴らなくてもヤバイって分かる。力が長刀に集まり、臨海を迎えるその寸前でギルダブ先輩は声を放って技を繰り出した。

「【瞬光剣】！」

俺の視界は眩いばかりの光で埋め尽くされる。ふと、身体が動きギリギリで回避行動に入る。光の速さの突きが俺の頬を掠め、生暖かい何かが頬に流れているのを感じた……多分、流血したのだろう。

果てしなく加速されている意識の中で俺は弓を構え、矢を引く。ギルダブ先輩は突きの構えから体勢を直し、次の攻撃に移ろうとしている。

このまま矢を放ってもどうせまた外れる……そう考えて、俺は矢を上空に向けて放った。ギルダブ先輩は一瞬訝しげな目でその矢を見つめる。

一瞬だった。でも、その一瞬の隙が生まれた。俺は剣を逆手に構えたままギルダブ先輩に向かって振った。

型もクソもない。デタラメに振っただけの攻撃。一瞬、隙ができただけのギルダブ先輩はそんな攻撃を簡単に受け流した。

だが、想定通り。ギルダブ先輩は隙だらけの俺に止めの一撃を放った。その油断……命取りですよ。

先ほど、上空に放った矢がギルダブ先輩に向かって落ちていった。上から降ってきた矢に気づかずにギルダブ先輩は俺の放った矢に直撃した。

「ぐっ⁉」

あのギルダブ先輩も思わずといった風に、堪えるような声を漏らした。すかさず、俺は剣を握りしめて、ありったけの力で振るった。

届け！　届け！　届いてくれっ‼

剣先がギルダブ先輩を捉え、刃が唸りを上げて空を切り裂く。世界が広がり、意識が広がる。俺とギルダブ先輩の時間だけが加速していき、風景が遠退いて、世界が後ろ歩きを始めた。

「うおぉっ！」

俺の咆哮が轟いて、ギルダブ先輩は俺の剣を防ごうと長刀を振るった。

「はぁっ‼」

ギルダブ先輩も吠えて、俺の剣を上方へ弾いた。

鍔迫り合いにもならないっ！

そのまま、軽々と宙に吹き飛ばされた俺は、空中で弓を引いて照準をギルダブ先輩に合わせる。体勢も悪い、心臓の鼓動もうるさい。最悪のコンディション……それでも、決めるっ！

俺は魔力保有領域を開け放ち、矢に魔力を送り込む。ギルダブ先輩が使った光の突きの剣技……剣技とは魔術を剣術に適応させて使う技だ。それと同じである弓技を俺は使うために魔力を風の元素に変換させて、矢にその力を付与させる。

矢は、風の元素によって回転を始めて、甲高い音を立てる。俺はその矢を放ち、叫んだ。

「【スパイラルアロー】！」

初級風属性弓技【スパイラルアロー】は、弓術の授業で習った技だ。矢が螺旋の軌跡を描きながら、突き進んでいき、ギルダブ先輩を射抜かんと牙を剝く。

これで決まらないと後はない。

矢が眼前まで迫ったギルダブ先輩は、俺の方に視線を向けると、フッとした笑みを浮かべた。ゆっくりとした時間の流れの中、ギルダブ先輩は再びあの構えをとった。長刀の刃に光が収束していき、あたり一帯の光量が少なくなった気がした。そしてギルダブ先輩は、叫んだ。

「【瞬光剣】！」

光が俺を飲み込んだ。

■■■■■

闘技大会の結果はギルダブ先輩の優勝で終わった。ちなみに俺との戦い以降、ギルダブ先輩は一度も攻撃を受けずに優勝したという。まさに圧勝だ。

その後の優勝の褒美はアリステリア様のキス。これには生徒たちはビックリした。噂にはなっていたもののさすがに公爵家、つまりは王家の血族ともあろう身分の方の口づけなんて所詮は噂だと思われていたからだろう。

それが叶（かな）ったのはひとえにギルダブ先輩の力あってこそだ。もしこれがただの平民ならうるさい貴族からバンされるものだ。しかし、ギルダブ先輩は平民の身分でありながら他の貴族を黙らせる力がある。そんな人だからこそ色んな人から好意を寄せられるのかな？英雄色を好むって言うしね。

アリステリア様は舞台に上がりギルダブ先輩の隣に立っているが顔が真っ赤だ。そんなアリステリア様を愛おしむようにギルダブ先輩は優しくアリステリア様の肩に腕を回し、そして頬に口づけした。

これには俺も含めたその場にいた全員が口を開けてポカーンと固まった。それからギルダブ先輩はアリステリア様を抱いたまま高らかにこう宣言した。

「俺はアリステリアと結婚することをここに宣言する！」

その宣言は一瞬でトーラの町に駆け巡ったことは言うまでもないだろう。顔を真っ赤にさせながらも嬉しそうなアリステリア様と満足げに笑うギルダブ先輩。

平民と公爵の身分ではあるが、きっとこの二人は幸せになるだろう。そう、俺は感じた。

その後は生徒会主催のパーティーだ。貴族は学舎の方で貴族らしく舞踏会を、平民は外でキャンプファイヤーをしている。俺はもちろんキャンプファイヤー。燃え滾る炎の周りにはそんな炎と同じように愛し合う二人組が何組か踊っている。その中にはギルダブ先輩とアリステリア様がいた。みんな幸せそうな顔をしている。ふと、俺は隣で同じ光景を見つめるソニア姉の方を向いた。

「ねぇ、お姉ちゃん」

「んー？」

「踊ろうか」

ソニア姉は一瞬目をぱちくりさせたが直ぐに笑顔で頷いた。それからノーラとエリリーとも踊って楽しい時間を過ごした。こんな楽しい時間が続けばいいのになぁーと俺はそんなことを考えていた……。

■■■■■

ギルダブ先輩に負けてから俺は考えていた。どうしたら、もっと強くなることができるかを。

成長すれば、そりゃあ強くなれるのだろうけど、いつどんなときに何が起こるかは分からない。今この瞬間にすら、ソニア姉やラエラ母さん……それにアルフォード父さんに何かあるかもしれない。そんなときに、俺はまだ小さいからと言い訳するのか？　そんなことできるわけがない。

ふと、そんなときだった。ある日、俺はトーラ学舎の学舎長……エドワード・ネバース先生に呼び出された。あるうぇ～？　僕ちゃん何もした覚えないんだけどなぁ……。

若干、不安になりながらも学舎長室へ向かい、高級な感じの扉を恐る恐る叩くと、『入りなさい』と声がしたので、ドアノブを遠慮がちに回して扉を開けた。

「し、失礼します……」

中へ入ると、まず視界に入ったのは大きなデスクと高級そうな椅子に座るエドワード先生だ。長い白い髪がデスクに広がっている。

室内はシンプルで、床に高そうな絨毯(じゅうたん)と、向かい合うように置かれたソファと、それに挟まれたテーブルがあった。

俺がどうするべきかと、その場で固まっていると、エドワード先生が両手を組んで顎を乗せて言った。

「よく来たね……グレーシュ・エフォンス君」

久々に聞いたエドワード先生の声は、老齢者特有の声がした。だが、俺に向けている視線はとても老齢者の者とは思えなかった。

エドワード先生は目を伏せて、そのまま続けた。

「では、早速本題に入ろうか。君を呼んだのは君のこれからについてだ」

「僕の……？」

一体どういうことなのだろうかと、俺は首を捻った。

俺の疑問に答えるようにして、エドワード先生はさらに続けた。

「先日の……エフォンス君とセインバースト君の闘技大会での戦いを見ていたよ。とても素晴らしい戦いだった……それ故に残念でならない。エフォンス君やセインバースト君のような才能ある生徒を十分に育てる環境が、この学舎にはないんだ」

エドワード先生は言いながら、首を横に振った。それだけ残念なことらしい。別に俺はそうは思わなかったし、思ったこともない。それに才能がある生徒というのも、やはり過大評価しすぎだ。俺はまだまだだ……。

「我々教師は生徒の才能を伸ばしていくことが仕事だと……私は少なくても思っていてね。君には是非とも、その才能を伸ばして欲しいと思っている」

「はぁ……」

妙に遠回しだと思いつつ、俺はなんとなく返事をした。つまり……何を言いたい？　俺が、それを待っているとエドワード先生は咳払いしてから一拍置くと、口を開いた。

「それで、提案があるんだ。君が現在受けている午後の授業の講師……変えてみないかい？」

「講師……先生を変えるということですか？」

俺が確認も含めた問いを返すと、エドワード先生は何も言わず、組んだ両手の上に顎を乗せたままニッコリ頷いた。

う、うーん……野営のギシリス先生が変わっちゃうのは嫌だなぁ……。しかし、先生が変わる……か。場合によっては、何か強くなるヒントがあるかもしれない。どうするかなぁ……。

俺が考えてあぐねているのを見てか、エドワード先生が口を挟んだ。

「一応……もう講師を誰にするかは決めているのだ。剣術では一対一でギシリス君。魔術では同じく一対一で私だ。野営と弓術はそのままだがね」

俺はエドワード先生の言ったことに耳を疑った。剣術でギシリス先生と一対一……だと？

ギシリス先生は元軍人なのは本人から聞いていた。しかし、ギシリス先生が強いという確信はあった。

野営の授業で時折、獲物を狩るときに剣を握ったギシリス先生の剣閃（けんせん）は目にも留まらないという表現がぴったりだった。ギルダブ先輩の光の突きほどではないにしろ、あんな速かったら避け切れないのは目に見えている。

そんな人とマンツーマンで教われるのか……しかも、ギシリス先生ときたら願ったり叶ったりだ。

それに……と、俺はチラリとエドワード先生に目を向けた。老齢のお爺ちゃんエルフにしか見えないが、聞いた話じゃこの人は有名な元宮廷魔術師だったという。

宮廷魔術師というのは、軍にいる魔術師たちの頂点であり、その国の魔術の先進者……。

もしも、この人が噂通りの人物であるならば……。

俺はそこで色々なことを考えた。

今の俺に必要なのは知識……それに経験だ。こんな人たちに師事してもらえるのならば、むしろこっちからお願いしたい。

そうと決まれば、俺のやるべきことは決まったな。

「是非お願いします」

■■■■■

　エドワード先生がマンツーマンで魔術の授業で俺に色々と教えてくれるようになってから、早くも一年……俺は魔術に関しての様々な知識を身につけていた。中には、エドワード先生の持論もあったけれど……それでも俺は色々なことを頭にぶち込んだ。それで、ある授業で興味深いことを知った。

　この世界には固有（オリジナル）魔術なるものがあるらしい……。固有（オリジナル）魔術というのは、言わばその人特有の魔術……魔術はルーンを構成することで生まれるわけだから、作ることができるのは当然と言える。で、課題で簡単な固有（オリジナル）魔術を作る機会があった。

　詠唱に必要なルーンには法則性があり、それを理解しなければ作ることは難しい。文法や、一つ一つのルーンの意味……まさか、こんなところで前世の文系特化の知識が役に立つとは思わなかった。

「まあ、できなくとも特に問題はないと思うがね」

「どうしてですか？」

　俺は羽ペンで固有（オリジナル）魔術を構成するのに必要なルーンや必要な魔力量、系統、形式、規模……その他もろもろを計算し、シミュレーションしながら紙に書き込み、エドワード先生に尋ねた。

「固有（オリジナル）魔術というのは、汎用（はんよう）魔術よりも欠陥だらけだからね」

「欠陥……？」

「……いいかい？　汎用魔術というのは、昔の人たちが長い年月をかけてルーンを構成し、作った魔術なんだ。だからこそ、欠点らしい欠点もない……だから汎用と呼ばれ、君たちは学舎で教えられるのだ。その点、固有（オリジナル）魔術で生まれる魔術が汎用を超えるには魔術師としての才能が必要だね」

　なるほど……言っていることはもっともだな。俺は頷きながら魔術の設計図を仕上げていく。

「……ちゃんと、聞いているかい？」

「あ、はい。聞いていますよ」

　だから、こうやって固有（オリジナル）魔術を作っているんじゃないですかぁ〜。エドワード先生が何と言おうとも、固有魔術（オリジナル）は作りたい。それが、男の浪漫じゃねぇか！

「……ふむ」

エドワード先生は傍（かたわ）らから俺の書き込んでいる設計図を覗き見てくる。が、直ぐに首を傾げて頭上にハテナを浮かべた。

「身体の周りに魔力の膜を張るのかい？　そういった防御魔術は既にあるはずだが？」

「それくらい、知っています。中級風属性魔術【バリア】ですよね？　先生の授業で習ったんですから、覚えていますよ」

【バリア】は風で自分の身を守り、敵の攻撃を防ぐ防御魔術だ。だが、俺が作っている固有魔術（オリジナル）はそんなチャチなものじゃない。

設計図に細かく文字を入れている俺に、エドワード先生は再び首を傾げた。

「……ふむ。何語だい？　全く読めん……」

「神聖語じゃないですからね……」

そう、俺はこの設計図を神聖語ではなく日本語で作っているのだ。エドワード先生が読めないのも無理はない。

ちなみに、日本語で設計図を作るのも拘（こだわ）りだ。やっぱり、男は浪漫に生きるべきだろ……まあ、エドワード先生みたいなお年寄りには分からんのですよ。

俺は夢中になって設計図を作っていき……そして、遂に完成した。

「できた！」

「ほぉ……見せてみなさい。あぁ、読めないんだったね……じゃあ、ちゃんと使えるかどうか試してみなさい。そしたら課題は終わりだよ」

「分かりました！」

やった！　早速使ってみよう！

俺は何度も何度も試行錯誤して作って、一から構成したルーンを紡ぐために魔力保有領域（ゲート）から魔力を引っ張り出し、口を開く。

「〈鋼鉄の障壁・我が身に〉」

これは初級魔術のように、ただ詠唱するだけで発動するような魔術じゃない。その構造を理解し、魔力を自分で操作する必要がある……。

魔力保有領域(ゲート)から引っ張り出した魔力で、俺は自分の身体を覆った。

「走れ・閃光」

魔力の膜が微弱の電気を帯びて、微(かす)かに放電する。

魔力の膜は鋼鉄のように硬くなり、俺の身体を保護し、微弱な電流は俺の脳と電気信号で繋がっており、俺の身体を覆う鋼鉄のスーツを動かす。

「燃える巨星・天高く」

身体を覆うスーツにさらに色々と付加していき、絶大なパワーを引き出せるようにする。そして、俺は最後にこの固有(オリジナル)魔術の名前を叫んだ。

「〈……切り開け〉【ブースト】」

俺がそう叫んだ瞬間に呼応するかのように、身体が身軽になり、あたり一帯に突風が巻き起こった。

「お……おぉ……」

エドワード先生の老体が、それでよろめきながら後退し、倒れそうになった。

俺は【ブースト】状態で加速された知覚情報で、瞬時に反応し、身軽で思い通りに動く身体でエドワード先生の所まで走る。

ズドンッと地面が抉(えぐ)れるくらい強力な脚力で、俺は走って、エドワード先生の背後に回り込んで支えた。

「大丈夫ですか?」

俺が言うと、エドワード先生は驚いたように目を丸くさせた。

「これは……凄いのぉ。身体強化の類(たぐ)いかい?」

「あぁ——」

俺は答えようとしたが言い淀んだ。身体強化……確かにそうだ。しかし、少し違う。

恐らく、エドワード先生の考える身体強化というと、筋力増強だとかスピードアップだとか……まあ、色々あるだろう。

俺の【ブースト】の理論はこうだ……平たく言えばパワードスーツのようなものだ。某ヒーローのアイデアから生まれたこの魔術は、鋼鉄の硬度にまで上げた魔力の膜に加え、パワードスーツのような運動補助の機能を雷の元素で作り上げているのだ。

身体強化……とはやはり違うだろう。

パワードスーツってかっこいいね！

「しかし……これは成功なのか？」

「え？　成功ですよ」

「むぅ……」

エドワード先生はどこか納得していないようだ。はて？　と首を傾げると、エドワード先生はため息を吐いて言った。

「確かに凄い……しかし、髪の色が変わっているよ」

「え……」

俺は慌てて、エドワード先生を離して髪を伸ばして確認する。目にかかっていた前髪を見ると、黒色だった俺の髪の毛が金色に輝いていた。

「あー……」

まだまだのようですね……私は。これじゃあ、パワードスーツじゃなくてスーパーなんたら人だよ……。

それもかっこいいなぁ……。

第三章

皇王戦争

俺がトーラの学舎に入ってから二年が経過した。俺は八歳になって身長も割りかし伸びたし、幼児体型だった俺の身体も少年の身体に近づきつつある。

まあ、やっぱりまだガキ体型だが……。

この二年で変わったことは特にない。ギルダブ先輩はあの年に卒業してしまった。卒業した後は軍に入ったという。この二年で三階級特進とかしたらしい。しかし、俺は軍階級に関してあまり詳しくないのでよく分からん。でも多分凄いんだろうなってのは想像に難くない。

二年も通うとトーラ学舎にはかなり慣れてきた。後輩なんかもできて毎日が非常に充実している感じ。

今日はもう午前の一般教養が終わり、これから午後の選択科目となる。今日は野営の授業だ。ギシリス先生っ！

俺は意気揚々と野営の授業でいつも集まっている川辺にやってきた。エリリーは既にいつもの岩のところに座っていた。エリリーも多少成長しているものの胸は平たい。

当然だ。俺は八歳児に何を求めているのだろうか……。

「よし、では授業を始める」

俺が来て揃ったのでギシリス先生が野営の授業を始めた。今日はいつもやっている野草の授業だ。

「いつも言っているだろうが、山にはたくさんの食料があるな？　それはなんだ？」

「動物と植物です」

エリリーが俺より先に答えた。ぐぬっ。

「その通りだ。しかし、動物は捕らえるのに時間がかかる。私ならば見つけた瞬間仕留められるが……お前たちには少し荷が重いだろう。そういうときに山でどの草が食べられるかを知っていると飢えに苦しまなくて済む」

それ……実体験ですよねぇ？　俺は気になったが敢えて訊かなかった。

と、ギシリス先生は横目で俺を一瞥（いちべつ）すると何か思いついたように顎に手をやった。何か……私に不幸が訪れる予感。

「よし……まずは動物をどうやって狩るか……それをグレーシュに実践してもらおう」

「え……」

「できるな？」

拒否権はないんですね……。まあ、ここはギシリス先生のパイの実に免じて……ひと肌脱ぐことにしましょう。俺は、「はい」と返事をしてからギシリス先生に剣をお借りし、少しだけエリリーとギシリス先生から距離をとり、動物の気配を探るために意識を集中させる。

と、野うさぎの気配を察知した俺はダッと駆けていき……。

「ふんっ！」

剣を両手で振るって、剣先だけで上手く野うさぎの急所を的確に斬った。できるだけ外傷をなくし、食える部分を多く……それは俺がギシリス先生のスパルタな剣術指導で習ったことだ。意味が分からない……なぜ剣術指導が野営の授業になっていたのかが。

しかし、どういうわけか……俺はこの二年で剣術の腕を数段上げていた。小手先の技術もそうだが、この小さな身体で効率良く剣を振るう方法……力の込め方、その全てを自然の中で俺は覚えていった。

俺は得意気に仕留めた野うさぎをエリリーに見せびらかした。

ふふ～ん。どんなもんよ～あっはははは。

……………。

ちょっと、引かれました……。

それからギシリス先生の教えに従って野草を観察したり、とって調理して食べたりした。

「これは毒のある野草だ。だが、水に浸しておくと毒が抜ける。これも食用として使えるぞ」

と、ギシリス先生が指し示したのはギザギザの葉っぱだ。一見どこにでもありそうだが、野営の授業で散々野草を見てきた俺とエリリーは細かい違いまで見抜くことができる。

「葉脈が赤いですね。それが毒ですか？」

エリリーが訊くと、ギシリス先生は満足げに頷いた。

「うむ。この赤いのが抜けたら食べられる。これは特に調理の必要はない。毒抜きの手間さえかければ十分に有用だな。覚えておけ」

「「はい！」」

そんなこんなで野営の授業も終わりに近づいてきた。俺とエリリーは最後に川でギシリス先生と遊んだ。これはもう授業というかキャンプだな……気にしたら負けか。

「よし。では今日の授業は終わりだ」

ギシリス先生の締めの言葉に、俺たちは呼吸を合わせて口を開く。

「「ありがとうござ……」」

俺とエリリーが合わせて終わりの挨拶をしようとしたときである。俺の脳内に危険を知らせるアラームが鳴った。

同時に背中に冷水をぶっかけられたかのようなヒンヤリとした寒気が走る。危険……その言葉が俺の頭をよぎる。

咄嗟に俺は空を見上げた。

「ん？　どうした？」

ギシリス先生がそんな俺の行動に訝しげな顔をした。が、ギシリス先生の耳がピクピクと動くと、表情が一変した。その表情は、まるで鈍器に殴られたかのような驚愕に染められ、俺と同じように空を見上げた。

その間もずっと、ギシリス先生の耳やら尻尾がピクピクと忙しなく動いていた。それは獣人特有の危険を察知したときの行動だ……そしてこの場で状況が理解できていないのはエリリーだけだった。

「え？　どうし……」

エリリーが言いかけた瞬間……空に巨大な岩が突如として現れた。否、飛んできたと言うべきか……。

その岩は俺たちの真上を通過し、そして学舎に衝突した。凄まじい轟音と衝撃が俺たちを襲う。

「っ！」

ギシリス先生は咄嗟に動き、飛んできた岩の破片から俺とエリリーを守るようにして拳で粉々に砕いた。

俺はできるだけ負担にならないようにとエリリーを腕の中に抱いた。やがて、轟音と衝撃がなくなり、あたりに土埃が舞うと俺はエリリーを解放した。

「な、何が……」

　エリリーは状況の判断に頭が追いついていないようで混乱していた。俺だってそうだ。

「お前たち、怪我はないかっ！」

　ギシリス先生の怒声にも似た声に俺は答えた。

「はい、なんとか」

「そうか……よかった。しかし、これは一体……」

「岩が飛んできたように見えましたが……」

　俺が言うと、ギシリス先生は頷いた。

「恐らく魔術だな。グレーシュはここでエリリーとい てやれ。私は……」

　ギシリス先生が何か言う前に、カンカンカンというような音が町中に響き渡った。この音を俺は知っている。そしてもちろんギシリス先生やエリリーも当然知っている。

「こ、れは……？」

「まさかっ⁉」

　エリリーとギシリス先生の顔が驚愕に染められた。

　この音は敵襲を知らせる音だ。つまり、何者かによる攻撃を受けたということ。あの岩は……そういうことだろう。

「ギシリス先生……」

　エリリーは俺の制服の裾をぎゅっと摘んで、不安げにギシリス先生を見上げた。ギシリス先生はどうしたものかと悩んだ末に、俺たちと一緒に状況確認をすることにしたようだ。

　もしここで俺たちを置いていき、何かあったりでもしたらヤバイからだろう。いま、この瞬間は少なくとも俺たちにとっての安全な場所はギシリス先生の近くだ。

「まずはどこへ？」

「まずは学舎の方へ行く。しかし、この有様では……」

　ギシリス先生は言葉を濁した。たしかに……岩は完全に学舎に命中している。この中で果たして生き残っているのはどれくらいいるのだろうか……。

　ギシリス先生に付いて学舎の中へ入ると、見るも無残な学舎の光景が目に入った。岩に直接押し潰された先生や生徒……さらには岩の破片が突き刺さっている者もいた。

「私から離れるな」

俺たちはギシリス先生にぴったりくっついて学舎内を探索する。と、廊下の上でよく見知った顔の女の子が横たわっているのを見つけた。

「ノーラっ！」

俺はギシリス先生の制止も聞かずにノーラの元へ駆け寄った。脈を測るとちゃんと鼓動しているのが分かった。

「勝手に走るな」

「すいません……」

確かに…軽率な行動だった。もしかしたら、何かの衝撃で床や天井が崩れるかもしれなかったのに……しかし、いても立ってもいられなかったのだ。

「その生徒は生きているのか？」

「はい」

「では私が担いでいこう」

ギシリス先生はそう言ってノーラを片手で持ち上げてヒョイっと肩に担いでしまった。やっぱすげぇ……。

いや、感心している場合じゃない。ソニア姉が心配だ。他の奴らも大丈夫だろうか。割と悪運の強い奴らばっかりだし……無事を祈るしかないか……。

そしてまた暫く、学舎内を探索するが生存者は見つからなかった……しかし、

「ギシリス先生。外に」

「む？」

俺は窓の外に広がる庭に集まっている生徒たちを指差した。災害時や非常時には、あそこで集まる決まりだ。さらに外の生徒たちを誘導しているのはアリステリア様だ。横にはちゃんとアイクもいた。

よかった……無事だったのか。と、誘導している者の中にソニア姉がいた。埃を被っているが目立った怪我はないようだ。

「よかっ……た」

思わず力が抜けた。

それから俺たちも外へ出てアリステリア様と合流し

た。

「ギシリス様！」

　アリステリア様はギシリス先生を見るや否や、叫びを上げて走り寄ってきた。いつも綺麗に輝いていたお姿は、少しだけ埃を被って汚れているが、大した怪我はなさそうだ。

　走ってきたアリステリア様は、少しだけ呼吸を荒くしながらもギシリス先生を気遣うように言った。

「ご無事でしたか」

「うむ……アリステリア嬢も無事で何よりだ」

　ギシリス先生が大丈夫だと返すと、アリステリア様は安堵の息を漏らしてから続けた。

「わたくしはアイクやソーマ様がいらっしゃいましたので……それより何があったか把握しておられますか？」

　アリステリア様が訊くと、ギシリス先生は肩を竦めて、首を横に振った。

「いや、詳しいことは……しかし敵襲の鐘が鳴っていた。聞いていないのか？」

「少し前まで気絶していましたの。ソーマ様から聞いておりますわ。それにしても大胆な宣戦布告ですわね……警備は何をやっていたのかしら……」

　アリステリア様が親指をくわえて怒りを露わにすると、どこからかソーマがひょっこり現れた。

「そのことであるが……どうも間者が交じっていたようだ」

「間者……ですって？」

　いつも穏やかな笑みを浮かべていたアリステリア様が、黒いオーラを纏って、ソーマをギロリと睨みつけた。こ、こえぇ……アリステリア様って怒ると怖いタイプの人か。ふえぇぇ……。

　ソーマは、そんなアリステリア様にも動じずに報告を続けた。

「うむ……貴族の馬鹿どもが買収されたようだ」

「くっ……大方優遇してやるから軍隊が領土に侵入できるようにしろと言われたのでしょうね……でも、様子がおかしいですわね。いくらなんでも見張りの兵が全て買収されたとは……」

何やらブツブツと言いながら、アリステリア様は唇を強く噛んでいた。血が出てしまうんじゃないか？

それからアリステリア様は生徒の誘導に戻った。ソーマは残って、ギシリス先生の肩に担がれている娘を心配そうに見つめている。

「娘は……無事であるか？」

「あぁ。息もしている」

「そうであるか……」

ギシリス先生の言葉に安心したのか、ソーマは再び消えた。こうしている間にも敵は刻一刻と侵攻しているのだろう。一体これからどうなるのだろうか……。

そう考えたとき、俺は突然目眩に襲われた。

「うっ……」

俺はグラリと体勢を崩してその場で倒れてしまった。

「え……グレイ？」

隣にいたエリリーが心配そうな顔で俺の背中をさすってくれた。いけない……こういうときに男の俺がしっかりとしないといけないのに……。

俺は立ち上がろうと足に力を入れるが……入らない。足が自分のものじゃないみたいに言うことを聞かない。

な、なんで？

そう思ったとき、俺は吐き気を催して咄嗟に口を押さえた。

「グレイっ⁉」

エリリーが慌てて俺の肩を抱いた。遠くの方からも俺に気づいたソニア姉が、俺の様子を見て慌てて走ってくるのが分かる。あぁ……心配かけたくないのになぁ……。

「だ、大丈夫……だよ」

心配する二人に俺は辛うじてそう言った。でも、直ぐに吐き気が俺を襲う。

「うっ……」

「無理をするな。あんな光景を見たんだ。平然としていられるわけがない」

ギシリス先生がエリリーに下がるように促すと、代わりに俺の背中をさすりながら言った。

あんな光景……そうだ。学舎の中の光景はひどかった。ゴロゴロと転がる死体の中には俺と面識がある人もいたのだ。その中でノーラが生きていたからここまでなんとか平静を保てていた……つもりでいた。しかし、やっぱりダメだ。気持ち悪い……もしソニア姉やノーラ、エリリーも同じようになっていたらと思うと気分が悪くなる。

「とにかくお前たちはここで暫く休んでいろ。私は町の様子を見てくるからな」

「せ、先生……」

　エリリーは不安そうな表情をギシリス先生に向けた。それに対してギシリス先生は笑って、頭を優しく撫でた。

「心配するな。ここにはソーマのやつがいる。安心しろ」

「……はい」

　ギシリス先生はエリリーを宥め、担いでいたノーラをそっと地面に横たえると、町の方へ行った。

　俺はなんとか立ち上がって周りの状況を見てみる。怪我をした者、それを治療する者、誰かと話す者、泣いている者……様々だった。


「……」

　俺はただ呆然とその光景を見ていた。そこへ、走ってきたソニア姉が、後ろから声をかけてきた。

「グレイ……無事で良かった」

　ソニア姉は立ち尽くす俺を後ろから抱きしめてくれた。……あ、そうだ母さんと父さんは……。

「お姉ちゃん……母さんと父さんは……？」

「分からない……けど、お母さんは町外れの家にいるはずだから大丈夫だよ。お父さんは軍人だし……きっと……大丈夫」

　そういうソニア姉の顔に不安の色が浮かんでいる。下手に動くと危険だし、探しに行かない方がいいんだろうけど……。

「みなさん。少しいいでしょうか？」

　そんな折に、アリステリア様のよく通る声が聞こえ、そっちに視線を向ける。周囲の人々も俺と同じように注意をそちらに向けた。そして全員が自分に注意を向けていることを確認してから、アリステリア様は話し始めた。

「もうお気づきでしょうが、これは敵による攻撃です。ここトーラの町は今、まさに最前線です。ノルス公爵の娘として……わたくしがみなさんを必ず安全なところへ移動させますから……どうか心配しないでくださいませ」

アリステリア様の言葉に保証なんてどこにもないけれど……それでもみんな一様に頷いた。アリステリア様は目を伏せてから、言った。

「……ありがとうございます。それではまず状況の確認ですけれど……アイク」

「はい」

呼ばれてアイクは前に出た。

「およそ数十分前……トーラの町へ向けて上級魔術が放たれました」

ザワザワ。と、周囲の人々がざわめき立つ。

「その魔術の攻撃はトーラの町の何箇所かに直撃しています。敵の軍隊の侵攻も確認されているために、これから我々は即時トーラの町からの脱出を試みます」

アイクはそれだけ言ってまた後ろに下がった。

「そういうわけで敵軍がこちらへ到達する前にトーラの町から離れます。ご家族の安否が心配な方もいらっしゃるでしょう……けれど我慢です。まずはご自分の命の安全を考えてくださいませ」

■■■■

こうして動き始めてからおよそ数時間……トーラの町の南の市壁から俺たちは脱出することに成功した。

トーラの町の中は見るも無残な状況だった。いくつもの巨大な岩が建物を壊し、人を押し潰していた。途中、町の人とも合流したりして俺たちは市壁を越えた。その先には既に町から脱出している人々の集団がいた。

とりあえず助かったようだ……。

その集団の中にはラエラママがいた。よかった……。

「お母さん！」

「ソニア！」

ソニア姉は母さんを見るなり走り、そして抱きついた。母さんもソニア姉を強く抱きしめている。相当心

配してくれていたようだ。俺の方もかなり心配してい
たが、母さんの姿を見るなり身体の力が抜けてしまっ
た。
「母さん……」
「あぁ……グレイも無事でよかった」
俺もソニア姉と一緒に母さんに抱きしめられた。苦
しかったけど暫く身を委ねたかった。そこへ聞きなれ
た声が聞こえ、俺とソニア姉は咄嗟に振り向いた。
「ソニア……グレイ……」
いつもとは違って銀色の鎧を着ており、右胸にはイ
ガーラ王国の紋章である三つの剣が重ね合わさったよ
うな文様をつけたアルフォード父さんが、俺たちの後
ろの方に立っていた。
「父さん……？」
見たこともないアルフォードパパの姿に、俺は暫く
不思議な感覚に囚われた。が、直ぐに我に返って父さ
んも無事で良かったと、ホッとした。
「あなた……」
「ラエラ……」
父さんと母さんは見つめ合って、やがて父さんがラ
エラママの唇にそっとキスをした。こんなときに……
いや、こんなときだからか。
「ラエラ。子供たちは任せた」
「……任せてよ。でも必ず帰ってきて？」
「あぁ。そうできるよう頑張ろう」
それから暫く経ったときである。町の方からズカー
ンという爆音が轟いてきた。キンキンという金属がぶ
つかり合う音まで聞こえてくる。
戦闘音だ。戦闘が始まったんだ。
「みなさん！　はやく町から離れますわよ！」
アリステリア様の声に俺たちは足を動かした。向か
うのは隣町……そこまで行けば援軍が期待できるし、
それに保護もしてくれるだろう。
今はとにかく逃げなくてはならない。俺たちは必死
に足を動かした。だが、それは無意味だった。
「おやおや？　みなさんどこへ行かれるんですかぁ～？」
そこはちょっとした林地帯。現れたのは丸坊主の男
だ。この状況を見て、そんなことを言う奴は狂気の沙

汰ではない。俺は本能的に恐怖を覚えた。

「あ、貴方はっ……」

アリステリア様は突然現れた男を睨みつける。アイクはその男から、アリステリア様を守るように剣を抜いて前に出て、ソーマも姿を現した。

「おやおやおや？　ソーマ大師長殿ではありませんかぁー。五年前の戦争以来ですねぇ……」

「ふん。吾輩に負わされた傷は治ったのであるか？　マハティガル小師長」

ソーマは明らかな殺気を放ってその男を睨みつけている。敵……なんだよな……？

なんでこんなところに……。

「貴方たちは必ずこっちにくると思って待ち伏せていたんですよぉー？　いい加減待ちくたびれてしまいましたよぉ」

と、マハティガルという奴の後ろの木々から革の鎧を装備した男たちが現れた。

「くっ……武器を持たない民間人の虐殺になんの意味があるというのですか！」

アリステリア様の怒声がまるで心地いいかのようにマハティガルは愉快に笑った。

「あーっくっくっくっく。楽しスィィからに決まっているでしょうがぁ！　戦いの高揚感んんっ！　そして、刃が肉を裂く感覚ぅ！　最高じゃないですかぁ！」

マハティガルはそう言ってアリステリア様に向かって剣を振った。ガキンっと、もちろんアイクによってその剣は防がれる。

「貴方は知らない子ですねぇ……」

ギチギチと嫌な音を立てて、肉迫する鍔迫り合いの中でマハティガルがアイクに向かって言った。

「アイク・バルトドス中師兵だ！　あの世で覚えておくんだな！」

「遠慮しておきますよぉ」

アイクの振るった剣はいとも簡単にマハティガルに避けられる。だがマハティガルは、それ以上何かするわけでもなく後方に下がった。

アリステリア様は一緒に逃げてきた奴に何か指示を

飛ばしている。でも、俺には何を言っているのか分からない。母さんやソニア姉も俺に向かって何か言っている……なんだ？

と、俺の身体が気づいたら飛んでいた。蹴られたのだと気づいたのは地面に落ちてからだ。あの、革の鎧を着ている男たちの一人に蹴り飛ばされたのだ。

男は下卑た笑みを浮かべてソニア姉と母さんに一歩一歩近づいていく。あの顔を俺は知っている。前世じゃあ、強姦とか言ったっけな……。ボンヤリとする意識と中、男がソニア姉に触れた瞬間……俺の中で何かが壊れた。

「へへへっ。いい女じゃねぇか。えぇ？」

「や、やめっ」

「ソニアっ！」

男に襲われるソニア姉は恐怖で呂律が回っていない。男からソニア姉を守ろうと、ラエラ母さんが男に縋るが蹴られた。

女であるラエラ母さんに、訓練を受けた男の蹴りが腹部にジャストミートした。ラエラ母さんは口から血を吹くがそれでも諦めず男に縋る。

俺はそんな光景をただ冷静に眺めていた。途端に視点が変わる。戦闘モードに切り替わったのだ。

あぁ……なんだろうか……頭の中がとてもクリアだ。あのマハティガルという奴が待ち伏せしていたという事実に俺の中で殺すだの殺されるだの考えが色々巡っていた。でも、今は何も感じない。殺すとか殺されるとか激しくどうでもいい。

なんだか気分がいい。

俺は地面に手をついて魔力保有領域(ゲート)から魔力を引き出す。そしてラエラ母さんを足蹴にする男に向かって初級地属性魔術【ロックランス】を全力で放った。

相性のこともあり消費魔力は抑えられたが全力で放った上に元々魔力が少ないこともあって魔力が半分近くごっそり持っていかれた。しかし、それでもいい。あの男を殺すには十分だ。

男が再度母さんを蹴り飛ばす前に発動した【ロックランス】が男の真下から飛び出し、男の顎を貫くと、そのまま口の中を通って脳天まで貫通した。

プシャーっと、男の脳天から血と何か別の液体が混じって吹き出し、あたり一帯を汚く染め上げる。汚い顔の串刺し……。飛び出た岩の槍に全てを預けるように、こうして男は絶命した。

「っ！」

ソニア姉もラエラ母さんも、そのあまりの光景に絶句してしまっていた。

とりあえずこれで二人は大丈夫だろう。俺はとりあえず状況確認のために周囲を見渡す。革の鎧を着た男たちは敵だろう……その敵と味方と思われる兵士が所々で戦闘をしていた。逃げてきた民間人たちはトーラの町へ引き返している。

そっちの方にも敵はいるんだが……しかし、戦力的にはそちらの方がむしろ、安全かもしれない。

というか引き返すならソニア姉とラエラ母さんを連れていけよ。俺は悪態をつきながら二人をどうするか考える。俺が連れていくしかないか……。

俺は【ロックランス】によって顔を貫かれた男が持っていた剣を拝借すると二人に目を向けた。

「逃げよう母さん。お姉ちゃん」

「あ、そう……ね」

ソニア姉はまだ呆然としていたが、母さんは俺の言葉で直ぐに復活し、ソニア姉を抱えて走り出す。途中で我に返ったソニア姉も自分で走り、俺たちは後退を余儀なくされた。

さっきの場所に戻ってくると敵と味方で入り乱れている。どうしたもんかな……。俺が考えていると背後に敵の気配を感じたので剣を振るった。

八歳児の身の丈よりも長い剣を扱うのは難しいが……ギシリス先生の下で剣術を磨いてきたんだ。剣は力だけで振るうものじゃないことを、俺は知っている。

いきなり剣を振った俺に二人は驚いていたが直ぐに後ろから迫る敵に気づいた。俺はこちらに襲いかかってくる敵を剣で薙ぎ払った。革の鎧に刃が当たり、バキバキという骨が折れる音がした。

ちっ、この剣……なまくらじゃねぇかよ。切れねぇ……しかし、敵を戦闘不能にするには十分だったようで敵は、「あぁ！」とか叫んで悶絶していた。しかし、このまま生かしておく理由もないので鎧の保護のない首に剣を突き刺して止めをさした。

「ぐ、グレイ……？」

「ん？」

ふと、俺のことをソニア姉が呼んだ気がした。見ると、まるで化け物を見るかのように俺を凝視していた。ラエラ母さんは驚いた顔で見ているだけだ。

「どうしたの、お姉ちゃん？」

「どうして……笑ってる……の？」

「え？」

俺は思わず目を丸くした。そして気づいた。自分の頬が吊り上がり笑みを作っていることに。

俺は自分の手を顔に触れた。その俺は……間違いなく笑っていた。

そして俺は現実に引き戻された。

なにやってんだよ俺は！　今、俺は命を奪うことに快楽を覚えていた。当然のように殺していた。呼吸をするようにして、なんの躊躇いもなく敵の首に剣を突き刺していた。

そして今も……俺は慌てて、敵の首に刺していた剣を抜いた。

「ち、違うんだ！」

俺はソニア姉に向けて弁明するように叫んだ。ソニア姉はびくりと肩を震わせた。あぁ……何が違うっていうんだ。何も違わない……俺は何を言ってるんだ？

そうだ。とにかく殺さなきゃ。殺して殺して殺す。

いや、違うだろ⁉

くっそ！　頭の中がグチャグチャだっ！　考えが纏まらない。まるで奈落の底で無駄なのにもがいているような感覚だ。

別に殺しちゃダメだなんて思わない。綺麗事を言うつもりはない……でもさっきまでの俺は殺すことに……奪うことに快楽を感じていた。これじゃあまるで快楽殺人犯だ。いやだ……あんなのと一緒だなんて……ぐぅ。

俺は途端になんとも言えない吐き気に襲われた。今度は口を押さえるのが間に合わずその場にぶち撒けた。口の中が気持ち悪い……頭が上手く回らない。俺に何が起こって……と、俺が定まらない思考を巡らせていると敵が三人……俺の方へ走ってきている。もちろん剣を構えて……。そいつらからは当然のように敵意を感じる。子供だからって容赦しない……そんな風な雰囲気だ。当然だ。

そう……子供だろうと奪うのが当然なんだよな？　なら、俺もお前らから奪ってやるよ……。

俺は地面に転がっていた剣を拾って向かってくる三人のうち、一人に向けて剣をぶん投げた。ブンブンと回転しながら飛ぶ剣は敵の脳天に突き刺さり、敵はそれっきりピクリとも動かなくなった。残り二人……俺はすかさず走って、倒れた敵から剣を奪い、二人目の足に向けて振るう。ボキッという気持ちのいい音が聞こえたと思ったら男の断末魔のような叫びが聞こえてきた。今しがた足の骨を折った敵が喚いているようだ。斬れないのは、剣がなまくらということと、敵の足の武装に直撃したからだろう。背後から三人目の気配を感じ、二人目に止めをさすのを一度先送りにする。横にズレ、三人目が振り下ろしてきた剣を回避し、俺はもう一度剣を振った。鎧のない上半身と下半身の分かれ目……そこを的確に狙い、俺は三人目を一刀両断した。上半身は空に舞い、下半身は暫く血しぶきを上げながら地に立った後バタリと倒れた。

あぁー血がついた。顔が汚れてしまった。汚い……俺は呑気(のんき)にそんなことを考えながら二人目のところへ戻って首を剣で撥ねた。

「ふぅ……」

俺は一仕事終えた木こりのようなため息を吐いて、ソニア姉とラエラ母さんの方に視線を向けた。二人とも無事だ。さっきの一刀両断とかグロいものを見せてしまったからか二人とも絶句してしまっているが、仕方ない。

後で謝ろう。とにかく今は殺さなきゃ。

ん？　なんか今変なことを言った気がする……まあ、どうでもいいか。

俺はソニア姉と母さんのところまで歩いていくとそっと手を伸ばして言った。

「早く逃げようよ。ここにいたら危ないよ？」

俺の手がソニア姉に触れようとした瞬間、ソニア姉が大声で叫んだ。

「来ないで！」

明らかな拒絶だった。俺は思わず手を引っ込めた。ラエラ母さんの方を見ると、厳しい表情をしている。なんだよ……なんだっていうんだよ？

だって殺さないと……は？

そこまで考えて俺は再び我に返った。

なにが殺さないとだ！　ふざけんな！

「ぐっ」

また吐き気がっ……俺はソニア姉と母さんに背中を向けてぶち撒けた。くそっ！　さっきからなんなんだよ！

「うっあ……」

頭が痛い。気持ち悪い。吐き気がする。なんか熱っぽい……。

あまりの状態異常に俺は戦闘モードから強制的に通常視点に戻された。そんなときに限ってまた、敵が一人こっちにきている気配を感じた。咄嗟に動こうとしたが身体が動かない。

な、なんで……。

敵はもう目の前まで来ていた。そして剣を振り上げている。

「あ……」

俺は死ぬんだと思った……そのときだ。俺は後ろに引っ張られて、ギリギリ敵の攻撃から逃れられた。そして、俺を背後から抱きしめるこの懐かしい感覚は……と、思って俺は見上げる。見上げるとそこには俺のよく知るラエラママの顔があった。

「グレイばかりに守ってもらうわけにはいかない！」

ラエラママは俺とソニア姉を守るようにぎゅっと抱きしめた。敵はもちろん攻撃を止めることなくもう一度剣を振り上げた。

今度こそダメかと思ったが、再びその剣が俺たちに当たることはなかった。それよりも目をみはる出来事が目の前で起こった。男の剣は、確かに俺たちは当たらなかった。

でもそれは外したからではない。俺たちじゃない誰かに当たったからだ。

銀色に輝く鎧が煌めき、己の剣で敵の剣を防いでいた。その人は俺たちを守ってくれたのだ。

俺は無意識に叫んでいた。

「父さんっ！」

俺はその背中を見ただけで誰か分かった。間違いない。アルフォード父さんだった。俺は母さんの腕の中で咄嗟に叫んだ。

「うおぉぉ！」

父さんは叫びながら、両手で握る剣で襲いかかってきた敵を切り捨てた。ザシュっと革の鎧ごとぶった斬り、敵は倒れた。

「ラエラ、ソニア、グレイ！　無事か⁉」

慌てて走り寄ってきたアルフォード父さんは、開口一言目に言った。無事を確認するものだったが、俺たちよりもむしろ、父さんの方が傷だらけだった。

「大丈夫。でもあなたは……」

「心配するな。俺はこの程度の傷で倒れるほど柔じゃない」

そうは言うが、傷だらけの父さんを見たのが初めてで、俺の中でただ心臓の鼓動がうるさく脈打っているだけだった。

「お、父さん…？」

ソニア姉はもうわけが分からないのか呆然と、父さんを見つめている。そんなところへ、さらに敵がわらわらとやってきたのを父さんは剣を振るって薙ぎ払う。

「おぉぉぉ！」

一振りで三人ほどの首を撥ねた。しかし、呼吸が荒い。かなり疲弊しているのは目に見えて分かった。

「あなた……」

母さんの沈痛な声に、父さんは反応した。

「ラエラ……守りながらは少し厳しい。子供たちを連れて早く逃げろ！」

「なに言ってんだよ！　父さんも一緒に逃げようよ！」

俺はラエラママの腕から飛び出してアルフォードパパの足に縋りついた。もしここに父さんを置いていったらきっと後悔する……そんな気がしてならない。

「グレイ……俺は大丈夫だからお前は母さんを守ってやれ」

「で、でも」

「忘れたのかグレイ。お前にはやるべきことがあるだろう？」

「っ……」

そうだった。俺は父さんととある約束ごとをしていた。あれは一年前……俺が学舎に入って一年が経過して七歳になったときだ。俺はいつものように朝から父さんと剣術の稽古をしていた。

『グレイも強くなったなぁ……俺もそろそろ抜かれるか？』

『手加減して戦っているくせに何を言ってるの？』

『いや、本心からだ。お前はきっと俺を追い抜くだろうさ』

『まあ頑張ってみるよ』

俺は戦闘モードの視界の中、アルフォード父さんにフェイントを織り交ぜた虚をつく一撃を放った。完全なタイミング。防御はできないはずだと思った。しかし、父さんはヒョイとそれを躱して、俺の頭を軽く小突くように木剣を振り下ろした。

『あたぁー』

『俺の勝ちだな』

『なんで当たらないんだろう……』

『お前はもっと非情にならなきゃな。打ち込む瞬間、無意識だろうが躊躇いがある。それじゃあ無駄もできるし避けられる』

『非情にって言われても……』

『ならグレイは、母さんやソニアが襲われていたらどうする？』

『襲っていた奴はとりあえず殺します！』

『な？　手加減なんかしないだろ？　そんな感じだ』

『簡単に言うなぁ……難しいよー』

『まあ、お前の優しいところは長所なんだがな。グレイはグレイなりに強さを磨くといい。そして俺にもしものときがあったら母さんやソニアのことを守ってやれ』

『もしものとき？』

『あぁ……もしものとき……な？』

それが今だって……そう言うのかよ、父さん……。

「ラエラ！」

父さんに呼ばれた母さんは目を真っ赤に腫れさせていた。きっと母さんもここで父さんを置いていったらいけないことを分かっているんだ。敵はドンドン押し寄せてくる。父さんは敵から俺たちを守ろうと戦っている。こういう場面でいつも俺は主人公たちの決断の遅さに苛立(いらだ)っていた。

でも……実際こういう場面に出くわすと違うもんだな。父さんの意思を尊重したい俺と父さんを失いたくない俺が葛藤している。

どうしてどちらか一つしか選べないんだよ……どうして……。そして、俺は気づいたらラエラママに抱きしめられていた。それはソニア姉も同じだった。

「母さん！」

「グレイ！　言うことを聞きなさい！」

母さんの強い言葉に俺は思わず言いたいことを飲み込んだ。母さんの腕の中で俺はただただ敵と一人で戦う父さんの背中を見つめるしかなかった。

■■■■

五日経った……トーラの町の避難民は全員隣町のゲフェオンに避難した。学舎の生徒はとりあえず誰一人として欠けていない。アリステリア様の言った通りだった。しかし、トーラの町は甚大な被害を受けた上に敵軍に占拠されてしまった。突然の宣戦布告……軍の首脳部はかなり荒れたらしい。

すでにトーラの町の奪還は不可能とされ、現在はゲフェオンの町で王都からの援軍を待っている状態だ。早くともあと六日は、援軍は来ない……もしその間にゲフェオンの町に進軍されたらトーラの町の二の舞いになるのは明白だ。

ゲフェオンの町の住人たちはそれを見越して領主と相談して、イガーラ王国軍とは別に義勇軍を組織することが決まった。そこにはトーラの町の避難民も数名加わっている。

俺はというと……トーラの町で死んだものたちが並べられている葬儀場というところに来ていた。葬儀場といっても数が数なのでゲフェオンの町の大きな広場に死体が横たわっている感じだ。

　俺はソニア姉とラエラ母さんと一緒に父さんの横たわるところに来ていた。父さんのお腹と肩口には斬られたり刺されたりした痕がある。戦った証拠だ。

　そう……父さんは死んだ。

　俺たちを、避難民を逃がすために戦って死んだ。もちろんそのために戦って死んだのは父さんだけじゃないけれど……あのとき敵軍に寝返った貴族の兵士共のせいで戦力が傾いていた。

　もしあのとき、十分な戦力さえあれば父さんや、俺たちを逃がすために戦ってくれた兵士たちが死ぬことはなかったかもしれない。トーラの町も奪われることはなかったのかもしれない。

　誰かが泣いている。ふと振り返ると両手で顔を覆って嗚咽を漏らすソニア姉と母さんがいた。

　どうして泣いているんだ？　奪われたからだ……何もかも全部……。

「父さん……」

　俺は約束を守るよ。そのために…守るために俺は兵士になる。父さんみたいな立派な兵士に。

　俺は二人を……三人を置いて踵（きびす）を返し、涙を拭って歩き出した。もう立ち止まってなんていられない。立ち止まったら追い抜けない。

　歩け……

　歩け。

　そう父さんが言っている気がした。

■■■■■

　義勇軍の本部はゲフェオン領主邸の一室を借りている。そこで義勇軍への志願が可能だという。俺は義勇軍に参加しようと思っているが……その前に母さんやソニア姉と相談しないとな。さすがに、勝手に志願するのは忍びない。だから俺は父さんの弔いをした翌日……避難民のキャンプ地の仮住宅用の簡易テントに二人が揃っているときに話すことにした。

「相談したいことがあるんだけど……」

俺が真剣な顔で話すとラエラ母さんはいつものほんわかとした雰囲気から打って変わって、真面目な表情をした。ソニア姉はどうしたらいいのか分からずオロオロとしている。

まだ父さんが亡くなったことから立ち直ってないんだ。仕方ない。

とにかく……俺は話すために一度呼吸を整えた。

「僕、義勇軍に志願しようと思うんだ」

「え……？」

というのはソニア姉からだった。ソニア姉は呆然と俺を見つめたあと、悲しそうに俺の方に寄ってきて俺を強く抱きしめてきた。

「や、だっダメだよ……そんな。戦争……なんだよ？　お父さんも死んじゃって……グレイまで、死んじゃったら……」

俺はゆっくりとソニア姉の抱擁を解いた。するとソニア姉は一気にぶわっと泣き出したので俺は困ったように笑うしかなかった。

「……グレイ」

「母さん……」

俺はソニア姉から視線をずらして母さんを見る。そのとき初めて俺は、母さんからとんでもない威圧を受けた。

「……」

でも、それに負けちゃいけないと思った。だから俺は目を逸らさないようにじっと母さんを見返す。やがて母さんは諦めたようにため息を吐くと少し悲しそうに笑った。

「本当に……グレイはアルフォードの息子だよ。頑固なところなんかそっくり」

「男なんてみんなそうじゃないかな？」

「言い返すところも……ね」

「そっか……」

ラエラ母さんはふぅ、と息を吐くと言った。

「あなたのしたいように生きなさい」

「母さん……」

母さんの返答に、隣でソニア姉が怒ったように叫んだ。俺はそれを宥めて二人に背を向けた。

「絶対……戻ってくるから」

「当たり前……親より先に死ぬなんて許すわけないじゃない」

「あはは。うん……分かったよ」

最後に俺は笑って仮住宅のテントから出た。向かうところは領主邸だ。ここからだとそこまで距離はない。俺は歩いていき、途中で何人かの人とすれ違いながら領主邸にやってきた。

すると、領主邸の前で見知った顔を見つけた。あの耳と尻尾は……。

「ギシリス先生?」

俺がそう声をかけるとピクリと頭についたフサフサな耳が反応して、俺の方を振り向いた。褐色肌の獣人……間違いなくギシリス先生だ。

「……グレーシュか」

「はい。えっと……ここで何を?」

俺が来るまでギシリス先生は目の前の甲冑を装備した男と話していたようだが……邪魔してしまったか？

「むぅ……ちょっとな。それより、アルフォードのことは残念だった……」

「あ……いえ」

なんか湿っぽい空気になってしまった。当然か……えっと……。

「父さんのこと知っているのですね。軍にいたときに？」

「あぁ。私と同期なんだ」

「同期？」

この人って一〇年くらい前まで兵士やってたんだよな……何歳なのこの人？　アルフォード父さんは三八歳とかだったよな……ギシリス先生めっちゃ若く見えるんだけど。しかし、女性に年齢を訊くと碌な目に遭わないのを知っているので、俺はその疑問をぐっと飲み込んだ。ここは異世界だ。ギシリス先生は長寿なのかもしれない。

「あいつは同期の中じゃあまり強くなかったな……それでも必死に戦って多くの戦場で生き残り大師長の座にまで上りつめた男だ。お前の父親は立派な男だ」

「そう……ですか」

なんだか俺は奇妙な気分になった。

「そういえば大師長って軍階級だとどの辺なんですか？　僕の知り合いにもそういう人がいるんですけど……」

その知り合いというのは、もちろんソーマだ。

「そうだな……とりあえずかなり偉くて強いってことだ。お前の父親も強かったろ？」

「はい。僕たちを守りながら大勢の敵を倒していました」

俺は即答した。父さんは強かった。

「お前も素質はあるからな。きっとあいつのようになれるさ」

「はい！　頑張ります！」

俺がはっきりと返すと、ギシリス先生は少しだけ困ったような笑みを浮かべたが、直ぐにいつものような表情に戻った。

「それで、ここに何の用なんだ？」

「あ、はい。実は義勇軍に志願しに来たんですけど……」

言った途端ギシリス先生の眉が上がった。

「ふむ……義勇軍に志願……か。父親の敵討(かたきう)ちでもするつもりか？」

「むぅ……」

「違います。僕はただ……何かできないかと思って」

ギシリス先生は暫く考えたあとに俺に向かって言った。

「そうだな。よかろう……私が募集員に紹介しよう」

「え？　ありがとうございます……？」

そして俺は言われるがままにギシリス先生の後についていく。はて、紹介？

俺は首を傾げた。ギシリス先生についてテレテレと歩いていき、俺は領主邸の中に通される。

領主邸の中は俺が思い浮かべていた通りの貴族の屋敷のような造りをしていて、非常に貴族らしいなと思った。

それから領主邸のとある一室に通された。そこには何人かの人がいた。男の人もいるし女の人もいる。その人たちは取り囲むようにして中央のテーブルに色んな資料を広げて何か話し合っていた。

俺とギシリス先生が入ると視線は俺たちに集まった。

「ん？　ギシリスさんじゃねぇか」

「うむ。邪魔するぞ」

「いいさ、気にしなくて。んで？　何の用で？」

この人がこの中で一番偉いのだろうか。一人の男がギシリス先生と喋っている。

「この子が……義勇軍に志願したいらしくてな。連れてきた」

「ん？」

そこで初めて男は俺を見た。周りの奴らも会話を聞いていたのかギシリス先生から俺へ視線を向けてくる。どれも訝しげな視線だ。


さしずめ『子供が志願？』とか舐められているのだろう。まあ、こんな形をしていればそう思われても致し方ないことだとは思うけど……。

「ん～子供か……子供だよなぁ？　ギシリスさん、いくらなんでもそれはねぇんじゃねぇか？」

男の意見はもっともだ。何が悲しくて子供を戦場に送らなくてはならないのか。しかし、ギシリス先生はフッと笑うと言った。

「子供と思って見縊(みくび)らない方がいい……見た目に惑わされるな。こいつは……私が剣を教えたのだからな」

周りの人たちに動揺が走り、男は言葉に詰まるが難しそうな顔をしている。

「うーん……俺たち義勇軍は後方支援担当だからあまり危険はないけどなぁ。あんたが師事したんなら……確かにつぇえだろうな。だが一応実力は見させてもらってもいいか？　それで判断するってことでよ」

ギシリス先生は男の提案にしばし逡巡したあとゆっくりと頷き、俺に目配せしてきたので俺も頷いた。

「うし、じゃあここじゃなんだし領主邸の庭に行こう。

あそこは広いからな」

「分かった。行くぞ、グレーシュ」

「はい」

　俺たちは部屋から出て領主邸の庭へ移動する。男は後から行くと言っていたので別行動だ。庭は確かに広い。トーラの学舎ほどではなかったが……暫く庭でぼーっと待っていると男が何人か引き連れてこっちにやってきた。

　取り巻き？　とは雰囲気は違うか……とにかくその取り巻きっぽい人たちは全員武装している。義勇軍の戦闘隊員か何かだろうか？

「待たせて悪かったな」

「いや、問題ない」

ぬ？　なぜギシリス先生が答えたんですか……試験を受けるのは僕なんですけどねぇ。まあ、ギシリス先生の紹介がなければ最悪門前払いだったか……素直に感謝しておこう。

　ありがたやぁ……獣人さまぁ……。

「それじゃあ……えっとまずは名前を訊いていいか？」

　と、男が俺の方を向いて言った。あぁ……名前ね、名前。

「グレーシュです。グレーシュ・エフォンス」

「グレーシュか……俺はナルク・ナーガブルだ。義勇軍の指揮を執っている」

「宜しくお願いしますナーガブルさん」

　俺が一礼して言うとナーガブルは驚いたような顔をしていた。

「へぇーガキにしちゃあ礼儀正しいな。どっかのぼっちゃんか？　あと、ナルクでいいぞ」

「ぼっちゃんじゃないですよナルクさん」

　なんて会話しながら少しだけナルクと親睦を深める。気さくな奴で子供と見て、俺のことを舐めてはいたが馬鹿にするような感じではない。

「つーわけでだ。グレーシュにはこいつと戦ってもらう」

　そう言われ、ナルクの取り巻きから一人の女性が前に出てきた。闇色の髪を一つに束ねたなんか大和撫子みたいなべっぴんさんが出てきた。黒髪美人到来っ！

大体こういう人って強いんだよなぁ……俺がうへぇってなっているところに、その大和撫子が自己紹介してきた。

「クーロン・ブラッカスです。宜しくお願いします、グレーシュ君」

「あ、はい。改めてグレーシュ・エフォンスです、ブラッカスさん」

「クーロンでいいですよ。みんなからはクロロって呼ばれています。そっちで呼んでもらっても構いません」

「ではクロロさんで……僕もグレイでいいです」

「じゃあ、グレイ君で」

大和撫子ことクロロさんは予想に反して結構気さくな人だった。ナルクの影響？　それを知るには付き合いが短いので追い追い知るしかないか……。

ともかく、俺はこのクロロという女性と戦わなければならないようだ。と、その女性は俺に問いかけてきた。

「それで、グレイ君はどうやって戦うのですか？」

訊かれた俺は、少し躊躇ってから答えた。

「えっと……剣と弓と魔術を少々……」

「ん？　じゃあ、ほい」

ナルクは俺に剣を貸してくれようと、自分の腰にあった剣を俺に寄越してくれた。

「ありがとうございます」

俺はナルクに礼を述べて鞘(さや)に仕舞われた剣を引き抜く。ズッシリとした重量を感じた。これが剣の重さ……か。今まで何度か握ってきたけれど、いつもと違って重みがある。

よく考えたら冷静な状況で剣を握ったのは初めてかもしれない。そう思ってみると途端に剣が重く感じた。命を奪う道具の重さ……か。こんなの、実際に持ってみなくては分からない。

「どうした？」

ギシリス先生が俺の隣で首を傾げていた。この人はもともと軍人だから分からないだろう。いや、それでも初めてってのは、誰でもあるか。ギシリス先生でも俺みたいにこの剣が重く感じたことがあるだろうか。

「始めていいか？」

ナルクの言葉に俺は頷いて、クロロから一度距離をとる。鞘を捨てて剣を両手で握る。重い……。

闘技大会のときと違うな……。

「それでは準備はいいですか？」

「はい、お願いします」

クロロが構えをとったので俺も剣を構えた。そしてナルクの、「よーい、ド〜ン」という間抜けな合図で試験が始まった。

先に動いたのは俺だ。その直ぐ後にクロロが一歩を踏み出す。子供の足と見てタイミングをずらしたか……なら。

俺は小声で初級風属性魔術【エアフォルテ】を詠唱した。大きな追い風を受けた俺の身体は、途中で急加速した。

「っ！」

クロロはそれに驚いていたが、直ぐに対応してきた。タイミングを合わせるようにまた一歩遅らせた。

くそ……上手いな。

思わず舌を巻きたくなった。そして、互いに間合いに入り、先手を打ったのは俺だ。下から切り上げるよりも、俺は振り下ろす方が早い。

上段に構えた剣を振り下ろす。その攻撃を読んでいたのか、クロロは振り下ろされる剣をガインと受け止めた後、手首を返して俺の勢いを受け流した。

ちょっ！　まじで大和撫子っ⁉

心中絶叫してしまったが、追撃を避けねばと思い魔術を行使する。使うのはさっきの【エアフォルテ】だ。

俺は発動した【エアフォルテ】でクロロと俺の間に爆発するような風を発生させ、俺とクロロを同時に吹き飛ばした。

「くっ」

クロロもこの手は読めなかったようで、後方に後退する。俺も風に吹き飛ばされてクロロとなんとか距離をとることができた。

にしてもクロロ……この大和撫子って義勇軍の志願兵なんだよな？　強くね？　これでも俺は普通の兵士ならば何度も倒してきている。

つまり、クロロは普通の兵士より強い……でも、クロロは飽く迄も義勇軍なんだ。なんだってこんな人が軍隊に入らず義勇軍に……そこまで考えて俺は一つの可能性に辿り着いた。

あぁ……冒険者か。

冒険者はラノベとかによく出てくる職業だ。クロロは恐らく冒険者。ギルドとかで依頼を受けて独自に力をつけた人なんだ。

道理で強いわけだ。

俺はクロロの力量を確認し、新たな作戦を構築する。

フェイントを織り交ぜた攻撃……ならば通るか？

もしも、クロロが対人戦闘の経験が少なく、魔物とかと戦っていればフェイントをかまされることは少ないはず……。俺は次の手を構築し、行動に移す。

クロロも、暫く俺の様子を窺っていたが動き出した。俺はクロロの周囲を左回りにグルグルと回転し始める。

クロロはそこで攻撃しようとせずに中央で剣を中段に構えた。迎え撃つって？

「はぁっ！」

俺は裂帛の気合いとともに剣を振るう。クロロはそれを難なく受けた……が、それは囮だ。俺は攻撃すると同時に地面に手をついていた。さっき風の魔術を使った所為で魔力が半分しかないが模擬戦で全力を出す必要はない。

その半分の魔力のさらに半分の魔力で俺のお得意な【ロックランス】を詠唱して発動させた。岩の槍が地面から突き出て、クロロに向かっていく。これで俺の勝ちだと思った……しかし、甘かった。

「【斬鉄剣】っ！」

「え？」

クロロが叫ぶと剣が光り出した。発動した【ロックランス】がクロロに当たるところまでいくと、クロロが俺の剣ごと【ロックランス】を一刀両断した。

「あぁぁ⁉」

というのはナルクの叫び声だ。あーこの剣元々ナルクの剣だもんねぇ。

「あ」

クロロはやっちゃった。てへ☆みたいな顔をしている。最後のは俺が勝手につけた。まあ、でもこれで勝負は終わりか。俺は大人しく両手を挙げて降参した。

つまり勝負終了の合図。いつのまに集まったのか野次馬たちの拍手が聞こえる。俺はというと真っ二つに折れた剣を抱いて涙を流すナクルとそれを必死になって慰めているクロロが憐れだと思い眺めていた。

■■■■■

「んんっ」

ナルクは仕切り直すかのように咳払いした後に、話し始めた。

「まずはグレーシュ。お前の実力は分かった。義勇軍はお前を歓迎するぜ」

「ありがとうございます」

俺たちは領主邸の義勇軍本部に戻っており、俺はそこで義勇軍に入るに当たっての色々な注意事項などを聞いた。

「まあ、まだ具体的方針は決まってねぇからそれは追って連絡する」

「はい」

「じゃあ、なんか訊きたいことはねぇか？」

俺はナルクの言葉に少し唸る。訊きたいことか……俺はそれでチラリとクロロを見た。クロロは、「ん？何か？」という顔で俺を見返した。

うーん……。

「えっと、クロロさんが使ってた【斬鉄剣】ってどういうものですか？　固有剣技ですよね？」

ちなみに俺はそういうのを前にも一度見ている。斬鉄剣じゃないし光の色も違うけど……それはギルダブ先輩が闘技大会のときに俺に使った【瞬光剣】だ。

「その通りですね」

クロロは腰に帯びている刀の柄に手を触れて、言った。すると、ギシリス先生が何かを案じてか、クロロが何か言う前に遮るように口を挟んだ。

「グレーシュはまだ八歳だ」

「八歳……なるほど。グレイ君が師事しているのはギシリスさんですからね」

クロロは納得したように頷いて、俺に向かって話した。

「グレイ君にはまだこの剣技は早いですよ。魔術もそうですが、グレイ君には魔力が足りなさすぎます。剣技は魔術と同じように魔力を使います。グレイくんは八歳でしたよね？　一〇歳になると剣術や魔術の授業で魔力向上のために魔物を狩り始めるんです」

それはエドワード先生の魔力に関しての授業で既に知っていた。

魔物というのは、魔力によって凶暴化した動物であり、その体内には魔力石と呼ばれる石を生成しているのだという。その魔力石を、俺たちが得ると魔力が増えるのだという。レベル上げみたいだ。

「男なら小難しい話するよりさっさと身体動かした方がいいんだよ。今からクロロと一緒に魔物退治にでも行ってくりゃあいいんじゃねぇか？」

「ちょっとナルク……」

「え？　いいんですか？」

正直ナルクの提案はありがたい。俺が子供らしいウルっとした目を向けると抗議しようとしていたクロロが折れた。ふっ、ちょろい。

「全く……まあ、グレイ君の実力ならそこらの魔物には負けないと思いますけど」

本来、一〇歳から始めるのはそういった安全面の問題なのだろう。しかし、俺なら問題ないはずだ。というか、こんなところでたたらを踏んでいるわけにはいかない。

「宜しくお願いします、クロロさん」

俺がそう言うとクロロは肩を竦めて言った。

「グレイ君は、あまり子供って感じがしませんよね」

うっ……俺は思わず目を逸らした。

「ん？　どうしましたか？」

「いえ、なんでも」

中身は三十路すぎのオッさんなんだよなぁ……。

俺が、苦い顔をしていると壁際で腕を組んで寄りかかっていたギシリス先生が口を開いた。

「私も同行しよう」

ギシリス先生が……一緒に？

俺の剣の先生であるギシリス先生の実力は十分に

知っている。クロロも強いのは分かった。これほど心強いパーティーはないだろう……しっかし、ショタが一人いるとなんかいけないパーティーみたいだな……。

■■■■■

そんなこんなで魔力向上を狙って俺は、クロロさんことクーロン・ブラッカスさんと……俺の剣の師匠であるギシリス・エーデルバイカ先生と一緒にゲフェオン付近の平野地で、魔物狩りに出かけることになった。

俺とギシリス先生は領主邸から出て、暫く入り口で待機。クロロが出かける準備をしてくるというからだ。

ふと、俺は隣に立つギシリス先生の顔を見上げ、疑問に思ったことを尋ねた。

「どうして同行すると？」

俺が疑問に思ったのはこれだ。

訊くと、ギシリス先生は背後の建物に背中を預け、腕を組んで目を伏せた。ギシリス先生の何かの癖なのだろうか……よくこの姿勢でいることが多いのだが、とても様になっていて格好良い。まじ、戦乙女……よりも女戦士の方がいいよね！

ギシリス先生は少し間を空けてから、俺の質問に答えた。

「うむ……お前は強い。私が直接剣を教えているのだから、それは分かる……だから、お前を信用していないわけではないが……やはり心配なのだ」

いつも凛々しかったギシリス先生の表情が、目尻も下がって弱々しく感じられた。俺が怒るとでも思っているのだろうか……結局、俺の実力はまだまだギシリス先生に心配されるくらいのものでしかないということ……ただそれだけのこと。

俺は軽く肩を竦めてから、苦笑いした。

「そうですか」

それから暫く待っていると、クロロがやってきた。

「お待たせしました」

髪型こそは変わらず、闇色の長い髪が束ねられているまま……。装備は軽装で忍者のような服に、腕や足に洋風の鎧の武装がなされていた。腰にはまさに大和撫子な刀が……ギルダブ先輩の刀ほど長くないな。

「ん？　どうしました？」

　俺がクロロの服装を眺めていると訝しげな顔で言われた。

「いえ……クロロさんってお美しいなぁーって思いまして」

　クロロは俺の言ったことに対して、しれっとした顔をして返した。

「お口が上手いんですねグレイ君は。でも節操のない子に育ったらダメですよ？」

　おっと、叱られてしまった。さすがに大和撫子だった。あれだな。エッチなシーンとかになったら、「破廉恥な！」って叫びながらビンタしてくるタイプだよね。気をつけよう。

「いやー本心からに決まってるじゃないですか。クロロさんには想い人とかいないんですか？」

「それは……いないこともないですが」

「へぇーナルクさんとか？」

「ナルクは……」

　そのままクロロさんはため息をついた。ナルク……憐れな男だ。いや、俺はいい奴だと思うよ？　うん。

「そうだ。私からもグレイ君に質問してもいいでしょうか」

「はい、どうぞ」

「グレイ君は歳の割に強い気がするのですが……誰に戦い方を学びましたか？　剣術や魔術も申し分ないくらい実力はあると思います。しかし、それらを併用した戦闘スタイル。とても八歳の子供とは思えません。思わず手加減できませんでした」

　この人大人げないな……それで剣技なんて使ったのか。しかし、その疑問も当然かもしれない。こんな八歳の子供が剣術と魔術を上手く活かして、相互に使うことができるなんて驚きだろう。

　例えるなら二刀流のようなものだ。一本の剣と二本の剣を扱うのでは勝手が違うのだ。

　俺はどう答えたものかと悩み、とりあえずこう答えた。

「剣術はギシリス先生に習いましたし……魔術も……

それを生かして戦う方法は独学ですかね……」

そう言うとクロロが目を丸くして驚いた。

「ど、独自に？」

「はい」

「そうですか……」

クロロは暫く俺を凝視した後にため息を吐いた。

「とても信じられませんね……」

ポツリと言ったクロロの声……おい、ちゃんと聞こえてるぞ。まあ信じられねぇのも無理ねぇけど……。

「それが事実だから、仕方ない」

ギシリス先生はクロロの隣に立つと、そう言った。

なんだろう……何か諦められているのだろうか。

クロロはもう一度、ため息を吐くと言った。

「それでは行きましょうか」

「はい」

俺とクロロ……ギシリス先生は領主邸から離れ、ゲフェオンの町を出た直ぐのところの平野地へ向かう。

確かそこにいる魔物はバウーンという四足歩行する獣型の魔物だ。

ドラゴンなんたらクエストでいうスライムのような奴だ。

平野地に向かって大通りを進んでいる間、妙に視線を感じた。どうもクロロとギシリス先生が目立っているようだ。この大和撫子とアマゾネス様はかなりの美人だからなぁ……その隣を歩く子供は俺です。

もしかして親子に見られたりとかしてないだろうな？　やめてっ！　クロロの婚期がっ！

俺みたいに三十路まで結婚できなくなっちゃうよ？

俺が心配そうな顔でクロロを見ているとクロロが訝しげな目で俺を見た。

「何か失礼なこと考えていませんか？」

「やだなぁ。僕、ただの子供だから分かんなぁ～い」

「そういう発言が子供っぽくないんですよ」

あ、そう……昔から可愛げがないとかよく言われてたけどさ。あっちでもこっちでも。

それにしても……クロロに加えてアマゾネス……じゃなかった、ギシリス先生もいるから親子というよりも訳ありな感じがして重いね！　パネェ！　マジパネェ！

　暫く、雑談をしたり独り言のように思考を巡らせたりしていると、ふいに奇妙な気配を俺は感じた。俺の索敵スキルは相変わらず精度が高い……この独特な気配はソーマのものだ。

　気配の感じる方向へ目を向けると俺は目を見開いた。そして相手も俺を見て目を見開いている。

　俺の視線の先にいたのは……ノーラント・アークエイとエリリー・スカラペジュムの二人だった。

「ノーラ……エリリー？」

　思わず口に出した名前にクロロが、「ん？」と首を傾げると俺と同じように視線を二人に向けた。ギシリス先生は俺よりも先に気づいていたようで、耳をピクピクさせながら目を伏せた。

　二人は俺を見るなり、ピタッと立ち止まって数回ほど目をパチクリした後に慌てて俺の方に走ってきた。

　なんだ？

「ちょっとグレイ！」

「聞いたよ!?　義勇軍に入るって本当!?」

　二人が俺に詰め寄ってきて言った。近い近い近い……。

「誰から聞いたの？」

　俺はとりあえず二人を引き剥がして訊いた。

「グレイのお母さん」

「ソニアさんからも」

　俺は納得した。でも、別に悪いことをしているわけではない。二人……からっていうか母さんからは許可とってるし。ソニア姉には悪いことしたなぁ……。

「あたしが倒れてるとこ助けてくれたっていうからお礼に行こうと思ったらいないし……義勇軍に入ってるっていうし……どうしてよ……」

「ノーラ……？」

　突然ノーラが泣き出してしまった。そのままノーラは俺の胸をポカポカ叩いてくる。あんまり痛くない。それより痛いのは俺の背後に刺さる視線だ。

　チラリと横目で見るとソーマが怒りを露わにしてこの光景を見ていた。あの変態め……大人しくアリステリア様の護衛してろよ！

しっかし、どうしたものか……俺は困った風に笑いノーラの頭を撫でた。短いボーイッシュな茶髪は男のそれとは違って、綺麗で撫でていてこっちが気持ちいいくらい手触りがいい。

やがてポツリポツリとノーラが喋り始めた。

「どうして……義勇軍に入っちゃうの？　し、死んじゃったら……どうするの？　ウチヤダよ……もう友達が死んじゃうのヤダよぉ」

そうだった。ノーラを見つけたとき、ノーラ以外のものは全員亡くなっていた。ノーラだけが生き残った。一人ぼっち……俺はその孤独がなんとなく分かった。だから、俺はノーラの頭を撫で続けた。エリリーはその光景を黙って見つめていた。

しかし、このままってのも良くない……よな。

「僕はね……父さんみたいになりたいんだよ」

「？」

急に語り始めた俺にエリリーが首を傾げた。ノーラは相変わらず俺の胸で泣いている。

「父さんは……僕を庇(かば)って死んだんだ」

俺はあのときあったことを掻い摘んで話した。全て話したところで無意味だ。ただ、俺は確固たる意志で義勇軍に入ったのだということを二人にしっかりと伝えた。

エリリーは少し複雑そうな顔をしていたが納得したように頷いた。ノーラも顔を上げて腫らした目を擦(こす)って頷いた。

「分かった……」

ノーラはそう言って俺から離れると、背を向けた。

「はぁ……情けない姿見られちゃったよ」

「本当……」

ノーラの言葉にエリリーが同意した。俺は当然の反応だと思っていたのだが……。

「グレイ。あたしたち、将来グレイのお嫁さんになれるように頑張るから」

「へ？」

「絶対に死んじゃダメだよ？」

そう二人は言って、身を翻(ひるがえ)し俺に向き直ると徐(おもむろ)に俺の両方の頬にキスした。

「おやおや」

クロロが後ろでニヤニヤしていた。あのやろう……。

加えて、ギシリス先生も微笑ましいものを見るような目でこっちを見ていた。熱い……天気が良いみたいですね。

「じゃあねグレイ」

「またね」

二人は俺に別れの言葉を告げると、踵を返して歩き出した。このあと彼女たちがどうするのか俺には分からない。彼女たちが何を頑張るのか分からないが、まあ取り敢えず応援しておこうか。

彼女たちが去った後に残ったのは微笑ましいものを見たというようなクロロとギシリス先生の笑顔と、寒気がするくらい怖い視線を送ってくるソーマだけだ。

「はぁ……」

俺は小さなため息を吐いた。全く……これ、なんかのフラグじゃないだろうな？

俺がそうやって未来のことに想いを馳せているところに、怖い視線を向けていたソーマが、そのままの表情で俺に近寄ってきていた。

「グレーシュ」

「ひっ」

呼ばれて……俺は怖すぎて、思わず仰け反った。

ソーマは顔を眼前まで寄せると、やがて諦めたようにため息を吐いて、その恐ろしい視線という矛を収めた。

た、助かったの……？

「一応……伝えておくが」

ソーマはそう前振りしておき、続けた。

「ノーラと……あとスカラペジュムは安全な町へ引っ越すことになった」

「え？」

俺は驚いて、目を見開いた。どうして別れの言葉を告げられたのか……その意味が俺には分からなかったが……まさか、そういうことなのか？

「スカラペジュムの父親は男爵位で、ここから離れたところに領地を持っているのだ。そこへ、ノーラも連れていけるようにしてもらったのである……だから、次に会うことはないかもしれん」

「…………」

　俺はどう返すべきか考えつかず、ただ顔を伏せて黙った。ソーマはやはりもう一度、ため息を吐くと言った。

「……ノーラは貴様のことを好いている。……もしも、お前がアル……アルフォードのセガレでなければ、吾輩も認めずに済んだのであるがな」

　ソーマは天を仰ぎ、晴れ渡る空を見上げた。ギシリス先生はそんなソーマを眺めて、ポツリと呟く。

「アークエイ……」

　自身の名前に反応したソーマは、やはり建物に身を預けて立つギシリス先生に、言った。

「分かるであろう……エーデルバイカ。アルは吾輩たちにとって戦友であっただけではない。そのセガレだ……吾輩も認めざるを得ない。グスンっ」

　泣くなよソーマ……しかし、そこまでソーマに言われたらさすがの俺でも分かった。要約すると、お前が死ぬとノーラが悲しむから、必ず死ぬな。そして、いつか必ず会いにいけ……的な？

　どこまで当たっているかは分からない。子供らしく、グズグズと泣いているソーマにそれを全て聞き出すのも野暮なことだろう。

　ふと、俺もソーマと同じように天を仰いだ。どこまでも青い空……きっとノーラとエリリーもこの空の下で過ごすのだろう。

　全く……ギシリス先生もソーマも過保護すぎるんだよ。言われなくたって……俺は父さんから家族を任されているんだ。母さんや、ソニア姉を残して死ねるかよ。

■　■　■　■

　ノーラとエリリーと別れた後……俺は暫くクロロに弄られた。

「もう既に手遅れなほどの色男なんですねー」

「…………」

　もう穴があったら入りたかった。いつのまにかソーマの気配がなくなっていたのが何より怖かったが気にしない方が賢明だと思ったので無視することにした。

色々あったが、俺とクロロとギシリス先生はゲフェオンの町を出て直ぐの平野地にやってきていた。街道外れの場所で魔物が狩られておらず、そこかしこを闊歩している。

あたりにいるのは、殆どがバウーンという魔物だ。

「それでは見ていてください」

クロロとギシリス先生が前に出たので俺は後ろに下がった。クロロは腰から刀を抜刀し、構える。独特な構えだ……やはり我流か。

ギシリス先生も剣を腰から引き抜くと、半身になって剣を構えた。軍の剣術の構えの一つだ。俺も習った。

こちらに気がつかず、道草食ってるバウーンに向かってクロロは容赦なく剣技を発動した。

「【斬鉄剣】っ!」

刀が青白い光を帯び振り下ろされた。バウーンはそれに気づかず憐れにも【斬鉄剣】によってその身体を真っ二つに斬られてしまった。可哀想に……骨は拾ってやる。

が、バウーンは絶命すると同時に骨も残さず霧散してしまった。すまん、骨拾えなかったわ。しかし、コロンっと紫色の小さな石がバウーンが霧散したあたりに現れた。クロロはそれをとって俺に手渡してきた。

「これが魔石です。これを胸のあたりに押し込んでみてください」

俺は魔石を受け取って、言われた通りに胸に押し当ててると魔石はドロドロと溶けて俺の体内に入っていった。すると魔力が増えた気がした。微々たるほどだが……。

「分かりましたか?」

「あ、はい」

俺は驚きつつ頭を整理した。なるほど、これで魔力を蓄えていくわけか……。

「あとは【斬鉄剣】ですね……先ほど見せたのが【斬鉄剣】です。原理は……って、まだグレイくんには早いでしょうね」

「む……」

今、子供だと思って馬鹿にされた気がした。ちぇ、見てろよ。

と、視界の端になにやらヤヴァイものが見えた気がして、俺はスッとそっちに視線を向けた。

視線の先には、剣を肩に担ぎ、魔石の小山に立つギシリス先生……俺の視線に気がつくと、「む？」と首を傾げた。僕の取り分はありますか……？

キョロキョロと慌てて探してみると、何匹まだ残っていた……良かったよぉ……。

俺はクロロの前に立って背中の剣を抜いた。俺用だから身の丈に合わせて作られている。それをさっきのクロロのような構えで構えるとクロロが興味深そうに俺を見た。

それから俺はさっきのクロロの動きをイメージする。【斬鉄剣】……しかし、原理が分からないので見た目だけになるだろう。

俺は形だけの【斬鉄剣】をその場で使った。

「【斬鉄剣】！」

ヒュオンという剣が風を切る音。クロロは俺の動きを見て驚いていた。

「ま、まさか一度二度見ただけで……いえ、しかし完全ではありませんね」

「はい。形だけなら……でも原理が分からなくて」

「原理が分かれば使えるんですか……もうグレイ君を子供と見るのはやめた方がいいかもしれませんね」

おっと、それはそれで困る。

「いやですよ。いつまでも子供扱いしてください」

「はて、どうしてですか？」

「子供の特権がなくなりますから」

「特権？」

「はい。美人なお姉さんに可愛がられる……とか？」

「私はグレイ君の将来が心配ですよ……」

クロロは呆れたようにため息を吐いた。まあ、そこは男に生まれた定めというものですよ。

ちなみに、本当の子供の特権というのは遊ぶ権利と休む権利だそうです。前世では、子供の定義が二〇歳未満なわけだから、学校とか休んで遊ぶ権利が世界的条約で取り決められているわけですね！　つまり、私が高校を休（中退）んで自宅で遊ぶ（引き籠もり）ということも許されるわけです。

ニートとか呼ばれる筋合いはない！

俺がくだらないことを考えている間にも、クロロは【斬鉄剣】に関してのことを教えてくれた。

「で……えっと斬鉄剣の原理でしたね。特別に教えますよ」

お、ラッキー……もしかするとここで強力な剣技を習得できるかもしれない。そしたら俺の切り札として役立ってくれるかもしれない。あの剣すらも斬る魔技……【斬鉄剣】がな……。

「まず……斬鉄剣は風属性の魔技です。風を利用し……ということです」

「なるほど……」

俺はクロロから【斬鉄剣】の原理を教えてもらい、実行に移す。風を利用して……その力で真空の状態を作って……というのを一連の行動に組み込むのは非常に困難であると俺は思った。

ふむ……これは生身の俺では難しいかもしれない。

例のアレを使えば、剣速、威力、太刀筋、魔力制御……その他もろもろの能力値を大幅に底上げし、クロロと同等かそれ以上の剣技が使えるようになるだろうが、生身の俺では、身体ができていないため、難しいかな。試しにやってみたが、やはり成功はできなかった。

とりあえず、剣技について纏めるが……剣技っての は魔術の剣術バージョンだ。剣術に魔術を付与したものと考えると一番手っ取り早い。まあ、説明したと思うけど……想像し易くするとソードなオンラインのソード的なスキルだ。

ちなみに【斬鉄剣】の消費魔力は俺の魔力だと半分だ。今の俺は最大で斬鉄剣が二回しか使えないというわけだ。これから地道に魔力を上げていかないとダメだろうなぁ……。

＜クーロン・ブラッカス＞

グレーシュ・エフォンスという少年はどうにも子供

という印象が薄い。会話の中に子供らしさはなく、仕草の中にも子供らしさというのが感じられない。

私と同じ長寿の種族では、子供の姿で中身は妙齢数百歳という者もいるが……イガーラ王国には人間以外の種族は少ないし、なによりグレーシュという少年は人間だ。

だからこそ私は困惑した。この少年の子供らしくない言動や仕草に。言動はなんだか色男のような感じだ。仕草はあまりにも礼儀正しい。

言動や仕草もそうだが、驚くのはそれだけではない。剣術や魔術を併用する戦闘スタイル……全く才能というは恐ろしい。

ちなみに今、その問題のグレーシュという少年はバウーン相手に戦っている。

私はそれを眺めている。足運びや剣術は洗練されているが、私からすればまだまだだ。さすがは、『白虎』と呼ばれたギシリスさんが剣を教えただけはある……と、私はバウーンと戦っているグレイ君を心配そうに眺めるギシリスさんに視線を移した。

私はギシリスさんのことを見ながらも、さらにグレイ君のことについて纏めた。

魔術の方は魔力が少ないからか、あまり使わないのかもしれない。

「ふぅ……」

と、グレイ君は額の汗を拭いながらこちらに戻ってきた。私は内側の胸ポケットにハンカチが入っていたのを思い出してそれをグレーシュに渡すとグレイ君が鼻の下を伸ばしていた。

「どうしました?」

「あ、いえ」

グレーシュは少し鼻息荒くハンカチを鼻にくっつけた。あぁ……そういう……。

「グレイ君はエッチですねー」

「男ですから」

キリッとした顔で言われた。

「本当に……将来が心配ですよ……」

「大丈夫です……僕は将来父さんみたいな立派な男を目指しているので」

「グレイ君のお父さんというのは……エッチな方なのですか？」

「違いますよ」

　グレイ君は苦笑した。

「兵士ですよ。トーラの襲撃で僕たちを守って……」

「あ……」

　悪いことを聞いてしまった。もしかすると、わざと明るく振舞っているのかもしれない。そうでもしないと……この子にも子供らしい一面があるのですね。

　私は何も言わず無言でグレイ君の頭に手を乗せて撫でた。グレイ君は私を上目遣いで見上げ、目が合うと少し恥ずかしそうに目を逸らした。

「優しくされたら好きになっちゃいますよ？」

　また、そんな子供らしくないことを……。

「グレイ君が結婚できる歳になったら考えてあげますよ」

「えーそしたらクロロさんもうオバサンじゃないですかー」

「おや、私は長寿種ですから暫くはこの姿のままですよ」

「え？」

　グレーシュは驚いたような顔をした。そんなに驚くことなのだろうか。

「私は人族夜髪（コクヤ）種という種族で、その種族はみんなが私と同じ闇色の髪をしている長寿の種族なんですよ」

「あ、じゃあ僕が結婚できる年齢になってもクロロさんお若くて綺麗なままですね！」

「ふふ、そうですね」

　笑顔でいったグレーシュが可笑しくて、私も笑ってしまった。なんというか面白い子だ。

　綺麗と言われて悪い気はしませんよね。

　私とグレイ君は、暫く笑い合った。

■■■■

　暫く時が経ち、俺が義勇軍に入って三週間が経過した。この三週間、俺がやっていたことは魔物の討伐だ。魔石を手に入れて魔力の向上にこの三週間を費やした。

ちなみに野宿だ。その方が、効率がいい。ギシリス先生の授業で野営の知識がある俺にとって三週間の野宿生活は全く苦にはならなかった。一種のキャンプ気分だった。

そのおかげもあり、俺の魔力量が目まぐるしく増加した。【斬鉄剣】を本気で放つ計算だと計五回放てるくらいには魔力が増えた。

これくらいあれば、ある程度魔術と併用することはできるだろう。俺はとりあえず一度ゲフェオンに戻るために帰路に立った。

三週間ぶりにゲフェオンの町に帰るとなんだか慌ただしかった。

なんだろう?

気になったが俺は領主邸の方に行って、クロロのところに顔を出していくつもりだったので、そのときに訊くかと思って俺は気にせず領主邸に向かった。

領主邸まで行くと、義勇軍の本部に行くというのを門番の人に言って通してもらい義勇軍本部のある一室へ向かう。本部の扉を叩き、中に入ると、そこには意外な人物がいた。

「ギルダブ先輩?」

「む?　お前は……」

ギルダブ先輩は呼ばれて、俺の方に目をやると思い出してくれたらしい。

「お久しぶりですね」

「そうだな」

俺はギルダブ先輩に簡単な挨拶をしておく。それから本部の面々に目を向ける。ナルクとギシリス先生と……アリステリア様とアイクがいる。

「アリステリア様もお久しぶりですね」

「ええ、お久しぶりですわね」

「アイクさんも」

「あぁ」

アイクとはあまり喋ったことがないから俺は軽い挨拶に止めておく。にしても、アリステリア様とギルダブ先輩のカップリングがここに……いや、弄るのは後でいいや。

それよりも、なぜギルダブ先輩がここにいるんだろうか。たしか王都の方で軍に入ったんじゃなかったか？

それを訊くとギルダブ先輩が真剣な顔で言った。

「トーラの町の襲撃に対して、王都へ援軍要請があってな。二週間前にここへ来たのだ」

「あ」

そういえばそんな話があったな……俺は納得して頷いた。

「それじゃあギルダブ先輩の軍なんですね！」

「いや、俺はそこまで階級が高くない。俺の所属する師団が援軍としてきたんだ」

「師団ですか……」

「あぁ」

なるほどね。なんか騒がしいと思ったら。師団が来てればそれだけ色んなものが必要になるし、人も増えて騒がしくなるのも頷けるよな。それから暫くしてコンコンと本部を叩く音。その後に入ってきたのは革の鎧を着る兵士だ。

「義勇軍の方々に伝令です。トーラの町を占拠するオーラル皇国軍に動きがあったと」

「ついにか……準備はできているぜぇ……おい、誰かクロロを呼んでこい！　それと、至急同志たちを領主邸の広場に集めろ」

ナルクのいつもと違う真剣な雰囲気に伝達を頼まれた義勇兵も真剣な顔で、「了解しました」といって本部から走り去る。ギルダブ先輩も真剣な面持ちで腕を組み、唸っている。

「ついに……始まるのですね」

アリステリア様の言葉に、俺もなんとなく察しがついた。俺が修行に費やしたこの三週間……無駄にするつもりはない。

俺が確固たる決心を胸にしたところで、ギシリス先生が俺の方に寄って歩いてきた。首を傾げて、何の用かと尋ねると、ギシリス先生は訝しげな目で俺を見ながら口を開いた。

「見ない間に……随分と変わったな」

「え？　そうですか？」

「あぁ……」

ギシリスはどこか複雑そうな表情をしている。どうして、そんな表情をしているのかは、俺には分からない。ただ、以前のような心配してくれるような目ではなかった。

「本当に……見ない間に立派になったものだ」

最後に、少しだけ不器用な笑みを浮かべて俺の頭を雑に撫でてきた。雑にだけど……それでも、剣の師匠にこうして認めてもらえたのは、素直に嬉しかった。

〜オーラル皇国軍対策会議〜

ゲフェオン領主邸のとある一室。円卓を取り囲むようにして座るのはゲフェオン伯領の領主ウルスラー・ゲフェオン伯爵。向かい側には義勇軍の代表のナルクとクロロ……そこに加えて、冒険者であるクロロと同業者である二人、ワードンマ・ジッカとアルメイサ・メアリールの四人が代表して並んで座っている。

ワードンマ・ジッカは、妖精族炭坑種(ドワーフ)の男性であり、年齢は三六歳と……そろそろ四十路に差しかかろう年齢ではあるが、クロロと同じく長寿の種であるために身体的能力は最盛期を迎えている。だが、種族柄見た目は大柄で厳ついおっさんというイメージであった。

一方、アルメイサ・メアリールという女性は人族紫(ランティ)髪種で、少し露出のある服装をしていた。全体的にプロポーションもよく、その豊満な胸は男を惑わす彼女の武器である。

この二人は、クロロと同業者であるだけではなく、クロロとは普段から冒険者の仕事を共にする仲間でもあった。二人をよく知るクロロは、ワードンマは大雑把な性格で、アルメイサはドSであると証言している。

そんな彼らの座る場所から、左に……援軍として駆けつけたギルダブの所属する師団の長であるヨーレンツ・バルトドス中師長が座り、隣にギルダブが座っている。

そしてヨーレンツの向かい側にアリステリア・ノルス・イガーラ公爵令嬢と、その護衛であるアイク・バルトドス中師兵が座っていた。この場には見えないが出席しているであろう人物は、そのアリステリアのもう一人の護衛……ソーマ・アークエイ大師長だ。

　これがこの対策会議のメンバーとなる。ちなみに、この対策会議にはもう一人だけソーマのように席には座っていないが、部屋の隅の方で息を潜めているものがいた。

　その光景をジッと見つめるその者はグレーシュ・エフォンスという少年だ。少年というには若く、まだ八歳という年齢である彼だが今回、タイミングがいいこともありナルクの計らいでグレーシュはこの対策会議に立ち会うことができたのだ。

　グレーシュはせめて邪魔にならないようにと隠密スキルで気配を消して隅の方で会議の様子を見つめているのである。

「それでは……これよりオーラル皇国軍対策会議を始める。この場はゲフェオン伯領が領主である私、ウルスラー・ゲフェオンが進行させていただく。異議はありますかな？」

「「異議なし」」

　この場の出席者たちは口を揃えて言った。

「では……本日お集まりいただいたのは現在、我が領地に侵攻するオーラル皇国軍に対する対策を考えるため……」

「平たくいえば戦争だろ……」

「えぇ……そうです」

　ヨーレンツの言葉にウルスラーは肩を竦めた。

「今、分かっていることは敵軍の数がおよそ一二万といったところでしょうかね。比べて我が領地は王都の援軍を合わせても九万……数の差で負けているのは明白ですな」

　ウルスラーは苦虫を噛み潰したように言った。ウルスラーからしたら、援軍の少なさに腹を立てるのは無理もないことだが、その援軍であるヨーレンツからしてもそれは歯痒(はがゆ)いことであった。

「大変申しわけなく思っているウルスラー伯爵殿……しかし、将軍もできる限りの援軍は送ろうとしたのだ」

「分かっていますよ……」

現在イガーラ国内では王位継承権を巡る内乱に近い状態が続いている。第一王子と第二王子派閥に分かれた内乱は第二王子派の馬鹿貴族の保身主義のために複雑化を極めている。

第二王子派の貴族共は無理矢理軍に入り込み軍権を握ろうとしている。軍を丸め込めばこの内乱を制するのは当然のことだ。だから高い金を払って軍に子息を入れる。子息が上級階級に上がれば軍を操りやすくなるからだ。

しかし、それを許そうとしないのが現在の将軍でアリステリアの父であるゲハインツ・ノルス・イガーラだ。どちらの派閥でもない彼がいるおかげで大規模な内乱にならずに済んでいるものの両派閥の貴族共の介入で軍はメチャクチャだ。

保身に走る貴族のせいで中々援軍が送れなかったのだ。

加えて、このゲフェオン伯領はそもそも大した重要拠点でもない。ただ、奪われたら徴収できる税金が減ってしまう程度のこと……上の者たちはその程度に捉えてわざわざ援軍を寄越し、費用を馬鹿に支払う必要はないと判断したのだ。

重要拠点でもなかったために、ゲフェオン伯爵の私兵も三万と少なかったのが、問題だろう。

「すまない……アルフォード大師長がご存命ならば窮地を脱することもできたはずなのだがな……」

グレーシュはその名前を聞いて思わず声を上げそうになったが飲み込んだ。アルフォード・エフォンス……それはグレーシュの父親の名前だったのだ。

「あんな突然な襲撃で指揮も執れなかった状況だ……それでも多くの者を救ったのだ。せめてここを守り切りたいものですな」

ウルスラーが目を閉じて考え込むように言ったそれに、ヨーレンツもアリステリアもアイクも……会議の出席たちは喪(うしな)った者の大きさに思いを馳せた。

そしてグレーシュも……。

「アルフォード様の無念も晴らすために今一度、わたくしたちでトーラの町を奪還いたしましょう」

アリステリアの言葉に出席者たち全員が頷いた。

―義勇軍配置―

◆グレーシュ・エフォンス：「ゲフェオン伯領西部ザスカー密林地帯物資支給班」担当。

＜グレーシュ・エフォンス＞

物資支給班……この役割は怪我をしたものの看護や食料の配給などなど……支援を行うのが役割だ。義勇軍の殆どが、この支援の役回りだがクロロやナルクの方の戦闘部隊は前線で戦っている。

たしか俺とは違って北部の方だったはずだ。俺は西部のザスカー密林地帯でこの役割を果たしている。

俺はというと、今はせっせと看護のために使う水を運んでいる。せっせっ！

地味な役回りだがこれはかなり重要な役回りでもある。もしも、処置が遅れれば死んでしまうかもしれないし、消毒するための水がなければ壊死してしまう。

治療魔術はあるが、それは飽く迄も応急措置。表面上の傷を塞ぐくらいだ。高位になると綺麗さっぱり治せるらしいけど……。

俺は密林地帯へやってくると、看護を行う人たちのところへ水を届ける。

「持ってきました！」

「ありがとう！　そこに！」

俺は指示通りのところへ水の入った桶（おけ）を置く。それから俺は額の汗を拭って周りを確認してみる。

俺と同じように物資を運ぶもの、怪我人を運ぶもの、看護するもの。

一体いつまで続くんだ……これは。

俺がそんなことを思ったとき、事態は急変した。

―ザスカー密林地帯戦闘区域―

イガーラ王国軍ヨーレンツ中師長の師団から、この密林地帯へ送り込まれたのはおよそ五〇〇〇の兵士。対して敵の数は二〇〇〇と少ない……ここでの指揮を任された大師兵の男はその少なさに違和感を覚えていた。

「伝令です。敵軍後方……密林の向こう側に大きな影が現れたと」

「大きな影……だと？」

伝達兵の報告にあった大きな影……大師兵の男は深く考えるが、心当たりはない。オーラル皇国でそのような大きな影の出るような話は聞いたことが、少なくともこの大師兵の男にはなかった。

だが注意を向けなければならない案件ではある。男はその大きな影についての情報を集めるように伝達兵に指示をし、それを偵察兵に伝えに行かせた。

暫くするとズガーンというような音とともに密林の木々が折れる音がした。大師兵の男はその音に慌てて状況を確認しにいくと、自軍の兵士が何人も倒れ伏し、一帯の木々が無残にも薙ぎ倒されている光景が目に入り驚愕に顔を染めた。

「あははははっ！　さすが魔導機械（マキナアルマ）ですねぇ！　まるで相手になりませんねぇ」

大師兵の男が声のした方に目を向けるとそこには四本の足でその巨大な体軀（たいく）を支える全身が機械でできているような、巨大な何かがそこにはあった。

そしてそれの上で、それを操っているであろう男は敵軍の将……マハティガルが笑い転げていた。

「あーはっはっはっは！　さぁ！　全軍突撃ですよぉ！　一人も生かさず殺してくださぁい！」

イガーラ王国軍の密林に引かれた前線は一体の魔導機械（マキナアルマ）によって崩壊した。

〈グレーシュ・エフォンス〉

前線が崩壊したという知らせが来て事態は一変した。自軍には後退命令がなされ、看護していた者や怪我人たちも全員逃げようと必死だ。俺もその中で逃げようとしている。

怪我人に手を貸しているのだが、状況は見る限り芳しくない。怪我人を抱えて逃げているこの状況……幸い密林は複雑なために地形に慣れていない敵軍の進行は遅い……追いつかれることはないだろう。

密林地帯の自軍は全軍後退している。踏ん張っても前線が押されるのは目に見えているからだ。伝達兵の話だと大きな影が現れて前線が押されているということだった。その影とやらのせいで戦死者が増えているのだという。

ここで無駄死にさせるよりも、一度下がらせるという行動をとった指揮官の判断は正しい。

「きゃ」

「っ！」

悲鳴が聞こえたと思い、振り返ると服装からして怪我をした兵士を看護する人であろう女性が、大柄で鎧を着た男を背負っている……が、どうやら足を密林の木々の根っこにとられてしまい躓(つまず)いたようだ。

「大丈夫ですか⁉」

俺が駆けつけると声を聞いた女性の表情が一瞬明るくなるが、子供と見ると厳しい表情に変えた。確かに、この状況で子供ができることなんて少ない。

大柄な兵士の身体を背負っていくなんてできないだろう。だからこそその表情……。

「早く逃げなさい……私なら大丈夫だから」

「ダメですよ。その人もいるんですから」

「いいから！」

ここで俺に助けを求めるよりも、自分の命を捨てることを選ぶか……なんというか本当に歯痒いことばかりだ。

俺は守られてばがりで、全然守ってない。情けない……。

　この人たちを救うにはどうする……考えろ。このまま逃げても殺られる。考えろ……みんな助かる方法……敵軍はその大きな影とやらで士気が上がってる……なら、それを倒せれば？

　一気に敵の戦力も士気も削ぎ落とせるんじゃないか？　でもどうやって……？　相手は千の兵士。自軍は後退している。とても助けを呼べるようなことはできない。

　じゃあ、やっぱりこの人たちを見捨てるか？　論外だ。アルフォードなら……父さんなら絶対に見捨てない。

　この戦いを終わらせて、みんなを助ける方法……俺がその大きな影とやらを倒せばいい。

「ここで待っていてください。必ず助けますから」

　俺は用心のために持っていた身の丈に合わせた自分用の剣を携えて、敵軍が犇めく密林へ入っていった。後ろから看護の人の声が聞こえるが、俺は行かなくちゃいけない。

　もう守られるのはゴメンだ。今度は俺が守る番だよ……そうだろ、父さん。

■■■■■

　密林は密林というだけあって草木が多い。もし敵が隠れていたりしたら、気がつかないかもしれない。敵軍が来るのも、もう少しかかるだろう。

　俺はそれを見越して服装を周りの風景に溶け込ませるために草とかを自分にくっつけて、戦場となる地形を頭に叩き込む。ＦＰＳというジャンルのゲームの基本はマップの地形を覚えることだ。

　そうして初めてゲームができると思った方がいい。

　それから数時間……準備は整った。野戦用の完全装備だ。まさかリアルでこんな格好するとは思わなかった。けれど、これが敵の目を欺くのに一番有効なのを俺は知っていた。

　特に兜なんかで視界が遮られている敵共は、俺に気付くことはできない。さらに言えば隠密スキルを発動してしまえば大抵の奴は俺に気づかない。

つまり敵の不意をつける。

俺の索敵範囲内に敵の気配を感じる。明らかな敵意を持った奴らが、まずは数十やってきた。斥候か何か？　どちらにせよ、まずはこいつらを倒さなくてはと思い、草木に隠れて奴らの様子を見る。

まず、狙い目は一番後ろの奴だ……奴を誰にも気づかれずに葬る……俺は意識を切り替えて、戦闘モードに移行する。一人称の視点が三人称の視点に移り変わったのを確認してから木に登り、上から気づかれないように木の枝に足を引っ掛けてぶら下がり、ターゲットに剣をぶっ刺す。

「っ……」

敵はそれで沈黙。倒れて音が出ないように俺は逆さになりながら男の首を摑んでその身体を支えた。が、さすがに重くて俺は木から落ちてしまった。

ドサッという音が鳴ってしまって、背中に冷や汗を搔いたが、どうやら敵は既に行ってしまったらしい……危ない危ない……子供の身体で無理をするもんじゃないな。

他の奴らが消えたのをもう一度確認して、殺した敵の持ち物を確認すると弓と矢筒なんか持ってやがった。ラッキー……しかも銀製の短剣なんかも持っていたのでそれも拝借する。

やっぱ暗殺するならナイフと弓だろ。

それから俺はその二つを使って、その斥候と思わしき数十人を葬る。ナイフで首を斬ったり、弓矢で頭を貫いたりと……そうして奴らが、人数が減っていることに気がついたのは残り四人となる頃だ。

間抜けだ。もっと早くに気づけ。まあ、気づいたところで逃がしはしないがな……。

慌てふためく四人に向かって、俺は弓技を発動させる。だが、俺が今から使う弓技は学舎で習ったものじゃない。

この三週間で俺は魔力向上以外に弓術の技……つまり、弓技について試行錯誤していた。

そして俺が編み出した弓技……その一つは……、

「【フェイクアロー】……」

静かに言い放った弓技の名前に合わせて、俺は矢を放つ。矢は白い光を帯び、やがてその矢は途中でぶれた。消えたとも言える。

次の瞬間には矢が四本となり、それぞれが的確に四人の敵の頭を射抜いた。完全なヘッドショット。敵死亡確認……。

俺は場所を移した。すると、再び敵の気配。戦闘モードの俺の目に映るのはテレビ画面のような視点。そこには様々な情報が表示されており、そこには、もちろんマッピングした地形もある。

その地形上に、俺が感じ取った敵の気配が正確な位置として表示される……本当にゲームのような感覚。でも忘れてはいけない……これは本当に人が死ぬ現実だということを。

それでも俺は止めない。止められない。守るために人を殺さなくてはいけないというなら、問答無用で剣を振ろう。そしてそれで、復讐が生まれるなら返り討ちにしてやる……。戦ってやる。守るため……俺はそのために矢を引く。

俺が放った矢が再び敵の頭を射抜く。絶対的命中率。それにしても数が多いなぁ……。

俺はそう考えて罠を張ることにした。地属性の魔術で落とし穴を作る。密林は視界が奪われるので敵はまんまと落とし穴に落ちる。

そして俺はすかさず地属性魔術で岩を作って落とす。今の俺は魔力向上によって多種多彩な魔術が扱えるようになっている。小手先の技だけでもレパートリーは豊富だ。

こうして俺は敵の数をある程度減らしながら、場所を移していき、やがて密林部が少しだけ開けた場所へやってきた。

妙だな……樹木がたくさん倒れているし、この密林にこんなに開けた場所があったのだろうか……俺は警戒しながら、草木の陰から開けた方を覗くと敵兵がおよそ六人と……、

「っ！」

俺は思わずその場で凍りついてしまった。開けた密

林部の中央に、それはあった。機械のような巨大な体躯とそれを支える四本の足……。

「機械……兵器？」

　半ば前世の記憶がある俺は、こういうのを見たことがある。ＳＦものだ。しかし、ここはファンタジーのはずだが……なんでもありかよ。と、俺はその機械兵器の操縦席と思わしき露出した部分に座る一人の男に注目する……敵将マハティガルだ。

「あーはっはっはっはーやはり魔導機械（マキナアルマ）の力は圧倒的ですねぇ……」

　とかなんとか言って、マハティガルは高笑いしている。あれ……マキナアルマっていうのか。

　さて……あれをどうやって破壊するか。木々が薙ぎ倒されていたり、そこら中に味方の死体があるのが見えた。見た目もあれだと、相当堅いだろう……普通に弓を使っても弾かれるな。【斬鉄剣】を使ったら斬れるだろうが、一撃じゃ終わらないだろう。

　できれば一撃で葬りたい……なら、アレを使うか。

　俺は草木の陰に隠れたまま、魔術の詠唱を始める。

　これを使うと、髪の毛の色も変わるし、俺を中心に突風が巻き起こるため、隠れていても直ぐにバレるが……まあ、詠唱している間は隠れていた方がいいだろう。

「〈鋼鉄の障壁〉………」

　詠唱を始めた俺は、魔力保有領域（ゲート）を開いて、魔力を練り上げていく。そして、最後に叫んだ。

「〈……切り開け〉【ブースト】」

　俺の身体を魔力の膜が包み込み、身体を保護し、動きを補助する。子供の俺が……超人になれる俺の切り札……【ブースト】。

　髪の毛は案の定、金髪に変色し、あたり一帯にどうしてか突風が巻き起こる。そのせいで、敵がこちらに気がついたようだ。

「誰だ！」

　言われなくても、出ていってやるよ……俺は足に力を込めて草木の陰から一気に飛び出した。

　蹴った地面が抉れ、俺は高く跳躍する。そんな俺を、マハティガルも、そして敵兵数名も見上げた。

俺は空中で、矢筒から五本の矢を出して弓を構えると、それらを順番に敵兵に向かって放った。

高さ、数十メートル、加えて空中……そんな状況下で俺は五人の敵兵の頭を矢で射抜いて殺した。

「なっ……貴様っ！」

マハティガルは突然現れた俺に、一瞬だけ動揺を示したが、直ぐに対応して魔導機械（マキナアルマ）とかいうロボットを動かしてきた。

魔導機械（マキナアルマ）の装甲が開いたかと思うと、そこからミサイルにも似たものが高速で四発ほど飛び出してきた。もう、この際ミサイルと呼んでしまうが……空中にいた俺はそのミサイルを視界にしっかりと捉えておく。

マハティガルの方は、さすがに空中にいては避けられないと踏んで薄い笑みを浮かべているのが分かった。

俺は向かってくるミサイルに対して、特に身構えることなく淡々と対応を始めた。

一発目……受け流すようにして信管に触れないように側面に触れて空中でミサイルの方向を変えてやり、二発目と衝突させた。

爆発によって巻き起こった爆風で、宙を飛んだ俺は三発目を避けて、最後の四発目をスケートボードに乗るような感覚で避けた。

「なっ！」

マハティガルは驚いたような表情をしていた。

そういえば……こいつはあのとき待ち伏せていた隊の……。

俺はマハティガルに対しての一切の情けを捨てて、もう一つの切り札を使うために、眼下のマハティガルに向けて弓を構える。

落下しながら、俺は水魔術を駆使してそれをレンズのようして遠くが見えるようにする。そして、もう一つの弓技を発動させる。

「【バリス】っ！」

言い放ったと同時に、弦を離す。今までと違い、矢がズガーンという稲妻にも似た音を立てて超高速で目標に向かって飛んでいく。

この弓技は、風の元素やら火の元素やら雷の元素を詰め込んで作った、もう一つの固有（オリジナル）弓技……。

回転がかかり、鏃が黒く燃え、矢が稲妻を纏い轟音を立ててマハティガルに向かって飛んでいく。その音に気がついたマハティガルだったが既に遅い。

　次の瞬間にはマハティガルの身体を頭の天辺から貫き、さらには魔導機械（マキナアルマ）とやらもぶち抜いたのだ。

「へ？」

　これに驚いたのはむしろ俺だ。まさかこんなにあっさり？

　マハティガルは物言わぬ死体となりドサリと魔導機械（マキナアルマ）から落ちた。そして魔導機械（マキナアルマ）は奇妙な音を立てて沈黙……。

　最後に生き残った一人の兵士は何が起こったか分からずに、ただ呆然とマハティガルの亡骸（なきがら）を見ていた。

　こいつは殺さない。マハティガルが殺されたことを他の兵士に伝えてもらわなくちゃならないからな……。

　その後、指揮官を失った密林部の敵兵は全軍撤退を始めた。

　良かった……。

■■■■■

　俺は敵兵が撤退していくのを確認した後にあの看護の人のところへ戻った。【ブースト】状態だったため、超ダッシュで、来た道を、三分の一くらい時間を短縮して帰ることができた。

　看護の人は、俺が戻ってきたのを見ると驚いた顔をしていたが直ぐに俺に向かって言った。

「すみませんが、この人を運ぶのを手伝っていただけないでしょうか」

「え、あ、はい」

　なんか反応が凄くあっさりしているのに、俺は違和感を覚えながらも、怪我をした兵士を介護の女性と一緒に安全地帯へ運ぶのを手伝う。

　うーん……金髪だし、自分で言うのもなんだけど格好も変なはずなんだけど……まあ、いっか。

　兵士は、「すまねぇ……」と掠れた声で言いながら、俺たちの肩に摑まった。俺は微妙に背が足りてないけど……できるだけ力になってあげた。

やがて、ゲフェオンの町へ戻ってくると道端が怪我人で埋め尽くされていた。ここで処置を行っているようだ。

「ありがとうございます。ここまでで結構ですよ」

「あ、はい」

俺は言われたので後はこの女性に任せようと思う。

それにしても偉くあっさりしてたなぁ……まあ、俺一人で、まさか敵軍を撤退させられるとは自分でも思ってなかったし、話したところで信じてもらえないだろうからな。

この件は俺の心の内に秘めておくことにしよう。

それにしても町についたあたりから妙に視線が俺に集まっている気がするんだよなぁ……と思ったら、俺の格好が野戦用装備のままだったからだった。

動きやすい用に薄いタイツに近い服の上に草とか生やしたような格好……そりゃあ注目されるわ。むしろ変人だ。

なんか周りの人たちのヒソヒソ話も聞こえるし……。

「なにあの人……ベジタリアン？」

その考えはなくねぇか？　俺は途端に恥ずかしくなって人通りの少ない路地に入って草とか払っておいた。ついでに、【ブースト】も切った。

すると、身体が今まで身軽だった分、重くなった。

あぁ……忘れていた。

【ブースト】はとんでもなく強力な、俺の固有魔術(オリジナル)だが……やはり固有魔術(オリジナル)特有の弱点というか、欠点がある。

発動に時間がかかるし、使用後はこのような倦怠感に見舞われる。ナニした後の、賢者モードの比じゃないからね！

制御にも結構な集中力が必要なため、冷静な状況下でしか使えないのが難点だ。

しかし、消費魔力は最初に使った分だけでいいし、それを差し引いてもなお余る戦闘力だと思う。まあ、肝心なときに使えなきゃ、意味ねぇけど……。

ふと……俺の中である仮定が生まれた。もしもあのとき……いや、やめておこう……。今はただ、前だけ見続けろ。

――ゲフェオン伯領北部――

平野地での戦闘の指揮を執っているのはヨーレンツだ。前線は、数では敵の方が圧倒しているが、イガーラ王国の兵士は質が違う。

特にギルダブを筆頭とした義勇軍の戦闘部隊がヨーレンツにとって心強い味方となっている。どちらも一騎当千の力をもつ此度（こたび）の前線の要……この双壁が崩れない限りは前線が押されることはまずない。

ヨーレンツはそう確信していた。事実、要の双壁によって前線は拮抗（きっこう）している。むしろ、こちらが押しているといってもいいくらいだ。

このままならば、押し切れると考えたヨーレンツの下に一つの報告がなされた。

それは密林に魔導機械（マキナアルマ）が現れ、前線が崩壊……全軍後退したというものだった。ヨーレンツは自分の浅はかさに歯噛みした。

元々、密林の敵軍の数が少ないことに違和感はあった。しかし、それは平野地に戦力を割（さ）いているだけだと思っていた……そんな甘い考えを持ってしまった。

密林の指揮を任せた大師兵の男はヨーレンツに頭を下げているがむしろ、下げなければならないのはヨーレンツの方だ。

魔導機械（マキナアルマ）というのは魔力を送り込むことによって動く巨大な兵器だ。バニッシュベルト帝王国で作られたものであり、いくつかの国ではそれを模倣した試作機が実戦投入されているという。

模倣だろうが、ヨーレンツが頭を抱える事案なことには変わりない。魔導機械（マキナアルマ）を破壊するには中師団レベル……つまり全軍でもって戦わなくては破壊できないのだ。

しかし、そんなことをすれば平野地が手薄になり、こちらの負けは確定する。まさか、ここでそんなものを出してくるとは……ヨーレンツが対策を考えるも全て実行不可、もしくは実現できないようなものばかりだ。

ギルダブや義勇軍の戦闘部隊を送ることを考える。もしかすると、破壊できるかもしれないが、破壊できずに殺られてしまったら要を失うことになる……。

「……」

苦しい選択を迫られ、ヨーレンツは徐々に苛立ちを覚え始めた。そんな中、新たな伝達兵がくるものだから思わずヨーレンツは声を荒げてしまった。

「なんだ！」

「ひっ」

ヨーレンツは伝達兵の怯えた顔を見て頭が冷めてバツが悪そうに、「すまない……報告を頼む」と言った。

伝達兵は恐る恐るという風に報告をする。

「ほ、ご報告申し上げます……密林に現れた魔導機械（マキナアルマ）並びに敵将マハティガルの死亡を確認……密林部の敵兵が撤退を始めました」

「は？」

思わずヨーレンツは間抜けな顔をしてしまった。その場にいた大師兵の男もわけが分からないという顔をしている。一番わけが分からないのは伝達兵の方なのだが……。

「どういうことだ？」

「いえ……ただ何者かに討ち取られたということしか……」

ヨーレンツの問いに伝達兵はただそうとしか答えられない。

その後、敵軍はマハティガルと魔導機械（マキナアルマ）を失ったことで撤退を始めたという。


―ゲフェオンの町領主邸―


コンコンという扉を叩く音にアリステリアは、「入りなさい」と告げた。一言言って入ってきたのはアリステリアの侍女であるアンナ・カルレイヤである。

アンナはカルレイヤ男爵家の娘で元は後宮の近衛侍

女であった。近衛侍女とは侍女がある程度剣術を嗜んだものという認識を持っていれば、差し支えない。

そんなアンナは元来よりノルス公爵家に仕え、こうしてアリステリアの侍女として付いている。

年齢はアリステリアよりも二つほど上だ。

「お疲れ様アンナ。大丈夫……でしたか？」

「はい、お嬢様」

「それでアンナが戻ってきたということは……密林の方は……」

厳しい表情をしたアリステリアにアンナは苦笑して、密林で起こった出来事をできる限り詳細に告げた。

「そんなことが……となるとマハティガルを討ち取ったのは……」

「はい。恐らくグレーシュ殿かと……」

それを聞いてアリステリアは美しい顔に笑みを浮かべた。

「やはり……ギルダブ様に並ぶ我が国の貴重な戦力として何としても彼を軍に引き込まなくてはなりませんわね」

「お嬢様。それではまるで、ギルダブ様を軍に引き込むためにご結婚なされたのかのように聞こえます」

「え⁉　そ、そんなつもりはなくってよ？」

「冗談です」

この侍女は侍女にあるまじき言動をとるが……これは一重にアリステリアの人柄の良さなのだろう。

「もう！」

アリステリアは不貞腐れ、ぷりぷりと怒った。それが微笑ましく、アンナはクスリと笑った。それを見たアリステリアがさらに怒るものだからキリがない。

アンナが密林にいたのは、怪我人の看護の人手が足りなかったためだった。アリステリアが人手不足を聞いて、自分の優秀な侍女を駆り出させたことが、今回の件をアリステリアの耳に入れることができた一つの大きな要因だった。

アンナはぷりぷりと怒る自分の主人の機嫌をとるために紅茶を淹れようと、一度アリステリアの部屋を退室した。

「それにしても……」

アンナはふいに変な格好をした少年のことを思い出していた。全身身体にぴっちりとした服を着て、さらには身体に草を生やしたような変な格好……しかも、密林へ入る前は黒髪だった髪が金髪に変わっていたのだ。驚かないわけがなかったが、彼女はそれをおくびにも出さなかった。

それは兎も角……あのときは思わず驚いてしまったが、よく考えればあれは、密林で戦うのにかなり適した姿だと言える。

近衛侍女であるアンナは戦闘に関して、半ば知識があるためにグレーシュの格好を理解することができたのだ。

だからこそ、あまり突っ込まなかったし、何よりも少年のところどころに血の痕があった。敵兵が撤退し始めたのはこの少年のおかげだと、アンナは気づくことができたのだ。

あのときは何とか平静を保てたが、それはもう常人離れしたようなことではないだろうか？

それこそアリステリアの旦那となるギルダブに匹敵するような……。

「一体……あのお方は何者なのでしょうか」

なお、この件に関しては秘匿事項とされる。グレーシュの力を知った貴族たちに取り込まれでもしたら目も当てられないからだ。と、アリステリアに厳命されたアンナは、もちろん黙って頷いた。

＜グレーシュ・エフォンス＞

俺は目立たないように看護用のエプロン服とか着て、怪我人看護のために忙しなく働いていた。あっち行けば重傷者。こっち行けば重傷者。右も左も怪我人で溢れている。ざっと五〇〇〇人ほどらしい……確か、自軍の総兵数は八万か九万だったか……そう考えると少ない被害なのだろうか？　戦争の経験なんて、平和の国の出である俺にあるはずもなく、どんなに考えても分かるわけがない。

暫くせっせと働いていると、俺のよく知る気配を感じた。もう俺の素敵スキルってすげぇな……ただし、理由が前世で他人からの視線に恐怖していたために敏感になったからっていうから情けないもんだ。多分だけどね。

感じた気配の方に視線を向けると、看護者の白いエプロンのような服を着たラエラ……俺の母さんが何人もの同じ服を着た女性を従えて怪我人が右往左往する道を縦断していた。

「それでは皆さん。治療の方をお願いします」

ラエラ母さんが言うと、付いていた人たちが一斉に散って、怪我人に治療魔術を施し始めた。

「＜癒しの水よ・我が願いを聞き入れ給え・求めるは絶対の癒し・治せ＞【スーパーヒール】」

俺は思わず絶句してしまった。ラエラ母さんを含め、それぞれがその魔術を詠唱し、唱えると、淡く優しい光が怪我人に降り注ぎ、みるみる内に怪我が治っていくのだ。

俺が知っている治療魔術は応急処置程度で止血や痛み止めくらいの効果しかないはずだが……今のが高位の治療魔術なのだろう。

ラエラ母さんは、怪我人の治療を終えると呆然と立っている俺のところへ歩いてきた。

「グレイ……無事でよかった」

「う、うん」

俺を優しく抱きしめてくれる母さん。気恥ずかしさと治療魔術に対しての驚きでなんか変な気分だ。

「ねぇ、母さん。さっきの魔術はなんなの？　僕が習った治療魔術と違うんだけど……」

「グレイが習ったのは誰でも使える初級の治療魔術だからだよ。私たちが使っているのは神官や僧侶(そうりょ)にしか使えない高位の治療魔術なの」

なるほど……曰(いわ)く、神官や僧侶というのは神に誓いを立てることで火と水の元素の魔術しか使えない代わりに、光の元素の高位の治療魔術が使えるようになるのだという。というのは、まあ以前にしたと思うけど……しかし、こうして直に見ると凄まじい。ただ、高位なだけあって、詠唱が長い……一節のどの間も広いし、発音も難しいだろう。

「とにかく、お母さんはまだ、治療して回るから……あ、あとソニアがかなり怒っていたから帰って頭下げてきたら？」

「うっ、うん……分かったよ」

半ば無理矢理にソニア姉の反対を押し切って、義勇軍に入ったんだもんな……しかも、あんまり俺って帰らないし。

とりあえず謝って許してもらお……。

後は、治療魔術師の人たちと母さんに任せていいというので俺は現在仮の我が家となっているテントの方に帰った。

仮家へ帰ると、激おこファイナルリアリティなんたらプンプン◯な、ソニア姉がいた。テントに俺が恐る恐る、「た、ただいま～」なんて入っていったらめちゃくちゃ睨まれた。

ふえぇぇ……。

「正座」

「はい……」

俺は大人しく正座することにする。今のソニア姉に逆らったら碌なことにならん。

「もう……あたしがどれだけ心配したか……」

「うん……ごめん」

それからソニア姉の不満が爆発した。こってりと一時間くらいお説教されました……きっと、父さんが亡くなって不安が溜まっていたのだろう。

ここは甘んじてその不安を俺が全部受けますかね……。

ラエラ母さんが帰ってきたのは、さらにその三時間後。ようやくソニア姉に解放された俺の足は痺(しび)れを通り越して麻痺(まひ)っていた。だれか麻痺を治す薬を……。

その後は、母さんが作った夕食を久しぶりに食べた。お袋の味万歳!!

そして寝る前……俺は仮家のテントの隅に立て掛けた一本の剣に向かって手を合わせた。アルフォード父さんの形見の剣だ。

手を合わせるなんて仏教みたいだな。でも、イガーラ王国の国教は神聖教だからね？

仏教じゃないよ？

■■■■■

翌日……三人で朝食をとった後、俺はゲフェオンの町から離れ、その街道外れの平原で俺は剣と弓と魔術を使って、魔物を蹂躙（じゅうりん）していた。

ぶっちゃけ、魔物からしたら虐殺してくる俺なんか悪魔にしか見えないだろう。だが、悪いな……お前の亡骸である魔石で俺は強くならなくちゃいけねぇんだよ。

「すまんねっ！」

せめてお前らを俺の踏み台にしてやるぜ！　オラオラオラオラオラオラッ!!

そうして魔物を狩りまくって、俺は魔石を手に入れては魔力を増幅させていった。こんなに大量の魔石を手に入れているのに、まだまだ魔力は上がるようだ。

これが普通なのか？　それとも俺の魔力保有領域（ゲート）が底無しなのか？

うーん……こうも簡単に魔力が増えるとなるとみんながみんな、たくさん魔力を持っていることになっちまわねぇか？

魔力保有領域（ゲート）の内包量にもよるんだろうけど、俺が特別馬鹿みたいな内包量じゃなければ説明できないな……。

まあ、ともかく魔力がたくさんあればあるだけ、魔術とかが使いやすくなるってもんだ。

こうして俺は、バッタバッタと魔物を屠（ほふ）り続けていき、やがて大きな魔物が俺の目の前に現れた。今までの奴とは違い、最初から俺にめちゃくちゃ敵意を向けてきている。

これは……。

巨大な体躯と翼……そして四本の足に鷲（わし）のような頭は……、

『我が名は気高きグリフォンのグリア。平原の主である。我が同胞を虐殺する貴様にもう好き勝手はさせん』

うっ……俺が半ば悪者だから何も言い返せねぇ……。

「俺はグレーシュ・エフォンスだ。一応名乗っておく……お前の同胞を殺しまくっていることに関しては俺が全面的に悪いことは認める……が、俺も止めるわけにはいかない」

『ふんっ……人族は己が力の糧(かて)にするために同胞を殺す。愚かな行為よ』

確かに……。

「否定はしない。強くなるためにお前らを俺は殺す」

『させん！』

グリフォンのグリアは、そう言ってその巨大な翼をはためかす。それだけで突風が巻き起こり俺はその場で踏ん張る。

その瞬間、戦闘モードへと意識が移行して視点が切り替わる。ふと、魔力が上がったからか索敵スキルが向上している気がする……。

グリフォンの気配がはっきりと目視できる。なぜか分からないが、次にグリフォンがしてくる攻撃が分かる気がする……。

グリフォンは高く飛び上がると、強靭(きょうじん)なその爪で降ってきた。物凄い突風……なんだろう、目の前に恐ろしい爪が迫っているというのに頭がクリアだ。いつかのときみたいな……。

俺は、【ブースト】を使うために魔力保有領域(ゲート)を開き、魔力を練り上げる。

「〈……切り開け〉【ブースト】」

降ってくる凶悪な爪が俺を襲う直前に詠唱の終了した【ブースト】が発動し、身体全身を覆う。スレスレでグリフォンの爪攻撃を躱し、腰に隠し持っているナイフを抜き放ち、グリフォンの足に突き刺し、しがみ付いた。

『ぐあっ！　貴様ぁ！　離れろ！』

グリフォンは叫びを上げて上空を高速移動し始め、俺を振り下ろそうとしている。しかし、【ブースト】の補助を受けた俺の力は常人を逸脱しており、グリフォンの揺さぶりにもビクともしなかった。

そして……、

「くらえっ！　〈炎よ爆(は)ぜろ〉【ファイア】！」

ナイフに魔力を流し、グリフォンの体内で炎の魔術を炸裂(さくれつ)させる。

『ぐおぉ！』

グリフォンは堪らず落下する。このままでは落下に巻き込まれると思い、俺はしがみつくのをやめて、グリフォンから飛び降りて空に躍り出る。

『ぐぅ！　馬鹿が！』

地面に激突するかと思いきや、グリフォンは空中で体勢を立て直すと、宙で何もできずにいる俺に向かって飛んできやがった。

やべぇ！　俺は慌てて弓をとり矢を引く。

「弓技……【バリス】！」

あの魔導兵器すらも打ち抜いた俺の弓技……【バリス】が、ズガーンという轟音を立てて、高速回転し、電撃を纏って、矢がグリフォンの急所を狙って飛んだ。

しかし、急いで放ったために、力が臨界に達していなかった。それでも確実に、命中するところ……空中で体勢の悪いこの状況で、このショット……正直、自分を褒めてやりたかったが、次の瞬間にそんな気も失せた。

『ぬんっ！』

グリフォンが何かしたと思ったらグリフォンの急所を貫く寸前で、矢が弾かれた。

「嘘だろっ⁉」

何しやがった！　そうしている内にも、高速で俺に向かってくるグリフォン。俺は咄嗟に初級風属性魔術の【エアフォルテ】を詠唱して、空中回避し、グリフォンの突撃を逃れた。

グリフォンは避けられても気にせず方向転換して、俺に再度突撃してきた。

羽あるとかマジチート……。

今度は迎え撃つために剣を抜く。そして、グリフォンと衝突する瞬間に剣技を使うために魔力保有領域を開いた。

あのときはできなかったが、使うための原理も分かるし、【ブースト】状態の今の俺なら使える！

「【斬鉄剣】！」

俺の発動した剣技とグリフォンの頑丈な嘴がぶつかる。まるで金属と相対しているかのごとく、硬い嘴と俺の剣の間で火花が散る。

俺はグリフォンに地面へと向かって押され始める。

このままでは地面に激突する！

　俺は一か八かで、身体を捻り、グリフォンの攻撃を受け流した。グリフォンは止まらない勢いにのって、思いっきり地面に衝突した。物凄い衝撃が一帯に走ったが、グリフォンはごく自然に起き上がった……タフだな。よし……と、今度は魔術を使うために魔力保有領域（ゲート）を開き、詠唱を始めた。【ブースト】と並ぶ、俺のもう一つの固有魔術（オリジナル）っ！　正確にはエドワード先生直伝の固有魔術（オリジナル）だけどなっ！

「〈我が腕・敵を滅さん・砕け・滅びろ〉【イビル】」

　開いた魔力保有領域（ゲート）から魔力を引き出し、大量の魔力を消費して、宙を落下している俺の右腕に巨大な岩の拳が生成されていく。

　生成された岩石は、鋼鉄を超える硬度を持つ超合金……もう岩石じゃねぇ……。エドワード先生直伝のこの地属性の固有魔術（オリジナル）は本来、目標の頭上に生成して、その質量でもって押し潰す鬼畜な魔術だそうだが……俺はそれを改良し、【ブースト】状態の自分の腕に生成するようにしたのだ。

【ブースト】状態のパワーと、【イビル】質量……そして重力加速度……。

　くらえ……グリフォン！　エドワード先生のを俺が改良して作った固有魔術（オリジナル）！

「【イビルブロウ】だ！」

　今、名付けた！

　グリフォンは俺の巨大な拳に対抗するかのように、飛び上がり、急上昇しながら、再びその硬質な嘴を煌めかせて、突っ込んできた。

　俺の【イビルブロウ】と、グリフォンの突進が激突すると、超合金の拳がグリフォンの嘴を砕き、そのまま地面へと自由落下し、押し潰した。

『ぐぁっ！』

　グリフォンは悲鳴を上げる。悪魔の巨大な拳がグリフォンを頭から潰し地面へ叩きつけたのだ。【イビルブロウ】は、その名に恥じない悪魔の一撃だった。

　あたりに舞う土埃が晴れると、グリフォンはまだ生きていた。しかし、自慢の羽もボロボロで、嘴も割れていた。しかも、どうやら飛ぶことができなくなっているらしい。

終わりか……。

『ふんっ……我の負けだ。強き人族よ』

グリフォンのグリアは、そう言って負けを認めて大人しくなった。どうしよう……なんか殺し辛い……。

『強き人族よ。我の最期の頼みを聞いてはくれまいか？』

「なんだ？」

『我が死んだとき、その我の力の源は、強き人族の力となろう……それでもう、同胞を殺さないで欲しいのだ』

「分かった……お前ほどの力だ。それが得られれば俺もきっと、それ以上強くなることはないだろう」

『本当だな？　約束を違えたとき……我はお前を呪ってやる』

「あぁ……約束する」

俺はなんだかいた堪れない気分になりながらも、グリフォンに止めをさした。そして出てきたのは、とんでもないほどの魔力を宿したグリフォンの魔石。

それを得た瞬間、俺の中で何かが満たされる感覚がした……。

「ふぅ……」

俺は微妙な気分になり、その日は帰った。きっと俺はもう魔物は殺さない。グリアとの約束だからな。正確に言うと殺す必要がなくなったんだけどな……。

ともかく、魔物に本当に悪いことをしたと思いました。魔物にも生活があるんだよな……よく考えたら。

正義面して、魔物を殺す奴らとか、そこんとこ考えられねぇのかな……まあ、俺もそこは同じかな。

俺は改めて命というものを考えさせられた。守りたいものがあるのはみんな同じなんだよな。グリアは同胞を殺さないで欲しいと言っていたな……。

その約束……必ず守ろう。

〜オーラル皇国軍対策会議〜


ゲフェオン領主邸では引き続き、トーラの町の奪還に向けての作戦会議が行われていた。出席者の中に今回は、グレーシュはいない。

「調査の結果だが……トーラの町には現在一二万近くのオーラル皇国軍が駐屯しているらしい」

ヨーレンツの言葉に出席者たちの表情は曇った。

通常、攻城戦で必要な兵力は敵兵力の三倍。オーラル皇国軍一二万に対して、ヨーレンツ率いるイガーラ王国軍中師団の数と義勇軍を合わせても三倍というよりも悪く、一二万にすら届いていない。

今回のゲフェオン防衛で対等に渡り合えたのは、オーラル皇国軍が侵攻側だったのと、ギルダブやナルク率いるクロロたち義勇軍の戦闘部隊の活躍が大きかったのが要因であった。

そして密林部に現れた魔導機械（マキナアルマ）が運良く何者かによって破壊されたということ……これがなかったら防衛線は総崩れ、ゲフェオンの町も蹂躙されていたかもしれない。

「まだ魔導機械（マキナアルマ）に関しての情報は入っていないのですかな？」

「あぁ……調査させているが分からん」

ウルスラーの問いにヨーレンツは答えることができず、肩を竦めた。

この場でたった一人だけ事情を知っているアリステリアは、自分の後ろに立つ侍女アンナに目配せすると、何か察したアンナは会議室から退室した。

「どうした？」

「いえ、なんでもありませんわ」

ヨーレンツが訝しげに言ったので、アリステリアは慌てて取り繕う。自分の婚約者のそんな挙動に、ヨーレンツの隣に立つギルダブは疑問符を浮かべた。

「なんにしろだ……トーラの町の奪還っつーのは現実的じゃねぇな」

沈痛な面持ちで言ったナルクに、誰も反論することができない。兵力が足らない。

「しかし、このままオーラルの者共に好き勝手させるわけにはいかないですな」

「じゃあ、なんか策でもあんのかよ。領主様？」

「それは……今、検討中でしょう？」

「その通りだ。そのための会議だ」

ウルスラーとヨーレンツの二人から言われて、ナルクは肩を竦め、それから自嘲気味に口を開いた。

「幸いにも敵の撤退が早かったおかげで被害は少ないんだよなぁ……」

敵将マハティガルの死が、敵を撤退させたおかげで、死傷者も少なく、怪我人もかなり少なかった。

「いま、治療魔術師の方々が治療に当たってくれていますわ」

アリステリアの報告で一同は少しだけ安堵の息を漏らした。怪我をした人々を癒すことができる者がいるというのは、とても心強い。

それから会議はトーラの町の奪還についての作戦会議へと、本格的に変わった。

暫くして、会議が終わったところでアリステリアは義勇軍の代表であるナルクをちょいちょいと、手招きして呼び寄せた。

「なんだい、公爵令嬢殿」

「アリステリアでいいですわよ。それよりも……込み入った話がありまして。この後、会議室に残ってくださる？」

「ん？　かまわねぇが……」

と、ナルクはチラリと後ろに控えている仲間に目配せする。アリステリアは察して言った。

「御同席していただいて構いませんわ」

こうして会議の終わった会議室にはアリステリアとその護衛の二人……そしてナルクやクロロ……それにワードンマとアルメイサの義勇軍の上層部が残った。

〈グレーシュ・エフォンス〉

グリフォンを倒した俺は、ゲフェオンの町に戻ってきた。人々の表情は不安の色一色だ。そりゃあそうか……戦時中だもんな。

俺だって、呑気なことをしちゃいられないよな。義勇軍の後方支援だって大事な仕事……一生懸命頑張って、できる限りの支援をさせてもらおう。

俺がそんな風に決意しているところに、あの密林で会った看護の女の人が、唐突に俺の目の前に現れた。

「失礼致します。グレーシュ・エフォンス様。私はアンナ・カルレイヤと申します」

「は、はぁ……」

いきなり現れたものだから、少し気圧され気味に、俺は頷いた。

アンナという女性は、そんな俺を特に気にすることなく続けた。

「アリステリアお嬢様がお呼びです」

「え……アリステリア様が？」

なんだろう……二年前の闘技大会のときのような嫌な感じがするんだけど……。

若干の不安を覚えたが、しかし公爵令嬢のお呼びを一平民の俺が、無下にできるわけがない。仕方ない……。

俺はついてくるように促すアンナについて、領主邸を目指して歩き出す。

そうしてテレテレとお互い無言のまま数分歩き、ゲフェオンの領主邸に着くと、直ぐにあの対策会議室へ通された。

「ん？」

と、会議室に入った俺は首を傾げた。それは中にいた人物を見ての反応だ。

よく知っているナルクやクロロがおり、加えてアリステリア様やアンナ、アイクがいるわけだが、そこに見慣れない二人がいたのだ。

片や、大柄で厳ついオッさん……片や、綺麗な美女……絵面だけ見たら美女と野獣だ。

俺が頭上にハテナを浮かべていたからか、クロロが気を遣って紹介してくれた。

「あ、グレイくん。こちらは私の冒険者の同僚で……アルメイサ・メアリールさんとワードンマ・ジッカさんです」

クロロの紹介に合わせて、大柄なオッさん……ワードンマが俺の前に一歩出て笑った。

「よろしくのぉ。クロロから聞いとるぞ、グレイ」

「あ、はい……よろしくお願いします」

口調が年寄り臭く、声もガラガラと年季が入っていた。対して、ワードンマの後に出てきた美女は薄く笑って言った。

「よろしくするわね？　グレイちゃん」

「あ、よろしくお願いします」

普通……そうに見えるが、なんだこの獲物が狩人に目をつけられたかのような感覚！

「気をつけてください。アルメイサさんはドSです」

「え」

「や～ん、クロロちゃん。そんなこといっちゃダメよ？　怖がっちゃうじゃない」

ふえぇぇ……怖いよぉ……。この人の目、怖いよぉ……。

「節操のない奴じゃ」

「あら？　娼婦で（自主規制）まくってる年寄りには言われたくないわね？」

「誰が年寄りじゃ！」

アルメイサとワードンマが何やら言い争いを始めたのだが、いつものことなのかクロロとナルクはやれやれと肩を竦めて傍らで眺めているだけだ。

もうホント……やれやれ。

「話……始めてもいいのでしょうか」

アリステリア様が遠い目をして俺に問いかけてきた。

あの二人にお訊きください。まる。

～オーラル皇国皇都オーラルヌス皇宮殿～

時は遡ってイガーラ王国とオーラル皇国の宣戦布告なき戦いの前……場所は、オーラル皇国の皇都オーラルヌス。その国の王である、皇王が住む皇宮殿の眼下には、巨大な城下町が広がっていた。

その皇宮殿にて、パタパタと走る一人の少女の足音が響き渡った。皇宮殿に仕える者たちは、その足音を聞くと、和やかに微笑んだ。

皇宮殿を走る少女の名は、カミーラ・オーラル第三皇女……歳はまだ六つと幼い。カミーラはとても可愛らしい少女で、パタパタと皇宮殿を走る彼女の愛らしさに、使用人たちはどこか微笑ましげだ。

「きゃ――――！」

「こらこら、カミーラ。皇宮殿の中は走ってはいけないと言っているだろう？」

「きゃ――――！」

「ちゃんと聞きなさい！」

というのは、オーラル皇国を治める皇王ユンゲル・オーラルだ。きゃっきゃっと楽しそうに叫びを上げながら走って逃げ回るカミーラを、ユンゲルは自分で走るなと言っておきながら走って追いかけていた。

説得力の欠片もない……。

と、その光景を微笑ましく見つめていた使用人たちはおのおのそんな感想を浮かべていた。

そんな使用人たちの微笑ましい雰囲気に気づき、ユンゲルは怒鳴り散らした。

「見てないで助けてくれよ！　お前ら全員クビにするぞ⁉」

まーった始まったよ、というのは使用人たちの心の声だ。オーラル皇国の皇王は、口ではそんなことを言っているが、本当に自分たちを解雇したりなんかしないのだ。

民からは甘々王なんて呼ばれて親しまれている。王がそんなんでいいのかとも思うが、これがオーラル皇国の王なのだから仕方ない。

あげくの果てに、王様の三女様は城である皇宮殿で走り回る始末……それを追いかける彼は間抜けな王にもほどがあるのだが……不思議と彼の下には人がついてくる。

内政もバッチリ取り仕切っており、軍事に関しても将軍と並んでよく相談していたりする。民のことを重んじる歴代の皇王の中でもユンゲルは情けない男ではあるが、その意思はしっかりと継いでいた。

まあ、やはり娘を追いかける父親の姿は王にはとても結びつかないが……。

「きゃ――――!」

「もう！　パパの言うこと聞きな～！」

皇王の叫び声が皇宮殿に響き渡り、反射で語尾の方はよく聞こえなかった……。

皇王のそんな悲鳴に反応して、一人の美しい女性が皇宮殿の広い廊下に現れ、カミーラの走る線上に立った。

カミーラはそれで一瞬避けようとしたが、立っている女性の顔を見てむしろ、その女性に飛びついた。

「お母様ぁー！」

「あっ、ちょっと」

いきなり抱きつかれて、カミーラにお母様と呼ばれた女性は思わず尻餅をついてしまった。

「うふふーん～おっかあ様～」

「もう……甘えん坊なんだから」

やれやれといった感じだが、女性は優しくカミーラを抱き上げた。この女性の名前はカミュリア・オーラル皇妃。つまり、ユンゲルの妻である。綺麗な緑色の髪を持ち、カミーラも、その色を受け継いでいた。

「はぁ……なんでカミーラもカミュリアの言うことは聞くんだろうな？」

「貴方がしっかりしてないからでは？」

「えー俺頑張ってるのにー」

ぶーたれる夫にカミュリアは呆れた顔で肩を竦めた。

「あぁ、それはそうと……ユリアを知らないか？　朝から見てないんだが……」

ユンゲルが困ったように訊くと、カミュリアは訝しげに首を傾げた。

「ユリア？　私も見ていませんけれど……」

ユリア・オーラル第二皇女。ユンゲルとカミュリアの間に生まれた二人目の娘で、カミーラの姉だ。年齢は九つとなる。

「おっかしいなぁ……」

ユンゲルがユリアを探そうと廊下を歩くと……それは唐突にやってきた。

「ご機嫌よう……ユンゲル皇王」

ユンゲルの他に誰もいない、静寂に包まれた空間を切り裂くようにして響いた美しい声音に、ユンゲルは一瞬だけ反応が遅れたが、それでも彼の危機察知能力は並外れていて、咄嗟に護身用の短剣を懐から取り出して振り返り、叫んだ。

「何者だ」

先ほどまで、とても家族と幸せそうにしていた男が腹の底から夥しい殺気を放ちながら、謎の侵入者に向けて言った。

「うふふ。そんなに怖い顔をしないで欲しいですわぁ～？」

甘い声が思わずユンゲルの脳を揺さぶったが、ユンゲルは何とか耐えて、窓ガラスから差す陽光によってできた影の中にいる女性を見据えた。

とても若い女性のように見えるが、男を誘惑する甘い声や口調が熟練の娼婦のように感じられる。

やがて、その姿が陽光へ曝け出されると、ユンゲルは息を飲んだ。

美しい肢体で、バランスのいいプロポーション……たわわな胸が強調されるような大胆な服装をしており、髪は明るいピンクで、肩口にかかる程度まで伸びていた。髪と同じ色の双眸は妖しく光り、男を惑わす魅力的な作りの顔が、不敵な笑みを浮かべていた。そんな完璧な容姿を持った彼女だが、二つほど特徴的なものがあった。それは、頭から生えている湾曲した二本の角と、妖精族森人種のような長い耳だった。

ユンゲルは思わず見惚れてしまったが、直ぐに頭を振って自分を律すると、その女性を見据えながら思考を巡らせた。

（なぜだ……？　この女を見ているだけで引き込まれる……俺はカミュリア一筋だし、他の女に目移りなんて、どんなに美しくともしたことはない……。この女……頭の物といい……魔族か？）

　魔族……この世界にいる知的生命体の一つであり、人族、獣人族、妖精族などと普通に共存している種族だ。

　見た目は様々で、殆どが異形の姿をしており、目の前にいる女もまた、耳やら角やら、そしてお尻から生えているウニョウニョと蛇のように蠢く尻尾が魔族であるとユンゲルが確信した証拠であった。

　そして魔族であるならば、自分が目の前にいる女に魅了されてしまう原因が分かる。魔族色魔種と呼ばれる、男性を自分の虜にし、その生を吸い尽くす者たちがいるという。

　ユンゲルは初めて実物を見たわけだが、話には聞いていたために、そう判断することができた。

「もう一度訊く……何者だ？」

　だからこそ、ユンゲルはさらに警戒を強めて問いかけると、女は肩を竦めて答えた。

「私は……ゼフィアン」

「ゼフィアン……だと？」

　ユンゲルは、ゼフィアンと名乗った女性の名前を復唱して、頭の中にある名簿と照合し始め、ふと……一人だけその名前に当てはまるものがいた。照合し終えたユンゲルは絶句し、目を見開いて言った。

「ゼフィアン……ゼフィアン・ザ・アスモデウス一世か！」

　ユンゲルが大声で叫び上げると、ゼフィアンは口の端をニッと吊り上げて、その綺麗な手を前に出し、グッと握りしめるという不可解な動作をした。

　ユンゲルから幾分か離れたところでのその動作に何の意味があるのか……と、なんとゼフィアンの動作に合わせてユンゲルの口元が見えない何かに塞がれて、声を出すことができなくなってしまった。

「…………っ！」

「少しうるさいわねぇ……」

　他の者に見つかりたくないのか、ゼフィアンはユンゲルが大声を出せないように口元を何らかの方法で塞いだようだ。その方法というのが、この世界で数人ほどしかいない魔術の達人が使えるという達人級（マスター）闇属性魔術【念動力（サイコキネシス）】である。

　この魔術は、離れたところにある物体を動かしたりすることができ、ゼフィアンが今し方やったようなことができる。

　世界で数人しか使えない達人級（マスター）の魔術を扱える彼女が、もちろん普通の人物であるはずがない。

　彼女……ゼフィアン・ザ・アスモデウス一世は所謂、『魔王』と呼ばれる者であり、イガーラ王国、オーラル皇国などがあるスーリアント大陸と呼ばれる大陸を海で跨（また）いだ先にあるアスカ大陸のアスモ領という場所を、かつて統治していた。

　アスカ大陸では、そのようにして何名かの魔王たちがそれぞれの領地を統治しており、スーリアント大陸とはまた違った文化体制を広げていた。

　そんな魔王の一人……ゼフィアン・ザ・アスモデウス一世は魔術の達人の一人でもあることで有名だ。二重の意味で有名な彼女を、まさかユンゲルが知らないはずもなかった。

　はたして、それほどの人物が何のためにここへ来たのか……ユンゲルはとある噂を思い出していた。

　その噂というのは、色魔（サキュバス）の魔王が国の王様を魅了し、その国を意のままに操って、適当な国と戦争させているという……もちろん、専（もっぱ）らの噂で、ユンゲルは流していたのだが……。

（ま、まさか……本当に？）

　だとしても、戦争をさせる目的はなんだ？　一体なんのために？　と、ユンゲルが様々なことに思考を巡らせているところに、ゼフィアンは、まるでその思考を読んだかのように答えた。

「私の目的は禁忌級（アカシック）魔術【ゼロキュレス】の発動……うふふ。そのために、億の命が必要なのよねぇ～？だから、こうして……」

　言いながらゼフィアンはユンゲルに近づき、触れないギリギリのところまで顔を寄せて、耳元で囁（ささや）いた。

「各国の首脳を籠絡（ろうらく）して戦争させてるのよぉ～？ね？　お願い……」

甘い甘い声音……その悪魔の囁きにユンゲルは完全に堕ちてしまった。

「うふふ……うふふふふ」

ゼフィアンの薄気味悪い笑い声……それを部屋の扉の隙間から見ていたユリア第二皇女は、九歳という若さながらも状況を正確に把握し、いま自分にできることを考えた。

「は、早く……早く誰かに知らせなくっちゃ……」

……それから、暫くしてカミュリア皇妃やカーミラ第三皇女、ユリア第二皇女は護衛の騎士たちとともに皇宮殿から速やかに逃げ去った。その後、オーラル皇国軍が、皇王ユンゲルの命令で全軍が挙兵し、イガーラ王国の端……トーラの町の近くにある砦を陥落させ、トーラの町へとそのまま進軍していった。

＜グレーシュ・エフォンス＞

皇宮殿制圧……オーラル皇国の事実上の崩壊……その話を聞いたこの場の全員が凍りついた。まさか、いま戦っている敵国の内情がそのようなハチャメチャな状況などと誰が、予想がつくだろうか。いや、誰もつくことはできない。

ナルクは頭痛でもするのか、頭を押さえて頭を振って言った。

「……変だと思ってたんだよなぁ。オーラル皇国の皇王つったら甘々王で有名だからな。そんな皇王が宣戦布告もなしに戦い吹っかけてくるとは思えなかったんだよなぁ」

ナルクはボヤくように言いつつ、頭を掻きむしった。それから、ワードンマが険しい表情で、アリステリア様とテーブルを挟んだ向かい側で立って、腕を組みながらも、椅子に座るアリステリア様に尋ねた。

「しかし……一体、これほどまでの詳しい情報をどこから得たのじゃ？」

　ワードンマの指摘は確かにそうだ。どうして、一公爵令嬢にしか過ぎない彼女が、これほどまで詳しい実情を……それに彼女だけが知っているのか。

　指摘されたアリステリア様は困ったような笑みを浮かべてから、小さく口を開いた。

「わたくしはお友達が多いんですの」

「いや、そういうことじゃないのじゃが……」

「わたくし……お友達……多い……ですのよ？」

　意味が分からん……多分、この場にいる全員がそう思ったのかもしれない。しかし、アリステリア様が言外に、「訊くな」と言っていることは確かなことだと全員分かったようで、俺も口を噤んだ。

　が、はたと考えてみる。一体どうやってアリステリア様はこんな情報を得たんだ？　まさか、本当にお友達が多いとか、糞(くそ)リア充みたいな理由なわけがない……うん、アリステリア様はリア充だけれどもー。

　ウンウンと逡巡してみるが、結局答えは見つからず……話の流れが次に移り出した。

「じゃあ、私からもいいかしら？」

　アルメイサが顎に手をやって、何か考えながらアリステリア様に言うと、アリステリア様はゆっくりと頷いた。アルメイサはそれを確認してから、一拍空けて口を開く。

「……どうして、その情報をあの会議室で言わなかったのかしら？」

　む……俺は先ほどの会議に出席していないため知らないなぁ。言わなかったのか、アリステリア様は。

　となると、アルメイサの疑問も当然だ。俺も気になって、アリステリア様が答えるのを待っていると、アリステリア様は切り出した。

「トーラの町に侵攻してきた敵軍の発見が遅れた理由は、見張りの兵に間者が交じっていたという話です」

「見張りの……兵に？」

　ナルクが復唱して訊き返すと、アリステリア様は頷いて続けた。

「そうです。買収でもされたのかと思っていましたが、この情報を手に入れた際に分かったのです。見張り兵は誰もが男性……」

「あ……ゼフィアンは色魔（サキュバス）ですから、魅了で虜にしたんですね」

　クロロが気づいて言うと、アリステリア様はもう一度頷いた。なるほど、ゼフィアンというエッチィお姉様が見張りをメロメロにし、間者として使ったわけか。

「トーラの町の前にあったオーラル皇国との境にある砦も陥落し、生存者はゼロです」

「全員殺されたってのか……？」

　ナルクはそんな馬鹿なという風に訊いたが、アリステリア様はやはり頷くだけで、ナルクは絶句した。

「……降伏した兵士や捕虜もいないっていうの？」

　アルメイサも信じられないようで、アリステリア様に問いかけた。それに答えるようにしてアリステリア様は口を開いた。

「分かりません……逃げ出した兵士たちも恐らくゼフィアンの力で虜になって殺されてしまったでしょう」

「む……むぅ」

　ワードンマが難しそうに唸ると、他のメンツも同じように唸り声を上げて考え込んだ。

　ふむ……と、ここで初めて俺は口を開いた。

「えっと……チラッと話に出てきたゼフィアンの目的……禁忌級魔術【ゼロキュレス】って、なんなんですか？」

　ふと、俺はここにいる全員に訊いたのだが、全員が首を竦めた。おい、なんで誰も知らねぇんだよ……。

「わたくしも聞いたときに疑問に思っていたのですが……禁忌級などという階級は全六階級にはありませんし」

　アリステリア様が言って、全員でウンウン唸っていると、ふとアルメイサ一人だけが得意げに口を開いた。

「禁忌級は魔術協会が作ったもう一つの階級よ。全八階級の中から危険であるとされて、この世界から抹消された最凶の魔術のことよ」

　魔術協会……それは、俺もエドワード先生から聞いたことがある名前だ。世界の魔術に関しての研究をしている機関であり、魔術師たちを統制するところでもある。平たく言えば、魔術の専門機関だ。

「そういえば、主は魔術師じゃったのぉ」

「そうよ。でも、魔術師とは言っても禁忌級に関して知っている者は少ないわ……」

「ど、どうしてですか？」

クロロが恐る恐る訊くと、アルメイサは表情を歪ませて答えた。

「……それだけ危険だからよ。中でも、【ゼロキュレス】っていうのは禁忌級魔術で一番有名な魔術なのだけれど……元は神話級（エンシェント）の魔術で、その詳しい内容を知っている者は少ないわ」

そう、神話級の魔術というのは名前だけであって、その実……何も分かっていない。実在するかも分からないような魔術なのだ。

ふと……再び俺は思考を巡らせてみる。

それなら、どうしてゼフィアンという人物は【ゼロキュレス】のことを知っていて、尚且つそれを発動させる条件を知っているのだろうか。

【ゼロキュレス】の発動条件……億の命……そのためにゼフィアンは各国で戦争を起こしているという噂もあるらしいし……。

何のためにゼフィアンが【ゼロキュレス】を発動させようとしているのかも分からない……考察するには情報不足……。

アリステリア様もそれを察して、ため息を吐いてから切り出した。

「今のところは、これくらいでしょう……差し当たっては、会議で上がったトーラの町の奪還のことなのですけれど」

「あぁ、俺ら義勇軍の戦闘部隊が敵本陣を叩くって奴だろ？」

「ええ。それで、その作戦にグレーシュ様を入れて欲しいのですわ」

アリステリア様の提案で一斉に、俺に視線が集まる。

「しかしだなぁーこれは遊びじゃねぇんだぜ公爵令嬢様？　いくらなんでも子供を前線に立たせるっつーの

はなぁ……確かに戦えはするんだろうけど」

「はい、私もナルクと同意見です。グレイ君はその歳にしては確かに強い……でも、飽く迄もその歳での話。大人と比べてはいけないかと……」

確かに俺は子供だ。反論はできない。俺がナルクやクロロの立場なら、とても子供を戦争に参加なんてさせられないと思う。

それにしても……なんでアリステリア様は俺を戦闘部隊に入れようとしているんだ？

そんな俺の疑問に答えるようにアリステリア様は口を開いた。

「ふふ、皆様の言うことはごもっとも……ところで皆様？　密林に現れた魔導機械（マキナアルマ）のことは知っていますわよね？」

「ん？　あぁ……あれだろ？　なんか敵将のマハティガル共々誰かに倒されたってやつ」

「凄いですよね。私は魔導機械（マキナアルマ）なんて倒せませんし」

へ？　あのデカブツってそんなに強かったのか？　偉い簡単に沈んだぞ……というかアリステリア様？　もしかして……、

「はい。実はその敵将や魔導機械（マキナアルマ）を討ち取ったのはグレーシュ様ですわ」

おい、なんで知ってんだよ。思わず内心で突っ込んでしまった。

「は？　なんの冗談だ？　こいつ、クロロのやつより弱いんだぜ？」

「……」

ナルクは冗談だろ？　という顔をしているが、クロロはなぜか俺を凝視していた。アイクは知っていたのか平然としている。アルメイサやワードンマは、意外そうに眉を上げるだけだ。

「本当ですわよ？」

アリステリア様はどこか楽しそうに笑って言っている。果たして、このお姫様は何を企んでいるんだろうか。最近知ったが、このお姫様は意外と腹黒だったりする。

「もう、冗談はよしてくれやい。俺らは遊びで来てるんじゃねぇんだよ」

ナルクはさすがに痺れを切らして、少し強い語調で言った。アリステリア様は心外だという風に肩を竦めた。

「わたくしだって遊びではありませんわよ」

「遊びじゃない、ならなんだってんだ？」

「ナルク……おそらく公爵令嬢様の言うことは本当です」

「クロロ？」

クロロは俺を凝視したまま、目線を動かしていない。何を見ているかは分からないが、どうやらクロロは俺を見て本当のことだと判断したらしい。

「どうしたのじゃ、クロロ？」

ワードンマが訊くと、クロロは答えた。

「グレイ君の魔力保有領域(ゲート)は魔力が漏れるほどの強大な魔力を内包しています」

「え？　クロロさん、魔力が見えるんですか？」

俺がクロロに尋ねると、クロロは苦笑して答えてくれて。

「完全に見えるわけではないんですけどね。集中してみればなんとなく感じる程度には見えるんですよ」

「なぁ、本当なのかよグレーシュ？」

ナルクに訊かれ、俺は困ったように笑った。事実ではあるが、ほんとんど不意打ちだったし、真正面から戦えば勝てる確率なんてゼロだっただろう。

つまりは運が良かった。俺が自分にしている評価はそんな感じだ。第一、クロロで勝てない奴を俺が倒せるわけがないのだ。

だから、俺はそのときの状況を誤解されないように詳細に伝えた。密林で敵を殺しまくったこと、そしてマハティガルの不意をついて魔導機械(マキナアルマ)共々打ち倒したこと。

そしたら信じられないというような目で見られた。

なぜ？

「お前……」

「なるほど、そういう……」

「ふふふ」

ナルクやクロロは驚いているが、アリステリア様は楽しそうに笑っていた。な、謎だ。俺が疑問符を浮かべることに気がついたクロロがため息を一つ零して言った。

「どうやら自分がどれだけ人間離れしているか分からないようですから言いますが……まず、密林という樹々が乱立する場で弓なんて上手く射られないんですよ？　しかも、一本も外さずに敵を全て射抜くなんて神業ですよ神業。不意をつくにしても、魔導機械（マキナアルマ）を貫くほどの威力の弓技を空中で攻撃を避けながら使うなんて無理ですよ。つまり……グレイくんは弓の名手なんですよ」

「えぇ？　僕が……ですか？」

正直ビックリだ。弓の名手って言われるほどのもんじゃないと思っていたんだが……。

「それと、もう一つ訊きたいのですが……グレイくんのその魔力量はなんなんですか？　つい三週間前に教えたばかりなのに、魔力の増加が早すぎるんです」

「あぁ、それは……」

俺はグリフォンを倒してその魔石を手に入れたことを話した。そしたら今度はナルクとクロロが声も出ないってくらい驚いていた。

口を開けてポカーンって本当にあるんだな……。

聞くと、グリフォンというのは伝説の生物で中々お目にかかれないらしい。

まあ、グリフォンが出てきたのは虐殺から魔物を守るためだったからなぁ……。

伝説の生物であるグリフォンはその名に恥じない強さを持っており、その魔石はとんでもない量の魔力を内包しているのだという。

それを手に入れた今の俺は、まさに伝説の生物と同じか、それ以上の魔力を保有していることになる。

「私、今のグレイ君に勝てる気がしません……」

「は、はぁ……そうですか」

なんだか自分が強くなった感じは全くないのだが……ともかく、俺は義勇軍の戦闘部隊とともに行動することになった。

あと、密林の話はここだけの秘密となった。アリステリア様曰く、貴族たちにバレると面倒とのこと。

そういう意味でも義勇軍の戦闘部隊に俺を置くこと

で、俺という存在を秘匿することができるらしい。

なぜなら、その功績は飽く迄も義勇軍のものになるからだ。

トーラの町の奪還作戦は一週間後となる。それまでに、準備は整えておくべきだな。

■■■■■

残り一週間……さて、どうしようかと思っていたところに、クロロからお誘いがあった。何かと思えば、俺の実力が知りたいから、ちょっと冒険に出ようと誘われた。

ちょっと冒険って何よ……って思ったがこの世界では全く普通なことのようだ。俺としても丁度一週間何をしようか決めかねていたので助かったところもある。

俺は二つ返事で了承した。

そんなわけで俺は、クロロとゲフェオンの町の入り口で待ち合わせをしている。多分、これから、「ごめん待った～？」「いやいや、全然待ってないよ？」なんていう会話が起こるのだろう。

バカなことを考えていると、不意に声をかけられた。

この声と気配は……と視線を向けると金髪を綺麗に一つに纏めたソニア姉が、両手に何やらたくさん抱えて立っていた。

「こんなところで何やってんのグレイ？」

「あ、ちょっと待ち合わせをしてるんだよ」

「待ち合わせ？」

ピクリとソニア姉の眉が吊り上がり、訝しげな視線を俺に送った。俺はとりあえずご機嫌取りに、ソニア姉の手荷物を持ってあげることにした。

「それ持つよ」

「ん？　いいよ別に」

「いや、いいから」

俺はそう言って強引にソニア姉の手荷物を持った。

それでソニア姉は少しきょとんとした顔をしたが直ぐに笑って、俺にお礼を一言述べた。

「ありがとね」

「どういたしまして……で、これなぁに？」

　ソニア姉の持っていたものは、包帯とか傷薬とか、そういう医療品だった。なんだろう？

「うん。あたしにも何かできることないか探してたの……グレイは戦争に出ちゃったでしょ？　でも、あたしは何もできてないって思って……だから、お母さんと同じように怪我人の人たちの看護をしようと思って」

「そっか……お姉ちゃん、頑張ってるんだね」

　俺は苦笑した。俺も家族を守るために、何かできることがないかって探して、義勇軍に入ったんだ。これが正しい選択だったのか正直分からない……。

　自信だってないけれど、後悔はしていない。いずれアルフォード父さんのような立派な兵士になりたいとも思っている。

　だから後悔はないんだ。

「うん、それでグレイ？　待ち合わせって何かな？」

　おや？　どうやら誤魔化せなかったみたいだ。俺が答えあぐねて苦笑いしているところに、運悪くクロロがやってきてしまった。

「おや？」

「む……」

「はぁ……」

　最後のため息は俺です。幸い、俺の脳内で警報は鳴っていないが面倒なことが起こる予感だけはしていた。

「お待たせしました、グレイ君」

「いえ、全然待ってないですよ」

「グレイ……君？」

　ソニア姉……そこから突っ込むか。思い描いていたシチュエーションだったけど、全然嬉しくないよぉ……ふぇぇぇ。

「えぇと……グレイ君。この人は……」

「僕の姉です。ソニア・エフォンス……お姉ちゃん、こちらはクーロン・ブラッカスさんだよ」

　俺が二人の間に立って、それぞれの紹介をする。ソニア姉は年上であるクロロに臆することなく値踏みするように睨んでいる。

　クロロの方はそんな視線に気がついているが、気にしない風で困ったような笑みを浮かべているだけだ。

「クーロンさん……グレイとはどんなご関係で？」

ソニア姉のストレートな物言いにクロロは苦笑して答えた。

「そうですね……仲間、といったところですよ。背中を預けられるかは別ですけど」

そういってクロロは俺にウィンクを飛ばしてきた。今度は俺が苦笑する番だった。

「ふーん……」

ソニア姉は意味深な視線を向けたきた。えー……なに？

「まあ、いいです。それじゃあねグレイ。失礼しますクーロンさん」

そう言って、ソニア姉は俺から先ほどの持ち物を受け取ると、踵を返して歩いていった。

一体なんだったんだ？

「好かれているんですね」

「まあ……嬉しい限りです」

前世じゃあ姉との仲は最悪だったもんな……帰ったら、ちゃんとフォローしねぇとなぁ。

・・・・・

本来、ここで魔物退治なんかに行くはずなのだが、何分(なにぶん)俺は魔物を殺せ・な・い・。グリフォンを倒したときにその話も、クロロにはしてある。

だから、今回俺たちはゲフェオンの町から半日くらいしたところに現れるという盗賊を倒しに行くことになった。

盗賊には賞金がかかっているので、マジ冒険。あれ？　俺が知ってる冒険ちゃう……これじゃあ、本当の意味で危険を冒すってやつゃん……。

あ、どうでもいいけど危険を犯すだったら卑猥。なにこれ卑猥……うん、本当にどうでもいいね！

とはいえ、ここでクロロにある程度俺の力を見せないとダメだ。これはある種の試験でもある。俺の一週間後のトーラの町の奪還作戦の配置は、義勇軍の戦闘部隊とともに敵の本陣に突っ込むこと。

　なお、ギルダブ先輩率いる軍の本隊は、市壁の南門で敵本隊を引きつける役目を負っている。その他、部隊の配置もあるが……大まかな配置はこんな感じだ。

　つまり、俺たちは敵地に殴り込むわけだ。

　そこで必要になるのは信頼だ。ここでしっかりとクロロに俺の実力を見せないとな。

　そんなこんなで半日ほど歩いて、俺とクロロは盗賊の潜む山にやってきた。どうやら山頂に拠点を構えているようで、上からの攻撃に要注意だということ。

　こ、これから戦うんですかぁ？　歩き疲れたんですけども……関係ないですよね。

「それでは……」

　俺はクロロの指示で低姿勢を保つ。なんだかサバゲーやってる気分だ。クロロは慣れているようで、気配を消すのが上手い。が、俺の索敵スキルは見逃さない。

　二回と半分の鐘のとき……つまりは九時くらいから半日かけてここまでやってきて、あたりは暗い。気配なんか消されたら、クロロを見失ってしまうものだが、俺の臆病なこのスキルはそんな微かな気配にも敏感に反応する。

　暫くクロロについていっているとふと、クロロが俺の方を振り返った。

「よくついてきますね」

「え？　あ、はい」

　いきなり言われて、俺は慌てて返事してしまった。

　クロロは慌てる俺を見てクスクスと笑った。

「前に言いましたよね？私は夜髪種（コクヤ）という種族で、人族の中でも特に長寿なんですよ」

「ええ、聞きましたけど……」

「夜髪種（コクヤ）の名前の由来はその名の通りの闇色の髪なのですが……もう一つ、夜髪種（コクヤ）は気配を消すことに長けているんですよ。特に暗闇の中で」

　なるほど、その気配の消し方は種族補正がかかっているのか。

「だから、改めてグレイ君を凄いと思いましたよ。自惚（うぬぼ）れているわけではありませんが、私はこれでも隠密行動が得意なんですよ？」

「まあ……そうでしょうね」

その忍びみたいな服見りゃあ分かる。

「というか……僕の場合はちょっと事情があるんですよ」

前世のときの臆病な俺の危機察知能力。これぱっかりは最底辺の人間にしか手に入れることはできない……と、思う。

「事情？」

「秘密です」

クロロが訊きたそうにしていたので、釘を刺しておいた。だって、前世から転生したんだ☆なんて言って、誰が信じるというのか。いや、誰も信じない。

クロロは肩を竦めてわざとらしく残念そうにすると、再び前を向いてしずしずと歩き始めた。

俺も隠密スキルを使ってその後を追う。暫くして、人の声が聞こえたので俺たちは木の陰に隠れて様子を見た。

山頂付近……その場所にある洞穴の前に盗賊が一人、二人……見張りとして置かれている。中からは明かりが漏れていて、いかにも盗賊がいることをアピールしていた。

バカか……。

俺が呆れて物も言わないでいると、クロロが突然周りをキョロキョロし始めた。どうしたんだ？

それからクロロはなぜか小声で、「……グレイ君？」と俺を呼んだので返事した。

「なんですか？」

「ひゃっ」

クロロは叫び上がりそうになったが、途中で、自分で口元を押さえて何とか叫ばずに済んだ。

「もう、脅かさないでくださいよ……どこにいたんですか？」

「え？　ずっと後ろにいましたけど……」

何を寝惚けたこと言ってんのやら。

「え？」

「え？」

クロロは何を言ってるの？　みたいな風だったので俺も思わずそれで返した。

「本当にいたんですか？」

「本当にいましたけど……」

「そ、そうですか」

「？」

謎だ。

それから俺たちは気づかれないように、見張りがどこかに行かないか様子見していたが、どこにも行く気配がないので正面突破することにした。

「グレイ君は弓が使えましたね？　射ることはできますか？」

試すような言い方と表情。見張り二人との距離はざっくり五〇メートルほどだ。変な音を立てれば、気づかれるような距離。

「じゃあ、やってみます」

「では私は後ろに控えていますね」

そういってクロロは音も立てずにササッと後ろに下がった。多分、俺が射るのに失敗してもクロロがフォローしてくれるだろうから大丈夫だろう。

俺は弓を、構え矢を二本取り出す。弦を引いて目標に向ける。狙うは頭部へのダブルショット……一撃で決める……。

スーッと意識が変わり戦闘モードへ移り変わる。なんだかクリアな頭の中で、風や湿度やら、矢の影響を計算して補正を加えていく。

最近分かったが、戦闘モードの俺はどうも頭の回りが早いようだ。

「シュッ！」

短い気合いとともに俺は弓を放った。二本同時に目標に向かって飛んでいき、見張り二人はその矢に気づくことなく絶命した。

ヘッドショット……完璧だ。

「ほう……」

クロロは感心したように目を細めていた。まあ、これで実力は示せたかな？

「躊躇いなく殺しましたね」

「……」

クロロの言葉に俺は押し黙った。た、確かに……行動不能にするだけでも良かったんじゃないのか？

「良い選択です」

と、クロロは俺が考えていたこととは逆で俺を褒めてきた。

「見張りを生かせば騒ぎになって敵が群がってくるだけ面倒です。その歳にして、躊躇いなく人を殺せるのは立派なものです。密林の出来事は本当だったのですね」

ちがうよ……止めてくれ。クロロはどこか殺すことが当たり前という物言いだ。実際、この世界じゃそれが当たり前なのかもしれない。

アルフォード父さんだって……。

でも、それは果たして立派なのだろうか。父さんは守るために殺した。俺はどうだ？　この弓で、剣で、魔術で何のために殺したんだろう。

密林のとき、俺はあのままではあの兵士の人もアリステリア様の侍女のアンナさんも危なかった。そして、そのまま侵攻されていたらソニア姉やラエラ母さんだって……。

うん。なら、覚悟を決めよう。殺す覚悟を……。

■■■■■

俺とクロロは見張りが倒れている入り口から盗賊団のいるであろう洞穴へ侵入する。

「この洞穴……鉱山の跡か何かですかね？」

俺はそんな風に感じ、クロロに尋ねてみた。クロロは横に首を振った。ありゃ。

「鉱山であればもっと周りの環境に影響が出てますよ。でも特に変わったことはないですよね？」

「確かに……」

「恐らく盗賊団が自分たちで掘ったんでしょうね……」

「それにしては、かなり広いみたいですけど……」

道がたくさん枝分かれしているのだ。それだけ部屋もあるということだろう。これを果たして自分たちで掘るだろうか……何かある気がするな……。

「どうしました？」

「いえ……なんでも」

気にしすぎかな。俺は頭を振って思い浮かんだ変な思考を外へ追い出しておいた。集中、集中……。

洞穴の中に広がる道には遮蔽物となる物が少ない。途中で盗賊と鉢合わせた場合はもちろん生かさず殺すしかないだろう。

俺とクロロはササッと移動する。と、洞穴内に女性の悲鳴が聞こえてきた。

「今のは？」

「恐らく捕らえられた女性の声です。盗賊は性欲の捌け口に女性を攫っていくんですよ。そこから奴隷商人に売り飛ばすんです」

奴隷……俺は思わず顔を歪めた。

クロロは嫌悪を感じているのか、おっかない顔でそう言った。確かに、襲ってきた盗賊やら山賊がよく女を置いていけ、なんて言うセリフをよく聞くな。

俺はどうするかという目線をクロロに向ける。クロロは迷いもせずに悲鳴が聞こえた方へ向かっていった。

俺の索敵スキルの範囲内に既に気配を捉えている。気配はおよそ三人……女性が最低一人だから盗賊は一人か……二人か。

俺もクロロの後ろについていって、悲鳴の聞こえた方に行く。突き当たりを右に曲がったところで、視界に盗賊の男が一人と女性が二人いるのが見えた。

女性は鉄格子の中に入っており、盗賊の男はその中に入って一人の女性の腕を無理矢理に引っ張っていた。

「おら！　早く来やがれ！」

「い、いやぁっ！」

「おやめください！」

もう一人の女性は盗賊に縋りつき、止めようとしているが殴られたり蹴られたりしている。二人の女性はどちらもメイドの服を着ていて、馬車での移動中に襲われたのだと考えられた。主人はどこだ？

と、そこへ鬼の形相のクロロが突っ込んでいった。

俺は後ろで誰か来ないかを見張ることにする。

後ろから盗賊の男が、声も上げずに倒れたのが聞こえた。さすがクロロだ。

「大丈夫ですか？」

「あ、貴方は……？」

これはさっき連れて行かれそうになっていた女性の声かな？　これでクロロが男ならラブストーリーが始まっただろうが、クロロは女だ。

あ、でもクロロにそういう趣味があればいいのか？　おぉ……百合の花が見えますねぇ。いいですよぉ……もうユリユリしちゃうぅ！

「私は名を名乗るほどの者では……それよりまずはここから出ましょう」

クロロがそう言って女性の手を引こうとすると、それを遮るように女性が叫んだ。

「お待ちください！　お、お嬢様がまだ！」

必死の叫びに俺は思わずそちらへ視線を向けた。メイドが二人、クロロに縋りついていた。その表情は必死そのものだ。

なるほど、この人たちの主人は別で監禁されているか……既に性欲の捌け口となっているかもしれない。

「分かりました。私たちが必ず助け出しますから、ここから動かないでくださいね？」

「は、はい……」

それでメイドの人たちは安心したのか、そのまま気を失ってしまった。見ると、顔には疲労の色が見える……そりゃあそうか。

こんなところに監禁され、主人はどこかに連れて行かれ、いつ犯されるか不安で仕方なかったのだろう。

「グレイ君……」

「あ、はい……」

クロロはメイドの人たちをそっと寝かすと只ならぬ殺気を放ち始めた。ふえぇぇ……。

「盗賊共に目にもの見せてやりましょう……ね？」

「あ、はい」

怖い。なにが怖いってクロロの殺気が怖い。クロロさんパナい……っす。

■■■■■

洞穴の中を進んでいき、途中途中で鉢合わせた盗賊をマジで怖い笑みを浮かべたクロロが全員気絶させていた。

なぜ殺さないのかというと……、

「後で懲らしめるためですよ？」

とのこと……クロロは正義感が強い上に下衆を許さない質らしい。俺はこのとき、クロロを敵に回さないと誓うことにした。もう、エッチなことを考えないようにしようね！

それから、奥に進んでいくとやがて、人の気配が多数確認できるところまで来た。洞穴の道が大きく開けた空間だ。

俺とクロロは道の角に身を潜め中の様子を見てみる。中の様子はというと……広々とした空間をしており、中には盗賊が数十……奥の方に、少し豪華な造りをした椅子に盗賊の頭であろう髭の生えた禿頭の親父がどっさりと座っていた。そして、その禿頭の右隣には見目麗しい美少女が身体を強張らせて震えていた。服は白が基調な綺麗なドレスで、緑色の髪が美しく、緩やかウェーブがかかっていた。

年齢は俺よりは上だろうというのは分かる。だが、あんまり離れてもいなさそう……といったところだ。

髪と同じで深みのある緑色の双眸に涙を溜めている。おそらくは、さっきのメイドの人たちの主人だろうな。

「どうします？」

「とりあえず奴らを生け捕りにしましょう……そして死より恐ろしい報いを受けてもらいましょう……」

「怖いんですけど……」

「なにを言っているのですか、グレイ君？　女性を性欲の捌け口としか使わない愚かな者共には当然の報いですよ？」

うわぁ……まあ、俺も強姦とかアダルティーなもので見るなら興奮するが現実で起きたら嫌悪感しか抱かないな。

俺たちがそうこうしているうちに、禿頭が美少女に手を伸ばし、抱き寄せる。そしてその手は躊躇いなくその美少女の胸へと伸ばされ……。

ヒュン

と、俺の頬を何かが掠め通った。そして俺の視線の先で禿頭が泡を吹いて気絶した。その鳩尾には鞘に刺さったままの刀が突き刺さっていた。俺は振り返って、後ろにいるであろうクロロに目を向ける。それと同時にクロロが飛び出し、禿頭のところまで一直線に走っていく。

その場にいた盗賊共は何が起こったのかわけが分からず、ただ呆然としていた。俺はやれやれとクロロの後についていった。

クロロは禿頭の隣に落ちていた愛刀を拾い、再びそれはクロロの腰へ戻った。それからクロロは直ぐに美少女の元に駆けつけてその肩を抱いた。

「あ……ぅ……」

美少女は恐怖で強張っていたために呂律が回らないようだ。クロロは、「大丈夫」と微笑みかけて、呆然としている盗賊共の方に振り返った。

「哀れな人たちですね……貴方方は、今からこの私の愛刀の錆(さび)としてやります」

「な、なんだと!?　ふざけたこと抜かしてんじゃなぇぞ！」

と、一人の盗賊が叫んだのを皮切りに他の奴らも我に返って、口々に叫びを上げ武器を取り出した。

もし、ここで盗賊たちが武器をとらずに投降してくれたら地獄を見るくらいで済んだ。でも武器をとってしまったこいつらは、地獄よりも恐ろしい目に遭うことだろう。なーむ。

だから、仏教じゃねぇんだよなぁ……。

「おめぇら！　やっちまうぞ！」

襲いかかってくる盗賊共。俺は弓で襲いかかってきた最初の四人の頭を射抜く。クロロは美少女を守るように盗賊を三人ほどぶった斬った。

しかも半分に……。

これに盗賊共は震え上がって泣き叫んだ。目の前で仲間が半分にぶった斬られるグロい光景を見たんだ。普通の人間ならば恐ろしくて泣き叫ぶだろう。

こいつらの反応は当然のものだった。

というか、俺も震え上がった。人間を文字通り真っ二つ……果たして、それをするにはどれだけの修練が必要だったただろう。

「ふっ……詰まらないものですね」

怒り心頭のクロロ。お前、キャラ変わってねぇか？

クロロは、恐ろしさのあまり腰を抜かして動けないでいる盗賊の一人に刀の切っ先を向けて侮蔑（ぶべつ）の視線でもって、相手を見据えた。

「下衆なあなた方は生きている価値もありません。死んで償うことができることを感謝してください」

「あの……クロロさん……殺さないいんじゃ？」

「いえ、やはり限界です」

そうですか……しかし、こいつらには同情してしまう。前世の俺もかなりのクズだったからなぁ……俺はこうして転生しているがこいつらは償う機会すら与えられない。でも、ここで殺さないという選択もまた俺にはない。

クロロが切っ先を向けた盗賊を斬ろうと刀を振りかぶったときである。

俺の脳内に警報が鳴った。

ガンガンと頭痛にも似たアラーム音に俺は咄嗟の反応でクロロと美少女を抱いて飛んだ。

「なっ⁉」

クロロは突然のことで驚いており、美少女に関しては気絶してしまっているがそんなことを気にしている余裕はなかった。

俺の索敵範囲に突如現れたそれから攻撃の気配が迫ってくる。次の瞬間には俺の頭上を輝かしい光が通り過ぎた。

後に残ったのは焦げ臭い匂い……ふと、振り返るとさっきまで椅子の上で泡吹いて気絶してた禿頭が黒焦げになっていた。脂ぎった肌の相乗効果かこんがりを超えて真っ黒焦げ。豪華な造りの椅子は見る影もなく灰となっていた。そして視線を逆にすると、俺たちがこの空間に入ったときの入り口のところに人影があった。

オールバックの髪に鋭い目つき。服は鼠色（ねずみいろ）で動きやすそうな素材だ。身体つきがガッチリとした男で、雰囲気が只者ではないという感じを醸し出している。そして特出すべきは男の右手だ。そこには、あるはずの右手がなく、正確にはあるにはあるが……右手首から肩にかけて何かが取りつけられていた。機械的なその造りはあの密林で見た魔導機械（マキナアルマ）のように見える。ただサイズはそれこそ男の腕の長さくらい……。

なんなんだ…？

「全く邪魔してくれるなぁ……クソがっ」

男は悪態をつきながら、こちらに向かって歩いてくる。クロロは後ろに美少女を寝かせると男と対峙した。

「何者ですか貴方は……」

男はハッと笑い飛ばした。

「まあ……用心棒ってところだな」

「そうですか」

男の馬鹿にし切った態度に、クロロはイラッときたのかコメカミあたりに青筋を浮かべている。そのうちブチッとか聞こえてくるかもしれん。

「たくよぉ。このまま楽に仕事を終わらせられるかと思えば面倒くせぇ。なんだ？　全員ヤラレちまってんじゃねぇかよ」

男はあたりを見回して死んでる奴らに目を向ける。生きている奴もいるが、眼中にないように見えるのはなぜだ？

「はぁ……面倒だが仕事だからよぉ。てめぇらには死んでもらう」

「仕方ないですよね。仕事なら……面倒であってもやらなくてはいけませんから。でも、貴方に殺せますか？」

「生意気だなっ！」

クロロの挑発で男は叫んで右手の機械部をこっちに向けてきた。あ、やばい。

俺は咄嗟に地面に手をついて魔力を流し、詠唱を始めた。

「〈鋼鉄の障壁・荒れ狂う大地に立て〉【ロックシールド】」

中級地属性魔術【ロックシールド】……岩盤をひっくり返し、ズガンッとひっくり返った岩盤に男の右手から放たれた白い光の光線がぶち当たった。ぶつかった瞬間に衝撃波が轟き、爆音が痛いくらいに聞こえてくる。幸い光線が岩盤を貫くことはなく、攻撃が止んだと同時に岩盤がバタンと地に戻る。再び視界に入った男は意外そうに顔を顰めていた。

「たくよぉ……面倒だな」

「こっちだって簡単にやられるわけにはいかないんですよ……」

死ぬなんて冗談じゃない。ソニア姉やラエラ母さん……何より俺を守ってくれたアルフォード父さんのために死ぬわけにはいかないんだよ。

クロロは元から戦う気満々のようで、刀の柄に手をかけている。男はそれを見て面倒くさそうに頭をガシガシと掻きむしった。

「本当に面倒だなぁっ!!」

男は再度右手から光線を放ってくる。今度は防がずに、俺とクロロはそれぞれ左右に避ける。クロロは避けると同時に前進し、男に接近する。刀の間合いに入ると同時に抜刀し、男目掛けて刃が飛んでいく。光線を放ち終えた男はクロロの攻撃を右手の機械部で受けた。かなり頑丈なようでキリキリと音を立てて、男とクロロが鍔迫り合いの状態となる。

この状態、普通に考えれば女であるクロロの方が不利なのは間違いない。が、鍔迫り合いの均衡は崩れることなく……むしろ、クロロが押しているように見える。

「ハァッ！」

クロロは裂帛の気合いとともに男の右手を弾く。堪らず男のその右手が上方に吹き飛び急所がオープンとなる。その一瞬の間隙で、クロロは男の腕を弾くために左上方に振り抜いた刀を返して、男の右肩から左脇腹までを切り裂いた。

否……切り裂くことはできなかった。弾かれた右手でその攻撃を防いだのだ。戻りが速い。これにクロロは驚いていたが、直ぐに激しい剣舞を男に見舞ってやる。男はその猛攻を、顔を顰めて全て防ぐ。こう激しいと援護がし難い……そもそもクロロは援護とか求めていなさそうだ。

俺は美少女の方に駆け寄り様子を見る。気絶しているだけというのは分かっているが、一応呼吸や脈の確認をしておく。

ちゃんと生きているな……ふとあたりを見回すと盗賊共がいない。混乱に乗じて逃げたな……。

　俺は一度美少女を安全な場所へ移動させるために背中に背負い、この広い部屋から出てさっきの牢屋のところまで行く。メイドさんに会わせようと思ったからだ。入り組んだ道だがマッピングは完璧。スイスイと進んでいき、牢屋に向かっている途中で道の先に人影を見つけた。

　盗賊が二人とさっきの牢屋で出会ったメイドさんたちだ。なんでこんなところに……と思ったが、おそらくメイドさんたちは牢屋で気がついて俺たちがいないから自分たちで主人を探しに来たのだろう。そして盗賊の方はさっきの部屋から逃げ出した奴だろう。きっと、この道で運悪く鉢合わせしたんだろうな。

　俺は弓を引いて叫んだ。

「【フェイクアロー】！」

　放たれた矢がぶれて二本になる。この弓技は一本の矢で複数の敵を射抜く魔技だ。矢の節約と時間短縮が期待できる。

　二本の矢は盗賊の二人のコメカミに直撃し、貫通する。赤黒い血が流れ、盗賊の二人は死んだ。

　放心するメイドさんたちを他所（よそ）に、俺は走って二人のメイドさんの元に駆け寄った。

「大丈夫でしたか？」

「あ、君は……先ほどのお方と一緒にいた……」

「あぁ、はい。まあ、今はとにかく安全なところへ……あと、この人が貴女方のお嬢様ですか？」

と、俺は背中に背負っている美少女を強調する。メイドさんたちはそれで美少女に注目した。

「はい！　ありがとうございます！」

「あ、そうですか……よかったです」

よかった……俺はこの美少女を、この人たちに任せてクロロのところへ戻ろうと歩を進めた。

あいつの戦いが終わっていなければ……なんとか加勢してみるか。俺は来た道を戻っていき、再びあの広い空間の入り口へやってきた。するとガキンガキンと、金属同士が激しくぶつかり合う音が聞こえた。

「っ！」

それを見た瞬間、俺は戦慄（せんりつ）した。俺の視界に映るのは異次元の戦い。身体がブレるくらい速い動きで、クロロと謎の男が激しく戦っているのだ。クロロの刀を男が弾き、あの白い光線をぶっ放す。クロロがそれを避けて間隙を縫って攻勢に移る。踏み出した一歩は鋭く、そして速い。合理的なまでに考慮された足運び。クロロの生真面目な性格にぴったりだ。対して面倒だと言っていた男の動きは、クロロの霞むような動きにも遅れることなく対等に渡り合っている。

明らかに普通の相手じゃなかった。

「らぁっ！」

「くっ」

ここで男の攻撃がクロロの肩口を掠めた。男はニヤリと笑みを浮かべると後方に一歩下がって光線を放つ。

クロロは目を見開き避けられないということを悟っているかのようだった。俺はクロロに光線が当たる直前で岩盤をひっくり返してそれを防ぐ。

「ちっ！　邪魔すんじゃねぇよクソっ！」

男は俺に振り向き右手を向けて光線を放ってきた。それを【ロックシールド】で再び防いでやった。

よし……バトンタッチだな。クロロ。

俺は【ロックシールド】がバタンと倒れる前に切り札の詠唱を始め、そして発動した。

「〈……切り開け〉【ブースト】！」

身体を覆い、俺を保護する。感覚が研ぎ澄まされ、世界が後から遅れてやってくる……と、男が再び光線を放ってきた。

もう一度【ロックシールド】で防いでから、俺は走り出した。【ブースト】の補助動作もあって、俺は男との間合いを直ぐに詰めた。

男は光線を放ち終えて、直ぐに俺の方に右手を向けてくる。だが、この間合いなら近接の方が速いっ！

俺は背中にある剣を抜き放つと同時に、男に斬りかかる。右上から叩きつけるように振り下ろした剣の刃が男の首元を捉えた。しかし、斬り裂くことは叶わず、男は一歩下がって剣の間合いから抜けて、俺の攻撃を躱す。【ブースト】の補助を受けた俺の攻撃は、自分でも速いことを自負している俺としては驚きだ。

やはり過信は良くない。

俺は直ぐに切り返して振り上げる。今度は己の右手で男は俺の剣を防ぎ、そして強引に押し返してきた。

　ここで俺は抗わずに一歩下がる。俺はそのまま後方に下がりながら、剣をぶん投げる。武器を放り投げるなんて非常識な上に攻撃手段を失うような真似を普通はしない。

　それ故に相手の意表をつくことができる。

　ブンブンと回る剣が男の胴体部にクルクルと向かっていく。男は右手を向けて光線でもって、剣を吹き飛ばす。

　そしてその光線は、一直線上にいた俺の方まで伸びてきた。

「ぬぉっ⁉」

　俺はギリギリでしゃがんでそれを躱した。ちょっと髪を掠めたために焦げた。

　あぶねぇ……。

「ちっ……ちょこまかと鬱陶しいなぁ！」

　男はさらにもう一発光線を放ってくる。あの右手の機械はどうやら無制限に放てるようだ。無制限でこの威力か……【ロックシールド】で防げるが正直チートな気がする。

　俺は迫ってくる光線を、ちょうどしゃがんでいたので地面に手をついて【ロックシールド】を発動して防ぐ。轟音と衝撃波がこの広い空間を支配する。俺は【ロックシールド】の影に隠れた状態で弓を取り出し、矢を上に放った。

　俺も、的である男の姿は見えていないが位置は完璧に分かる。索敵スキルによって男の気配を敏感に察知し、マッピングしたマップ上に男の姿がはっきりと見えているのだ。距離も高さも正確に把握して放った矢は、まさに目視したときと同じような命中率を誇る。放った矢が山なりに男に向かって飛んでいく。光線を放ち終えて、俺が何もアクションを起こさないことに男は訝しげな顔して……そして、上から飛んできた矢に気がつき、咄嗟にそれを避けようと身を投げた。だが、気づくのが遅かった。狙いは外れたが、矢は男の左肩を射抜き、貫通した。肉が飛び散り、血が吹き上がる。

「ぐぁっ‼　クソガァッ！」

男は目を血走らせて右手を向けてきた。また、光線を放ってくるかと思ったら光線ではなく違った。

機械部から放ってきたのはミサイルだったのだ。

「なんだよそれ⁉」

思わずそう叫んでしまった。というか、よく見たらミサイルではない……限りなくミサイルの形に近い何かだ。密林でも見た奴だ。

魔力を利用して飛んでいるように見える。

高速で近づくミサイルが三本……俺はそれを一本の矢でもって撃ち落とす。

「【フェイクアロー】!」

ぶれた矢が三本になってミサイルを射抜く。矢とミサイルの先端が接触すると同時に、ミサイルが爆発し、あたりに黒い煙を撒き散らした。立ち込める煙、視界が遮られているが、俺には男のいる位置が分かる……

男はこの煙の中でも慌てず、傷を負った肩を押さえて止血しているようだ。

この煙の中では俺が動けないと思っているのか……

その侮りが命取りだよ。

俺は男に向けて矢を放った。その矢は煙を吹き飛ばし、男の胸に向かって飛んでいく。

当たる! というところで男は矢に気づき右手の機械部でそれを弾いた。勘のいい奴だ。

「ぐっ……うぅ……ちくしょう。ガキがぁ!」

男は肩を押さえて呻いている。もう終わりだ。俺が止めをさす必要もない……。

クロロが呻いている男の首を撥ねた。

・・・・・

「終わりましたね……」

「そう……ですね」

疲れたぁ……マジ疲れた。クロロも相当疲労しているのか、その場でヘナヘナとへたり込み、刀を地面に突き立ててそれに寄りかかった。

「はぁ……はぁ……ん、ありがとうございました。グレイ君のおかげで助かりました。やはり、強いですね」

「いえ……クロロさんがあいつを疲れさせてくれたか

らですよ。二人の勝利です」

「そう言っていただけると……私の面子が保てますね」

　クロロは疲れた笑みを浮かべて言った。実際、疲れているのだろう。俺は疲れているが【ブースト】を使えば動ける。

　俺はクロロに肩を貸してやり、クロロを立ち上がらせた。

「ありがとうございます」

「いえいえ。それより、メイドさんやあの美少……女の子のところに戻りましょう」

「あ、そうですね。では、すみませんが暫く肩をお借りしますね」

「ええ……あ」

　と、俺とクロロは部屋を出ようとしたところで、倒れている男の死体が目に入った。首はさっきクロロが斬り飛ばしたので死体から少し離れたところに落ちている。

　結構衝撃的な光景だが、そんなものはこの世界じゃ当然の様子だ。そう割り切れば気になることではない。

　俺の目を引いたのは男の右手にある機械だ。俺もクロロも気になり、メイドさんたちのところに行く前に、少し寄って見ることにした。

　機械部はやはりどこか既視感のある造りをしている。密林で見た巨大な魔導機械（マキナアルマ）に酷似している。これはその縮小版ということだろうか……これは一体どういうことなのだろうか……。

　色々と気になることがあったが、とりあえずメイドさんたちのところへ行かなくてはならないので、俺とクロロは部屋を出て、あのメイドさんたちの元へ向かった。

　マッピングした道と気配察知で直ぐに会えた。

「あ、よくご無事で！」

　そう言って近づいてきたメイドの一人が俺を見て一瞬だけ訝しげな目をしたのだが、肩を借りて歩いているクロロを見て慌てて治療に入った。

　多分……【ブースト】で変色した金髪を見ての反応なんだろうな。

応急処置の心得があるようで、直ぐに手当てしてくれた。もう一人のメイドさんが俺の手当てもしようとしたが断った。

ちなみに、彼女らの主人は気を失ったままだ。

治療の終わったクロロは、気恥ずかしげな笑みを浮かべつつも、俺のところへやってきて一言述べた。

「あの……ありがとうございました」

「いえ。大事なくてよかったです」

俺が心からそう言うと、クロロは微妙な面持ちで頬を掻いた。

「うーん……情けないところを……」

どうやら、俺に助けられたことが恥ずかしいらしい。

いつものクロロだったら、また状況は違ったかもしれないが、少なくとも今回のクロロはユリユリ……じゃなかった、激おこプンプンファイナルリアリティなんたらだったからなぁ……激おこプンプン◯の最上級って名前長すぎて覚えられねぇよ。

てかなんだよ、最上級って……なんなら比較級もあるの？　ネット用語でも勉強しなくちゃいけないとか、ネットサーフィンしてる奴らはみんな勉強熱心ですね！

かなり、どうでもいいけどFPSジャンルのゲームも覚えることが多くて参っちゃう。クリアリング、頭出し、マッピング、地雷武器……ははん？　ゲームでも勉強とか俺氏勉強熱心すぎる。

「お訊きしたいのですが……」

と、メイドさんの一人がそう切り出したので、俺とクロロは視線をチラリと移した。

「私共は、イガーラ王国の王都へと向かわなくてはならないのですが……ここはどこなのでしょう……」

俺はメイドさんの問いかけを怪訝に思いながらも、答えるために口を開いた。

「えっと……ちょうど王都イガリアから半日くらいしたところにある洞窟ですよ……？」

答えると、メイドさんたちの顔が明るくなった。それから遠慮がちに、俺たちに言った。

「その……助けていただいて差し出がましい申しつけ

とは十分かっています！　それでも、お願い致します！　私共を王都まで連れていってはくれませんでしょうか！」

深く頭を下げたその姿勢は……oh、ジャパニーズDOGEZA!!　お見事です！　この、土下座検定一級の私から見ても感嘆の息が漏れるくらい素晴らしい土下座です。

しかし……と、俺は何かを言おうと口を開きかけたクロロを遮るようにクロロの前に手を出した。クロロは不思議そうに首を傾げたが、俺は何も言わずにメイドさんたちに向かって首を振った。すると、メイドさんたちは今にも泣き出してしまいそうなくらいに目尻に涙を溜めた。

はぁ……。

「頭を上げてください。別に断るわけじゃないんです」

そう言うと、再び明るくなったメイドさんたち……なんかオモロイ。

俺は一度咳払いをし、立ち上がったメイドさんたちを見て、真面目くさった態度でこうお願いしてみた。

「萌え萌え～キュン～……って、やってもらってもいいですか」

仕草もつけた俺の完璧な動作にクロロが若干引いた気がした。ハッ、貴様には分からんのですたい！　リアルメイドだぞ⁉　やってもらわなくてどうすんだよ！　それでも玉ついてんのか⁉

と、クロロの胸に俺は視線を向けてから何も言わずに再び視線をメイドさんに戻した。

馬鹿か……。

俺はもちろん冗談であると言おうとして……だが、メイドさんたちは真剣な顔で、「やります！」といって本当にやってくれた。

とりあえず、俺は申しわけなさと幾分かの感動で微妙な感じになりながらも、彼女たちを連れて、まずはゲフェオンの町へと帰還することにした。

■　■　■　■

「大丈夫ですか？」

と、俺は後ろを歩くメイドさん二人と……メイドさんに背負われているお嬢さんを見ながら言葉を投げかけた。二人からは、「大丈夫……」というような返答があったが、全然そんな風には見えない。息も上がって、肩が上がって、「はぁはぁ」と荒い呼吸を繰り返している。

なにこれ卑猥……。

自重しようか！

【ブースト】を使ったままの俺は、クロロに肩を貸して歩いている。金髪の俺にようやく気づいたクロロが、俺に向かって問いかけてきたのは今から三〇分前……ちなみに、洞窟から出てきたのも三〇分前になる。

おぉ〜？　つまりですねぇーまだ三〇分しか経ってないのに、この有様なわけなんですよぉ〜。

これ……半日とか無理だろ？

当たり前と言えば、当たり前だ。女の人が女の人を背負って……ん？　ユリユリ……？　自重しますねぇ……。

とにかく……メイドさんも女の人なのだ、そんなか弱い女性が、さらにか弱い女の子を背負っているのだから、疲れないわけがない。

俺が背負っていければいいのだが……俺は、背負われている美少女に目を向ける。

どう見ても……貴族だ。俺が無闇矢鱈に触れられるわけがない。メイドさんたちも貴族の出だろう……。

「はぁ」

と、一息吐いた俺に、クロロもため息をポツリと吐いた。

「グレイ君……このままでは王都にいつ着くでしょうか」

「さぁ……」

肩を竦め、首を横に振った俺を見て、クロロはもう一度ため息を吐いた。

「いっそ……グレイ君が全員担いでいけませんか？」

「えぇ？　全員？」

恐らく、クロロからしたら全員担ぐのは無理というような反応に見えたかもしれないが、そこは問題ない。【イビル】を腕に武装してぶん回せるくらいの腕力と脚力……正確にはそういうレベルの補助が受けられる【ブースト】状態の、スーパーな○イヤ人の俺ができないわけがない。

が、先ほど言った通り、相手は貴族だ。こっちもそうしたいのは山々だが、果たしてやっても宜しいのだろうか……。

そんな俺の葛藤に気づいたのか、クロロは振り返るとメイドさんたちに声をかけた。

「すみません。ここから、こちらのグレイ君に背負ってもらって移動しようかと思うのですが……」

とクロロが提案すると途端にメイドさんたちの顔が明るくなった。あー望んでた系なのね？　気が利かなくてごめんなさい……確かに、人間楽できれば立場とかどうでもいいよね！

俺たちは一度立ち止まり、俺は腕を広げて立った。

「じゃあ、しっかりお掴まりくださいね」

そう言うと、まずは背後には気絶なさっているお嬢様が……そして左右に美人なメイドさん、そして前にはあのクロロが……。

絵面を見れば羨ましい限りのこのシチュエーション……柔らかいあれとかあれとかあれとかあれとか、感じることだろう。俺はその感触に関して言及すれば、この世界の木々を何本切り倒しても紙が足りないというレベルで事細かく詳細に伝える自信はある。

だが、これは一体どういうことだ？

目に見えて分かるように、前後左右はパラダイス・オブ・おっぱ○……俺の俺がスーパーサイ○人になっていてもおかしくないシチュエーション……にもかかわらず、俺の大事な宝物はスタンドアップせずに大人しく垂れている。

というかそれ以前にっ!!

（なんにも感じねぇっ!!!）

俺は内心で絶叫した。

そうだった……【ブースト】により、魔力に包まれたこの身体は鋼鉄の硬度によって保護されている。それを雷の元素で脳と直接連結して、その鋼鉄のスーツを動かしているわけだが……感覚器官はない！

しくじった！　なぜ、俺はこのシチュエーションに陥ることを予期できなかったんだ！

いや、無理だろ……。

俺が一人涙を流していたためか正面でクロロが、きょとんと首を傾げていた。

さらばだ……パラダイス・オブ・ヘブン！

しかしながら、所詮この身は八歳児の身体……感触が分かったところで何も感じないだろうね。ホルモン的とか、性機能的にね。

俺は若干の哀しみを抱え……ついでに美女三人と美少女一人も抱え、地面を蹴って街道に沿って走り出した。

風を切って走る俺は、四人が振り落とされないようにしっかりと抱える。速度がかなり出ている中で、この気の遣いよう……もうちょー紳士。決して、変態紳士の方ではない。

「は、はやい！」

「すごい……」

という左右からの驚愕の声に、「早漏で候……」なんて内心で俺はビクビクしていた。僕は将来どうなるんだろうか……。

俺は頭を振って、一旦煩悩を追い払った。

■　■　■　■

半日かかる距離を、驚異の二分の一の時間で踏破した俺は微塵も疲れた様子を見せずに悠然とゲフェオンの前の大門の前に立っていた。

ふっ……と、カッコつけたいところだが、これは【ブースト】を切った後が怖いなぁ……しかし、街に入ってからも金髪に輝いていたら目立つことこの上ない……俺は【ブースト】を切った。

「ごっ……」

どっと疲れが遅い、今まで掛かっていた全ての負担が俺を蝕んだ。そのまま俺は膝をついて倒れ、肩で息を繰り返した。

「大丈夫ですか⁉……無理をしすぎたのでは……？」

クロロが駆け寄って、俺の肩を抱いて身体を密着させ、寄りかからせてくれた。

ぽよんっ……と何やら柔らかなものが当たった気がするが、そんなことよりも疲れた。

なんだろう……何か大事なことを俺は見落とした気がするが、多分気のせいでしょー。

今度は俺がクロロの肩を貸してもらい、メイドさんたちの方へ視線を向けた。

「これからどうするのですか？」

クロロが問いかけると、メイドさんたちは気を失っているお嬢様を介抱しながら答えた。

「やはり……王都へ向かいます」

答えた顔には、疲れが浮かび上がっている。そりゃあそうか……と、俺は苦笑して一つ提案した。

「本日はこちらの町でお休みなさった方がいいですよ。見たところ、高貴な方のようですし、領主の方に融通してもらえば……ね？」

隣のクロロにも同意を求めると、「そうですね」とクロロも頷いた。しかし、どうもメイドさんたちの表情が険しい……どういうことだ？

ふと、俺は気を失ってメイドさんの背中で静かな寝息を立てているお嬢様に視線を向ける。今まで、こちらの気遣いに表情を明るくさせていたメイドさんたちが険しい表情をしている理由……。

お嬢様の髪は緑色だ。しかも、高貴な貴族が着るようなドレス……ただの伯爵位の貴族とは違って、もっと高い位に見えた。

ふむ……と、クロロに肩を貸してもらいつつも顎に手をやって逡巡する仕草を見せる。

ずっと気になっていた……どうしてアリステリア様はオーラル皇国の内情を事細かに知っていた？　逃げ出したという皇妃たちは？　盗賊……緑色の髪、洞窟で戦った男の腕についていた魔導機械（マキナアルマ）、それにメイドさんたちの表情……ふむ。

これは殆ど直感だったが、俺はゆっくりと口を開いた。

「もしや、オーラル皇国の皇族の関係者ですか」

俺が問いを投げかけると、メイドさんたちはくわっと目を見開いて、お嬢様を庇うように立ち位置を変えた。

どうやら、そのようだ。

クロロは頭上にハテナを浮かべて、俺に説明を求めている。俺はメイドさんたちを見据えながら、クロロに答えてやった。

「……ずっと疑問だったんですよ。どうしてアリステリア様がオーラル皇国の内情にあれほど詳しかったのか。そんなの考えれば簡単ですよね……そこにいた人・物から聞いていれば、そりゃあ知ってますよね」

「どういうことですか？」

「これ、僕の想像ですけど……逃げ出した皇妃たちは隣国のイガーラ王国に逃れ、オーラル皇国の使節として王都に向かい、救援を求めたんじゃないですか？　公爵のアリステリア様ならいち早く気づいて動けるでしょうし……まあ、詳しい話はアリステリア様に聞くのが早いでしょうね。

で、王都に向かっている途中に盗賊に襲われてこの人たちは攫われた……護衛がいたのでしょうが、オーラル皇国からここまで来ていたら疲弊していないはずがないですから……盗賊にやられてしまったんでしょう。詳しくは知りませんけど……」

俺が仮説を立てて話すと、メイドさんたちは困惑の表情を浮かべた。

「ま、全く……その通りです」

そら、来た……どこの世界でも一緒さ。何か大事の前には必ず邪魔は入る……盗賊にしろなんにしろ……。

俺は一息吐いてから、メイドさんたちに言った。

「大丈夫です。そちらの状況は理解していますから……一度、ご同行いただけますか？」

一度言ってみたかった！　刑事！　刑事ぃ！

「分かりました……」

と、一応信用してくれたのかメイドさんたちは警戒を解いてくれた。さて、じゃあアリステリア様のところに行くか……。

俺たちは領主邸の方へと歩みを進めた。

■　■　■　■

そのまま、メイドさんを気遣いながらテレテレと歩いていき、俺たちは領主邸のところまで着くと、門番の人に言って通してもらった。

「じゃあ……」

と言いながら、俺はメイドさんたちを連れてアリステリア様のお部屋の前までやってきた。

「まずは僕から行きますね」

俺は後ろをついて歩いてきていたメイドさんたちとクロロに言ってから、扉を叩くために手を扉の前まで持っていった。

さすがに……緊張するな……。

いくらなんでも、いきなり公爵令嬢の部屋を訪ねるというのは非常識だ。特に、俺のような一平民がだ。もちろん、アリステリア様はそういった些細(ささい)なことに無頓着で、接しやすいフレンドリーな人物だと分かってはいるが……それでも、気になることは気になる。

俺は少し躊躇いがちにドアをノックすると、中からアリステリア様の声が聞こえ、ノブを回して中へ入った。


ドアを開けると、甘い香りが鼻腔を擽(くすぐ)った。見ると、テーブルの上に暖かな湯気を立ち昇らせる紅茶のティーカップと、バターのいい香りがするクッキーがお皿に並べられており、テーブル付近の高価なソファにアリステリア様と、楽しそうに談笑するギルダブ先輩がいた。後ろにはアイクが控え、どこかにソーマもやはり、いるのだろう。

意外な訪問者にアリステリア様とギルダブ先輩は驚いたようで、俺に視線を向けていた。微妙な居心地の悪さに、一つ咳払いして間合いを測ってから切り出した。

「突然申しわけありませんでした」

「いえ、お気になさらず。それよりも、どういったご用件でして？」

「えっと……単刀直入に申し上げますと」

俺は一拍だけ間を持ってから、言い放った。

「オーラル皇国の皇族の関係者と思わしき方を保護しまして……それで、アリステリア様に色々とお聞かせいただきたく参りました」

俺が強調して言うと、アリステリア様は少しだけ眉根を寄せると薄い笑みを浮かべた。

「まさか……わたくしの仕向けた部隊よりも早く見つけるとは……やりますわね？」

俺はやっぱりと、肩を竦めた。

「探していたんですね」

「えぇ……こちらに来られたのは皇妃様に加えて、三女カミーラ様のみでしたから……。皇妃様の話ですと、どこかで野盗に襲われたと」

アリステリア様が鋭く目を尖らせ、俺を見据えてくる。俺はそれに答えるようにして口を開いた。

「はい。クロロ……クーロン・ブラッカスさんと一緒に言った盗賊退治の仕事でたまたま入った洞窟にいました」

「そうですか……鉱山跡か何かでしょうか」

「いえ……そのようには」

アリステリア様は表情を変えて、真面目な顔で顎に手をやる。それから目を伏せて、ギルダブ先輩に視線を向けた。

向けられた先輩はそれで何か察したようで、「失礼しよう」といって部屋を退室した、
ギルダブ先輩がいると話せないことか……？　俺は緊張で頬に一つ汗を流した。

「それでは、詳しいお話をしていただきましょうか」

アリステリア様の身が竦むような威厳ある声音に、俺は素直に答えた。

なんか怖いよぉ……ふえぇぇ……。

■　■　■　■　■

アリステリア様のお部屋にて、俺とクロロ……それにメイドさんたちと、未だに気を失っているお姫様がソファに横たわっている。

俺たちもソファに座って、向かい側にアリステリア様が真剣な表情でお姫様を見つめていた。

メイドさんたちは俺の後ろで控えて立っている。アイクも同じ感じだった。

アリステリア様に一通りの説明をした俺たちは、ア

リステリア様の言葉を待って、黙っていた。

「なるほど……」

アリステリア様はポツリと呟き、手をパンパンと叩くと、颯爽とどこからか現れたアンナに何かしら耳打ちした。

「それじゃあ、宜しくお願いしますわ」

「かしこまりました」

アンナは深くお辞儀をすると、再びどこかへ行ってしまった。凄いね！　プロフェッショナルメイドだね！

俺が心の中で賛辞を送っていると、アリステリア様が眠るお姫様を見ながら、口を開いた。

「そのお方は、オーラル皇国の第二皇女……ユリア様で？」

「はい……」

メイドさんの一人が答えて、頷いた。

アリステリア様はふぅっと息を吐いてから、何かを逡巡してから再び口を開いた。

「どこから話しましょう……そうですねぇ」

そこでアリステリア様は一拍置いてから、続けた。

「戦時中に、王都の方でわたくしのお父様がたまたまイガーラ王国へ使節として逃げてきた皇妃様たちを保護なさったんですけど……って、そんな話はとりあえずどうでも良いですわよね」

アリステリア様は、皇妃様や第三皇女が無事である有無だけを伝えると必要なことだけを話し始めた。

「それで、現在のオーラル皇国は先日話した通りなのです。手紙にて、お父様から送られてきたことがわたくしの知っている全てですわ。

向こうの方では、オーラル皇国の皇妃様とイガーラ国王で会合が進められているようですけれど、こちらにオーラル皇国の皇族がいるとゼフィアンにバレるのはまずいと判断して先日のお話は少数の方々に聞いていただきました。

えっと……後は、何か訊きたいことはございますかしら？」

と、アリステリア様は困ったように表情を歪めた。

何を話したらいいのか分からないのだろう。実際のところ、皇妃とか皇女様が無事という話はこの際どうでもいいのだろう。

問題なのは、それによって何がもたらされるか……だろう。

俺も、ここへ来たが特に訊きたいことがあるわけではなかった。ただ、皇妃様や皇女様が無事であるというのならそれ以上に訊くべきことは俺にはない。

家族が離れ離れなのは……やはり、悲しいことだからら。難しい政治の話なんて、俺には合わない。だから、イガーラ王国がオーラル皇国に対して、どのような処置をとるのかも知らないし、聞くつもりも特になかった。

しかし、メイドさんたちは別だろう。なんせ関係者だ。皇族に対しての忠誠心も、今までの行動を見ていれば分かる。それでも、この場で俺よりも身分が高いとはいえ、異なる国の皇族に仕える者が、無闇矢鱈に口を挟んでいい場ではないことを彼女たちは弁えているらしく、訊きたくても口を噤んでいた。

アリステリア様は俺の背後に立つそんな彼女たちを見て、優しげな笑みを浮かべて言った。

「何かお聞きしたいことが?」

アリステリア様からの申し出に、ついに我慢を切らしたメイドさんの一人が声を上げた。

「あの……王都にいらっしゃる皇妃様とカミーラ様はこの後どのような待遇を……なされるのでしょうか……」

深刻そうなメイドさんの問いに、アリステリア様も目を伏せて答えた。

「……一応、オーラル皇国の使節として扱われていますから、それ相応の対応はされていますわ。しかし、魔王が絡んでいるとはいえ敵国の皇族……人質としての価値は全くありませんから、今後は捕虜という扱いがとられるかと」

「捕虜……」

そう聞いたメイドさんたちは、二人して顔を青ざめさせた。

捕虜の扱いは国によって変わる。身代金を要求して、返還する場合の方が多いと思われるが、今回のケースではそういう手も打てない。それは、この戦争がゼフィアンによって引き起こされ、オーラル皇国が完全にゼフィアンによって乗っ取られているからだ。

　ゼフィアンが皇族の返還を望んでいるわけがないし、人質としての利用価値も先の通りにない。

　メイドさんたちはだからこそ、この場合での捕虜という扱いに深い恐怖を抱いたのだ。しかし、アリステリア様は笑って首を横に振った。

「安心してくださいませ。わたくしが、安全を保証致しますわ」

　そう言うと、メイドさんたちから緊張が少しだけ和らぐ気配を俺は感じた。それでも、まだまた気になることがあるようで、メイドさんのもう一人が口を開いた。

「こ、この戦争は……どのようになるのでしょうか……」

　はて、どういうことだろう？

　俺は首を傾げて、アリステリア様がどのように答えるのか黙って待った。

　アリステリア様はメイドさんの言葉尻をしっかりと理解した上で答えた。

「事情が事情……ですけれど、このまま我が国が勝てばオーラル皇国は我が国の属国となるでしょう。皇王ユンゲル様もその場合は残念ながら……」

　メイドさんたちは悲しそうに目を伏せた。ユンゲルという人物は、とても慕われていたんだな……。

　ふと、俺は気になってこんなことをメイドさんたちに訊いた。

「あの……皇王陛下というのはどのような方でしたか……？」

　少し躊躇いがちに訊くと、メイドさんたちは悲しそうな笑みを浮かべながらも、答えてくれた。

「とても……とても家族思いのお方でした……」

「優しく……温かで……使用人の私どもも家族のように扱ってくれました」

　家族……俺は深い眠りについているユリア第二皇女に目を向けた。

　ふと、その姿が五年前のソニア姉の姿に酷似しているように見えた。

「ゼフィアン……」

そいつの目的も知らないし、何者かなんて知らない。何も知らない……それでも、家族を滅茶苦茶にするような奴を俺は許せない。家族を傷つけるようなことをしてしまったユンゲルの心の内が、今の俺ならよく分かる、理解できる。家族を奪われた皇妃のカミュリア様やカミーラ……それにユリアの心が痛いほど分かる。

これほど哀しいことはない……。

「ゼフィアン……」

ポツリと、俺はもう一度呟いた。

ユンゲル……たとえ、顔も知らないお前のことでも俺は分かる……だから、俺が必ずゼフィアンを倒してやる。父さんが死んだ原因……全ての元凶を俺が殺す。

〜オーラル皇国軍・イガーラ駐屯地〜

オーラル皇国軍……およそ一五万人を集めたトーラの町の領主邸にて、此度の戦いの元凶となったゼフィアン・ザ・アスモデウス一世は高価な椅子に座り、葡萄酒を呷っていた。

「うふふ……結構、美味しいじゃない」

あまりお酒を好まない彼女が、こうして酒を呷るのは珍しかった。どうして飲んでいるかというと、例の【ゼロキュレス】の発動に必要な億の命が、残り一〇〇〇万を切ったからだった。

ゼフィアンが【ゼロキュレス】を発動させるために動き始めたのは、もう何年前のことだろう……その悲願の達成が間近ともなると、彼女もらしくないことをするものだ。

「【ゼロキュレス】……」

これはこの世界でゼフィアンと……そして、ゼフィアンの知らない誰かもう一人……つまり、世界で二人しか知らないという魔術である。

発動すれば、世界を一夜にして滅ぼす災害を引き起こすというのだが、実は詳しいことはゼフィアンも知らなかった。ただ、ゼフィアンの目的は【ゼロキュレス】を使って世界を壊すこと……それだけだった。

「あと……少し……」

と、ゼフィアンがワイングラスに注がれた葡萄酒を再び口につけたところで、コンコンと扉を叩く音が鳴り、ゼフィアンは悲願の達成まであと少しという喜びの渦から現実へと引き戻された。

ゼフィアンがいるのは、トーラの町の領主邸のある一室であり、デスクと椅子……それに幾らかの書物があるくらいの質素な部屋だった。だが、ゼフィアンとしては無駄にキラキラした装飾があるよりも、こういった質素なものが好ましかった。

それは、ゼフィアンの派手な見た目からは想像できないようなことだがゼフィアン自身は本来、このような露出の多い服も身につけたくもなかった。

しかし、こういった服を着た方が色魔(サキュバス)としての力を効果的に使えるために仕方なく着ていた。

このように彼女が、質素なものを好むのには理由があるが……とゼフィアンは扉の先にいるであろう人物に対して、「入りなさい」と一言いって入室を促した。

入ってきたのは恍惚(こうこつ)とした顔でゼフィアンを舐め回すように見る一人の男だった。

どうやら、ゼフィアンの魅了の力が効きすぎてしまったばかりに、自分の欲望を抑えられずにいるらしい……色魔(サキュバス)であるゼフィアンは、このような相手から生を吸い尽くすのがその種族の在り方であり、生きるために必要な食事だ。

だが、ゼフィアンは汚物を見るような目で男を見据えるとそのきめ細かな白い肌の手をゆっくりと前方に突き出し、【念動力(サイコキネシス)】を使って男を圧死させた。

血は飛び散ることなく、【念動力(サイコキネシス)】の檻(おり)の中で男はハエのように潰れて死んだ。

「ふぅ……」

虜となった異性を、こんな風に扱うのはゼフィアンくらいなものだ。生を吸わずに殺す……この行為は【ゼロキュレス】に関係はなく、ゼフィアンの心理的な問題だった。

ゼフィアンは色魔（サキュバス）としては異端である、男嫌い故に生を吸うことを心の底から拒絶していた。

「男なんか……この世界から消えてしまえばいいのよ……」

薄暗い部屋の中で、ワイングラスの葡萄酒を呷った彼女は殺した男を窓から捨てた。

＜グレーシュ・エフォンス＞

あれから三日ほど……遂に、戦いの日はやってきた。

俺の配置…というか俺がいる義勇軍の戦闘部隊の配置は平原。前回の密林から東にずれたナンゴル平原が戦の舞台だ。敵兵は前回の戦闘である程度弱っているものの、その数はこっちよりもずっと多い。

厳しい……。

だが、やるしかない。生き残るため……何よりもここで敵を通してしまったら、ゲフェオンの町にいるソニア姉やラエラ母さんが……。そう思えば戦場に出ることに躊躇いもなくなる。

開戦は二日後……その間に平原の方では作業が進んでいる。バリケード作ったりとか、投石機を用意したりとか。

伝達兵の報告によると魔導機械（マキナアルマ）の存在が確認されているらしい。一つは自動四輪……って車じゃん。そしてもう一つは大型の、これぞロボットというやつ。聞いた話だとね。

これファンタジーじゃなくてSFだったのかしら……じゃなくて、今はそんなことといい。

一日や二日じゃできることは限られているが、バリケードやら物資搬入の手伝いくらいはやらないとな。

って、思ったら……

「んー？　ダメだよボーヤ？　ここは今から戦争が

「…………」

というような、大人の対応をされた。子供の自分が恨めしい……と、たまたまクロロが一人で木箱を運んでいたので手伝うために声をかけた。

「持ちますよ」

「ん……？　あぁ、グレイ君ですか。大丈夫ですよ。それより、他にもあるのでお願いできますか？」

さっすがクロロ！　俺は元気よく返事をして、馬車に積まれていた木箱を持ち上げた。

「うっわ……」

めちゃくちゃ重い……。

よくもまあクロロは、平然とした顔で運んでやがるなぁ……。

木箱を指示されたところまで運ぶとクロロが、「お疲れ様です」と言って水で少し冷えた布を貰った。今日は戦争前だってのに晴天で、日差しが眩しい……というか暑い……これは嬉しいサービスだ。

俺はクロロにお礼を言って布を受け取り、首筋や顔を拭いた。クロロは自分の頰に当てて目を閉じて、涼んでいた。

絵になる姿……闇色の髪も夜に見るのと晴天の下で見るのとでは違った印象がある。久しぶりにクロロを大和撫子だと思った。そういえば、俺が前世で死んだあの日もこんな晴天の空だったな。俺は変わっただろうか。

外に出れるようになった。家族との仲は良好……父さんは死んでしまった。大切にしようと……そう決めたのに。あのときの俺は無力だった。人を殺すことに躊躇いがあったからいけないんだ……。

今度は絶対に躊躇わない……もう迷わない。大事なものをこれ以上奪われてたまるか。友達もトーラの町の人も……この町の人もみんなを、全部……。

「グレイ君」

「……っ。ん？　なんですか？」

俺がボーッと考えごとをしているところにクロロが眉根を寄せて、怪訝な顔で俺の顔を覗き込むように見ていた。

「今……凄く怖い顔をしていましたよ」

「そ、そうですか？　あはは……」

普通に笑おうとしたが、乾いた笑いしか出てこなった。何かがおかしい気がする……おかしくなったのはいつからだ？

何かがおかしい……と理性が訴えている。でも、本能がそれを認めないような……噛み合わない感じ。

「まあ、その歳で戦争の……しかも前線に出るわけですから色々と考えてしまうのも無理はないかもしれませんね。グレイ君はその歳に合わないほどの才能があります。私はグレイ君と一緒に戦ってきましたから……大丈夫ですよ。グレイ君は強い……グレイ君が危なくなったら私が守ってあげますから」

ただの口約束だったけれど……守ってくれるという言葉に俺の肩が少し軽くなった。

あぁ……そうか。俺は自惚れていたのかもしれない。俺一人で全部守る気でいた。だからか、肩が凄く重かった……でもクロロが俺を守るって言ってくれた。

俺が全部守る必要はない。みんないるじゃないか。でも……それでも俺の中の違和感がなくならない。ちぐはぐとしていて、ねっとりとした……。

密林でも、そしてトーラの町でもそうだった。人を殺すことに躊躇いがなくなって、それを簡単に割り切ってしまう……人だけじゃない。魔物を殺していたときもそうだ。申しわけない気持ちとは裏腹に問答無用で殺していた。グリフォンがあのとき、来なかったら全て殺すまで止まらなかったんじゃないか？

何かがおかしい。

なんだ？　警報は……アラームは鳴っていないのに、この戦争に出たらとても良くないことになる……そんな予感がした。

そう考えたら途端に寒気がした。思わず両腕で自分の身体を抱く。

ど、どうして……こんなに寒いんだよ……怖い……のか？　何が？　分からない……分からない……。

もしかして、戦争に行くのが？

あ……。

「ど、どうしましたかグレイ君？」

クロロは心配そうに俺の肩に手を置いた。肩に乗る彼女の手は別に暖かいとか、ひんやりとかしてなかった。

誰だよ、女の手は柔らかいとか言った奴は……クロロの手は剣を握っているから硬いし、剣だこだってできている。

でも……それでも俺は安心できた。

今更だよな……戦争が怖いだなんて。戦うのが怖いだなんて本当に今更だ。今まで、やらなきゃやられるなんて割り切っていたわけじゃない……そうやって自分を騙さなきゃ精神を保てなかった。

戦うことを肯定することで恐怖から逃げていた。そして、俺の本能が理性を飛ばし殺人狂とも言えるくらいおかしくなった。

簡単なことだ。

おかしくなったのは戦争が始まってからずっとだった。

「大丈夫……ですよ。クロロさん」

ゴツゴツとして硬いクロロの手に自分の手を重ねた。

とても女らしいとは言えないが、ギシリス先生もこんな感じだから今更って感じで慣れた。もしも彼女が側にいてくれなかったら俺は自我を保てなかったかもしれない。或いは本能に飲み込まれたかもしれない。

彼女はたまたま俺の側にいただけだけれど……俺は彼女に感謝し切れない恩を受け取ってしまった。

ありがとうございます……クロロさん。

「そうですか？　大丈夫ならいいんですけど……って、なんですか？」

俺がクロロの顔を満面の笑みで見つめているとクロロが頭上に疑問符を浮かべた。

「秘密で」

よし……覚悟はできた。ラエラ母さんやソニア姉を守るために頑張るぞ！


〜ゲフェオン伯領北部ナンゴル平原〜

「敵軍確認！　全軍戦闘準備いぃぃぃ!!」

馬に乗った伝達兵の伝令が後方から前線にまで駆け抜けていく。先ほどまで座って待機していた兵士たちは立ち上がり、おのおの盾や槍を構えた。

俺はいつものように剣と矢筒と弓を背負い、腰には短剣を装備している。

クロロは腰に帯びている刀の柄に手を触れて、ふぅっと息を吐いた。ナルクも剣に触れて集中しているようだ。

アルメイサさんは魔術師のため、特に準備はしなかったが目を伏せて集中しているし、ワードンマさんは大槌を構えている。

その他、前線を担当することとなった義勇兵たちも立ち上がり武器や防具の確認をしている。

準備は整った。

そして暫くの静寂が訪れる……開戦前の静寂。空は荒れており、雲が倍速で駆け抜けていっている。いつでも天気が崩れる……そんな天候だ。

やがて、前線にいる俺たちの目に人影が見え始めた。革の鎧にオーラル皇国の軍旗が上がる。

俺が悶々と思考を巡らせていると伝達兵より前進の命令が下った。

いよいよか……。

俺は背中から剣を引き抜いて、構えた。

＜グレーシュ・エフォンス＞

敵軍と自軍の前線がぶつかり合う。俺もその中で戦っている。

「ハァッ！」

既に視点は戦闘モード全開で【ブースト】も使っている。補助動作を受けながら剣を振り、敵を切り倒していく。

中には革の鎧が切れず、骨だけ粉々に粉砕して行動不能にした敵もいたが止めは刺さない。ここでそんなことをすれば、今度こそ理性が飛ぶ。

必死に理性を働かせて、俺は敵を倒していく。殺す覚悟はしているが、だからといって人を殺すことに躊躇いがなくなったわけじゃない。

「うぉぉぉ！」

また一人斬った。血が飛んで、俺の頬に生暖かい液体が付着する。

み、みんなこんな中で戦っているのか？

あぁ……ヤバいかも……。

俺が戦場の殺伐とした空気に飲み込まれそうになっていると……そこへ敵が一人近くへ迫ってきていた。

俺が敵の接近に気がつかなかった！　索敵スキルは敵を本能的に察知するようなものだ。本能を抑えて理性で戦っている今の状態だと、以前の俺の半分くらいしか索敵できないのか！

俺が咄嗟に敵の攻撃を避けようと下がると、横からクロロがその敵をぶった斬ってくれた。

「クロロさん……ありがとうございます！」

「お礼は後ですよ！　ここは前線です！　集中してください！」

「は、はい！」


と、再び敵が四人ほど迫ってきた。クロロは俺の横に並び刀を構えた。

「行きますよ！」

「はい！」

俺とクロロはほぼ同時に地面を蹴る。左右に分かれるように走り出した俺とクロロのそれぞれに二人ずつ敵が向かってきた。

俺は敵だけに集中して剣を握る。

まずは一人目……二人で挟み込むように敵が襲ってきたためにまずはその挟撃から逃れるために前方へ逃れる。それで敵は方向転換して俺の方へ一直線に向かってくる。俺は地面に手をついて地属性魔術で落とし穴を作る。

「〈……導け〉【アースフォール】！」

地属性の初級魔術【アースフォール】だ。

地面に大穴が突然開き、こっちに走ってきていた二人の敵は落とし穴を見て直前で押しとどまったが後ろの二人目が勢いを殺せず一人目を押して踏みとどまった。

「あ……」

と、いうのは押された一人目。一人目は二人目に突き落とされたのだ。やがて突き落とされた一人目の絶叫が聞こえてくるのを俺は聞かずに弓を引き、呆然と穴を見ていた二人目の足と腕に矢を射る。

「ぐっわぁ！」

これで動けないし、攻撃もできない。戦闘不能。クロロに目を向けるとクロロは凄まじい剣速で問答無用に敵を斬った。革の鎧なんていとも簡単に斬れてしまっていた。

二人を斬り伏せると、クロロは刀についた血を払うように刀を振り払った。チラリ……とクロロは俺の方に目を向けて殺していないのを見ると苦笑した。

「甘いですね」

「すみません…」

小心者なんですよ……。

俺は次の敵を倒すために剣を構える。今度は五人……クロロの方にも結構来ている。援軍は期待できない。

俺がやるしかない！

「やぁぁぁ！」

剣を握りしめ、俺は突撃した。

敵の剣を受け流し剣を滑らせて敵の両腕を切り落とす。まずは一人目……。二人目と三人目が同時に襲ってくる。少しのタイムラグ……その間隙を突いて、二人目の攻撃を避けながら三人目の首を撥ねた。

そして、そのまま振り抜いて次の攻撃をしようとしている二人目の首も撥ねた。よしっ！　やれる！　やれるじゃないか！

後、二人……こいつらの首も撥ねよう。生かすなんて甘い。いくら甘党でもそんな甘いのは嫌いだ。

こっちは弓で二人とも首を飛ばした。首を唐突になくした身体は暫く歩行した後に膝から崩れ落ちた。

何が覚悟だ、バカバカしい。

簡単じゃないか人を殺すのなんて……さぁ？

俺は血のついた剣をさっきクロロがやった風に振り払い血を飛ばす。すると、また敵がやってくる気配を感じた。

索敵スキルが完全に戻ってきた。

敵の位置が見なくても分かる……振り返るのも面倒だと思い後ろからくる敵は矢を上に放って仕留める。

上に放った矢が少し後ろへ向かい極端な放物線を描いて俺に斬りかかろうとしていた敵の頭上からその矢が降ってきて脳天をぶち抜いた。バタリと敵は倒れる。俺は敵の脳天に突き刺さった矢を抜いて、前から来る三人に向けて放った。

「【フェイクアロー】」

矢が途中でブレ、三本になる。その三本が敵の頭を的確に射抜いた。

ふと、周りを見ると敵と味方で入り乱れている。

さて、この戦争を終わらせるにはどうしたものか
……俺は剣を肩に担ぎ、敵陣の中を一人歩いた。

そうして、敵陣へと乗り込んでいき敵を斬り伏せていく。左から右へ……どこからともなく湧いてくる敵兵を何の躊躇いもなく、剣でその首を撥ね、弓で心臓を射て、魔術で押し潰した。

そうして、暫くして索敵範囲内に巨大な何かを感知した。この気配は以前にも感じたことがある……と、俺が気配を探って構えているところに、ブーンというエンジン音を立てて何かが俺のもとに向かってきていた。

「……」

弓を構えていると、俺の視界の先に土埃を上げて平原を走る自動四輪の魔導機械（マキナアルマ）が見えた。

自動四輪には何人かの敵兵が乗っている。装甲車両のようなものだろうか……まあ、何にせよ殺すには変わらないがな。

俺は矢を引いて、水属性でレンズを……風属性で矢に回転を加えて火属性で鏃に爆発的な威力を付加させ、最後に雷属性で全ての力を底上げする……俺の固有（オリジナル）弓技。

「【バリス】！」

ズガーンと地面を抉って突き進む矢は一直線に自動四輪へ飛んでいく。轟音と衝撃波が一帯を支配し、嵐の根源が邪魔なもの全てを薙ぎ払っていく。自動四輪は眼前に迫る【バリス】の矢を避けることができず、

一閃が煌めいたかと思うと、次の瞬間には【バリス】が自動四輪を貫き、爆発していた。

「ふぅ」

俺は一息吐き、次にどうするかとあたりを見回すとクロロがこちらへ走ってきていた。

「もう！　前に出すぎですよ」

「あぁ……悪いな」

俺が軽く手を挙げて言ってやると、「ぐ、グレイ君？」とクロロは首を傾げたが直ぐに頭を振って、言った。

「このまま前線を押し上げましょう」

クロロの言葉に頷き、俺たちが一番戦闘に立って前線をグングンと押し上げていく。

自動四輪を失い、士気の下がった敵の脆弱な前線は直ぐに崩れて、俺たちが押し始めていた。

「グレイ君！」

「任せろ」

俺とクロロは互いの背中を預けつつ、クロロは刀で敵を薙ぎ払い、俺が弓で敵を射抜く。

なんだろう……この感じ。

身体が熱く、魂が熱気を帯びている。極限の状態の中で俺は戦っている……おかしいな……戦う前まではあんなに震えていたのにな。

そんなことを思いつつ、隣で戦うクロロに目を向ける。きっと……彼女のおかげなのだろう。

俺は視線を戻して、弓を引いた。

■　■　■　■　■

前線を押していき、陣形の崩れた敵軍に追い打ちをかけるようにして進攻する自軍……この調子で行けば、勝てる！

と、ここで前線まで上がってきたワードンマが険しい表情で言った。

「魔導機械（マキナアルマ）はどこじゃ！」

そう……俺が破壊した自動四輪とは別にもう一体いると報告があったはずなのだ。それなのに、ここまで前線を押していて未だに現れない……。

「どこにいるのかしら……」

「たくっ……このまま出てこなきゃいいんだけどな」

アルメイサとナルクは口々に言って、向かいくる敵を倒していく。

「ん……？」

ふと、俺の耳に何か聞こえた気がして空を仰いだ。なんだ……？　今、何か聞こえたような……俺が天に注目しているとき、それは突如として落ちてきた。

瞬間、俺の脳内にアラームが鳴り響き、視界に見えたミサイルを迎撃するために、反射的に弓を引いていた。

「上から来るぞ！」

俺が叫ぶと同時に前線で戦っていた何名かが気がついて、上を見上げた。

およそ数十発というミサイルの雨に、多くの味方が青ざめた顔をした。

俺は矢を番えて【フェイクアロー】でできる限り撃ち落としていく。

ミサイルと俺の放った矢が衝突し、空中で爆発する。その爆煙が宙で広がっていく。

「＜……討ち滅ぼせ＞【アイスレイピア】」

アルメイサが魔術を唱え、ワードンマは大槌を振ってミサイルを破壊していくが……数が多すぎる！

「このままじゃダメだ！　一旦下がれ！」

俺の怒号が轟き、いち早く反応した兵士たちが下がり始めるが遅すぎた……何発か漏らしたミサイルが兵士たちを襲ったのだ。

味方の悲鳴、そして敵の悲鳴……敵味方関係なしかよ!!

俺が内心で叫びを上げたところで、ミサイルに追従するようにして巨大なそれが姿を現した。

「っ!?」

咄嗟に俺は身を投げて、その場から離脱したが……衝撃だけで俺の身体が吹き飛ばされた。

「ぐっ」

【ブースト】でなんとか空中で体勢を立て直し、落ちてきたものに目を向けた。クロロもなんとか避けたようで、それを凝視していた。

黒い骨格は硬く光沢を放ち、人の姿のように見えるそれは……ガンダ○や鉄○のようだ。これが例の魔導機械(マキナアルマ)か……と俺は内心で舌を巻いた。

空からダイナミックに現れた魔導機械(マキナアルマ)の頭部には、疲れ切った顔の中年のおっさんがいた。

「あれは……」

訊かなくても……なんとなくだけど……俺には誰なのか分かった。恐らく、ユンゲルだ……少しだけユリアに似ている部分がある。

ユンゲル……辛かったよな。お前が大好きな家族を……大切な人たちをこんな風に傷つけられて……今、解放してやるからな。

俺が地面を蹴り出すと、「グレイ君」とクロロの俺を呼ぶ声が聞こえた。

「はぁあああ!!」

弓をしまい、両手を空にする。そして、俺は魔力保有領域(ゲート)を開いて詠唱を始めた。

「〈……滅びろ〉【イビル】！」

空の両手に、超合金の悪魔の腕が生成されていき、俺の手を武装した。巨大な悪魔の手を【ブースト】の力で持ち上げ、ずっと魔導機械(マキナアルマ)に向かって走る俺は、勢いそのまま右手を握りしめて拳を作り、巨大な魔導機械(マキナアルマ)のボディを殴り飛ばした。

ズドンッと強烈な一撃を放ち、衝撃が魔導機械(マキナアルマ)の硬質なボディを辿って地面へと渡った。

それは大きな揺れとなって現れて、大地がぶれた。

「ぐっ……うぉおお！」

俺は全力で振り抜き、魔導機械(マキナアルマ)を力任せにぶっ飛ばした。

体勢を崩して地面に伏した魔導機械(マキナアルマ)の上に覆い被さるように乗っかり、悪魔の手で魔導機械(マキナアルマ)を押さえつける。だが、さすがにこれで終わる相手ではないらしく、肩部から再び大量のミサイルを俺に向けて放ってきた。

「【イビル】解除！」

叫んで、腕にくっついていた【イビル】を外して離脱……俺がいなくなって目標を失ったミサイル群が全て魔導機械(マキナアルマ)に降り注いでいった。

「やったか……」

ついつい、口を突いて出してしまった言葉は、案の定フラグになってしまったらしく……魔導機械（マキナアルマ）は身体に引っついていた【イビル】の亡骸を払うと、当然のように立ち上がってきた。

やっぱり……さっきの自動四輪やら密林で戦ったのとは異質な感じがしたんだよなあ……一筋縄じゃいかないか。

俺は目の前の魔導機械（マキナアルマ）を見据え、ふと三人称の視点の視界の端に映るミニマップ……その中心にいる俺の背後に再び、突然何かが現れた。

「くっ」

直感的にまずいと判断し、前に跳躍して地面に手をついて反転して新たな敵を目視した。

「……誰だ」

俺がそう問いかけると、目の前に佇む（たたずむ）妖艶（ようえん）な女性は薄い笑みを浮かべた。

「私……子供は男でも好きなはずなんだけれどねぇ……貴方からは三〇過ぎの醜い男の気配を感じるわぁ」

と、ピンクの髪した美しき悪魔は言った。角生えてるし……耳長いし、尻尾あるからな。悪魔だろ。多分……俺が内心でそう決めつけると目の前の女性はそれを否定するかのように首を横に振った。

「うふふ……私は悪魔（デーモン）じゃなくて色魔（サキュバス）よぉ」

心を読まれている……？

それに答えるようにして、女性は頷いた。

「うふふふふ……心の中で女性と呼ばれるのも鬱陶しいわねぇ。一応、名乗ってあげるわよ、不思議な坊や」

また……坊やか。

目の前に立つ女性は、腰に手を当て、その大きな胸を強調して言った。

「私の名前はゼフィアン……宜しくね、坊や？」

「ぜっ……」

思わず目を見開き驚いたが、直ぐに冷静になる。ここは戦場……平常心だ。落ち着き、集中しろ。

目の前にゼフィアンがいるからなんだ？　ただ、殺すことには変わりない。

そう俺が再認識すると、ゼフィアンは肩を竦めてやれやれと両手を挙げて首を横に振った。

「殺す……だなんて、物騒ねぇ？」

　それを皮切りにして、俺は剣を背中から引き抜いてゼフィアンに斬りかかった。

「っ！　グレイ君！　ダメです!!」

　俺がゼフィアンの目の前で剣を振るう直前に、そうクロロが叫んだのと同時に俺の脳内にアラームが鳴り響いた。

「ちっ……！」

　咄嗟に飛び退いて横の方へ逃れると、不思議な力で先ほど俺がいたところが押し潰され、地面が陥没した。

　なんだ……？

　俺は鋭く目を向けるが、ゼフィアンはやはり薄く笑みを浮かべているだけだ。

　俺が怪訝に思って見ていると、横からクロロが刀を抜刀してゼフィアンに斬りかかった。突然の奇襲だったはずだが、ゼフィアンは手に氷の剣を作ると、それを受けた。

　ゼフィアンとクロロが鍔迫り合いになり、その状態でクロロが叫んだ。

「ダメです……グレイ君。この人には近づかないでください」

　底冷えするような殺気を放つクロロの声を聞いた俺は黙って頷いた。ここはクロロに任せた方がいいのだろうと……俺の索敵範囲内で魔導機械（マキナアルマ）が動き出した。

「くっ」

　そういえば、ゼフィアンに気を取られすぎてた。俺は魔導機械（マキナアルマ）が腕を振るって攻撃してきたのを躱そうと足を動かす……が、どういうわけか足が動かなった。

「なっ……」

　どういうことだ……？

「うふふ……」

　戦慄したながらも、俺は相変わらず薄い笑みをたたえるゼフィアンに視線を向ける。今もなお、クロロと鍔迫り合いを続けているが……ふと、ゼフィアンが氷の剣を握っていない方の手が握りしめられているのを見て、俺は嫌な寒気に襲われた。

　あいつか！

　原因が分かったところで、魔導機械（マキナアルマ）の腕は直ぐそこまで迫ってきていた。

風を割って、もうスピードで振るわれた硬質な腕……その威力は計り知れないだろう。

「グレイ君っ！」

クロロは俺を助けようとするが、ゼフィアンの邪魔が入り、援護に入ることもできないようだ。

ここにいるのは俺だけ……もしかしたら、こんな危機的状況だったなら、漫画やアニメなんかじゃ主人公が助けに入ってくれて、チートな力で全てを薙ぎ払ってくれるかもしれない。

だが、今ここには俺しかいない。

そうだ……漫画やアニメじゃない……。

これは紛れもない現実だ！

俺は眼前に巨大な腕が迫っているというのにひどく冷静な思考で、この状況を打破する方法に全ての時間を費やす。

これほどの威力と質量を持った攻撃は、いくら【ブースト】状態の俺でも受けたらただじゃ済まないだろう。

何とか、その威力を抑えて最小限度のダメージに止められれば……。

しかし、魔術を詠唱している時間はない。もう魔導機械(マキナアルマ)の腕は直ぐそこまできているのだ。

この瞬間……刹那の時間で魔術を発動させろ!!

俺は無意識に右手を魔導機械(マキナアルマ)の腕の方へ突き出して、魔力保有領域(ゲート)を解放し、魔力を流す。

流された魔力は、詠唱という過程を省かれたが、それでもいつものように地面を……岩盤ごとひっくり返して、俺の目の前に【ロックシールド】の壁が現れた。

無詠唱……殆ど反射的に行ったが、俺がずっと望んでいたものができた。そしてそれは、今の俺にとって救いの手だった。

加速された意識と、極度の緊張状態の中で【ロックシールド】をさらに重ねてもう一度、無詠唱で発動し、二枚の障壁と【ブースト】の防御力の三段構えで魔導機械(マキナアルマ)の攻撃を迎え撃つ。

魔導機械(マキナアルマ)の攻撃が、【ロックシールド】を一枚二枚と破壊し、俺のもとへ到達する頃には勢いが、幾分相殺できていることを確認し、俺は腕を十字に構えて防御姿勢をとる。

ズドンッと重たいものが前面にぶつかり、衝撃でゼフィアンの拘束も解けて、俺の身体は宙を飛んだ。体感速度は実にマッハ……音が後ろから歩いてくる。

「ぐぅ……」

あまりのGに身体全体が悲鳴を上げ、【ブースト】の装甲が軋(きし)む。それでも、ここで止まるわけにはいかない！

俺は【ブースト】の肩部あたりに意識を集中させて、そこから飛行機のジェット噴射をイメージして火の元素を構築……大丈夫、今の俺ならできる！

再び無詠唱で発動された新たな魔術が、ジェット機のエンジン音のようなものを轟かせながら、俺が飛んでいる方向とは逆方向に推進力を徐々に足していく。

爆発的に炎が噴出し、俺の身体はやがて前へ前へと進み始めて、今度は魔導機械(マキナアルマ)の方角へマッハで飛んだ。

音が戻ってきたかと思ったら、再び遅れて歩いてくる。ふと、眼下にはオーラル皇国軍とイガーラ王国軍が入り乱れて戦っている。そんな光景を眺めていた俺は、自分が今……空を飛んでいるのだとなんとなく自覚したが、そんな感動も直ぐに薄れて、視界に映った魔導機械(マキナアルマ)に向かって渾身の一撃を叩き込むべく、再び無詠唱で魔術を行使する。

「【イビル】！」

右腕から巨大な悪魔の腕が伸び、大きな手が握りしめられて拳を作る。ジェット噴射で飛びながら、【イビル】の重さを考えてバランスをとり、マッハの速度で【イビル】の一撃を魔導機械(マキナアルマ)の胸部に叩き込んだ。

ズドンッ……なんて生易しい衝撃音よりも大きく、そして強い衝撃が激震し、魔導機械(マキナアルマ)はその巨体を数百メートルほど後方へと吹き飛ばした。

俺は全ての衝撃をこの身に受けてしまったために、右腕を脱臼し、空から地面に落ちた。もしも、【ブースト】状態でなければ身体はバラバラになっていただろうが……。

肩を押さえながらユラリと立ち上がり、気配を頼りにクロロとゼフィアンを探すとゼフィアンが四つん這いになって膝をつくクロロに手のひらを向けて立っていた。

そんな！　クロロが負けたのか⁉

俺が助けようと、痛む肩を無理矢理動かして弓を引いたところで、なぜかゼフィアンが困ったような笑みを浮かべていることに気がつき、怪訝に思って耳を澄ませると、ゼフィアンの呟きが聞こえた。

「……私、あまり女の子は傷つけたくないのよねぇ」

どこかの主人公のセリフかよ。クロロはというと、何やらブツブツと呟いていた。詠唱か！　と思ったが、心が読めるゼフィアン相手に不意打ちの魔術が通用するわけがない。それはクロロも分かっているはず……、

「あぁ……グレイ君。私が、私が守るって約束したのに……もう私はダメです。ダメ人間です」

クロロ――‼

俺は歯噛みして、大声で叫びを上げた。

「クロロ‼」

だが、クロロには届いていないらしく敵兵だとでも思っているのか、「レイ○でもしますかー？」と半ばヤケクソ気味だ。

あの馬鹿がっ！

俺は矢を番え、ゼフィアンを狙い撃つが、やはり心を読めるゼフィアンには通用せずにヒラリと躱された。

しかし、クロロとゼフィアンの間が空いたため、俺はそこに割って入ってゼフィアンと対峙した。

「クロロ！」

俺はゼフィアンと対峙しながらも、横目で呼ぶが反応がない。どんだけ落ち込んでんだよ……。

目の前で腕を組んで佇むゼフィアンは、ため息をふうっと吐くと仕方なさそうに手を前へ突き出した。

「女の子も子供も嫌いじゃないけれど……貴方たちは生かしておくと私の障害になりそうだからぁ～……ね？」

グッと、突き出された手を握りしめゼフィアンに合わせて、俺の周囲の空間がひしゃげ、歪んだ。

「やばい」

ヤバいヤバいヤバいっ！

クロロを抱えて俺は、もう一度ジェット噴射で緊急脱出図り、俺たちがいた空間が押し潰される寸前で何

とか逃げ出せた。

　ザッと滑るように地面を移動して、立ち止まり、腕の中で呆然とするクロロに言った。

「いい加減目を覚ませクロロ！　俺は生きてるぞ！　勝手に殺すな!!」

「あ、グレイ君」

「あ、じゃねぇよ！　しゃんとしろ！」

「ひゃん」

　と俺が思わず叫び上がると同時に腕に力を込めると、クロロが顔を真っ赤にして普段のクロロではまず聞けないような短い悲鳴が聞こえた。

「わ、わるい……」

　途端に俺も気恥ずかしくなって、クロロを下ろしてやるとクロロも気恥ずかしいのか顔を赤く染めて背中を向けた。

「うふふ。初々しいわねぇ～？　若いって素晴らしいわぁ」

　ゼフィアンはパチパチと拍手をしながら、皮肉交じりに言ってくる。クロロは頭を振って、真面目な顔に戻すと言い返した。

「若いというほど、私は若くはありません。私なんて年増で十分です」

「あら？　私の方がそれなら年増よぉ？」

　どんな言い争いだよ……俺が傍らで呆れ返っていると、ゼフィアンの後方で魔導機械（マキナアルマ）が動き出しているのが見えた。

　本当にタフだな。

　俺は脱臼した肩を、痛みに耐えながらも無理矢理治した。

「さぁて……どうしようかしらねぇ？」

　ゼフィアンと魔導機械（マキナアルマ）が並び、俺とクロロも対峙して横に並んだ。

　周りでは、敵味方が攻防を繰り返し、ナルク、アルメイサ、ワードンマ、それにギシリス先生、ソーマ、アイク、ギルダブ先輩……みんなが戦っているのが分かる。

　もしも、ここでこのデカイのとゼフィアンを通したらどれだけの被害が出るか分からない。

ここで止めてみせるさ。

「グレイ君」

クロロは隣に立つ俺に囁くように続けて言った。

「私がゼフィアンを食い止めますから、魔導機械（マキナアルマ）をお願いします。この戦いは……あれを破壊すれば勝てますから」

そう言うクロロの視線は、魔導機械（マキナアルマ）の頭部にいるユンゲルに向けられていた。

そう……だな。

「一人で大丈夫か？」

「もちろん。勝てもしませんけど、負けもしません。だから、食い止めるだけなら大丈夫ですよ」

簡単に言ってのけてはいるが、ゼフィアンは本当に強い。どんな魔術かは知らないが、無詠唱で使っているのだ。どこから来るかも分からない見えない力に果たしてクロロだけで対応できるのか？

心配する俺にクロロは苦笑して言った。

「大丈夫ですよ……少しだけ本気を出しますから」

クロロは言った瞬間、目を鋭くし、瞳を光らせた。

一瞬でクロロの纏う雰囲気が変わったことに俺は思わず気圧され、肌に感じるチリチリとした威圧感にクロロの本気という言葉の意味を理解した。

なら……そっちは任せたぞ。

俺とクロロはそれぞれ戦うべき相手の前に立った。

＜クーロン・ブラッカス＞

クーロン・ブラッカスこと……クロロは目の前に佇む妖艶なる女性に鋭い視線を向けつつ、対峙していた。

対して、相変わらず薄い笑みを浮かべているゼフィアンは呆れたように肩を竦めて言った。

「聞こえていたわよぉ～？　勝てもしないけど、負けもしない……ですってぇ？　舐められたものねぇー」

アスカ大陸を治める魔王たちが、どうやって自分の領地を統治しているか……それは、武力である。

強い魔王ほど、多くの領地を治めるのがアスカ大陸の形だ。アスモデウス一世を名乗る古参の魔王であるゼフィアンの実力は、そんな実力主義社会のアスカ大陸の支配形態の中で生き残ってきた確かな実力者なのだ。それなりのプライドもある彼女は、自身が生き残ってきた年月を軽んじた発言をした闇色の髪をした剣士に、怒りを感じていた。

「いくら私が女の子を傷つけたくない主義とは言っても……舐められて黙っていられるほど寛大じゃないのよねぇ？」

ゼフィアンが威圧を込めて、そう言うとクロロはふっと笑って流した。

「貴女の力は十分に知っていますよ、魔王ゼフィアン……。稀代の天才魔術師として名が知られ、『遊女』の二つ名で呼ばれた達人級(マスター)の魔術師……」

ゼフィアンは幾年ぶりかに聞いた自分の二つ名に感慨深くなると同時に、どうしてそこまで自分のことを知っていてあのようなことを言えるのか疑問に思った。

しかし、なんでも構わない……自分のプライドまで傷つけられて生かしてやるほどゼフィアンはお人好しではないし、もしもそうならこんな戦争は起こさないだろう。

ゼフィアンがその綺麗な作りの手を前へ突き出したのと同時に【念動力(サイコキネシス)】でクロロを押し潰そうと魔力を込めた。

と、その瞬間……クロロが煙のようにその場から姿を消してしまい、ゼフィアンは戦慄した。

「そんな……心の声も聞こえなかった……？」

ゼフィアンは達人級(マスター)闇属性魔術【念動力(サイコキネシス)】と同じ、【思念感知(サイコメトリー)】が使える。それを無詠唱で使い、相手の心の声……所謂、思考を読むという芸当ができるわけだ。

ゼフィアンは【思念感知(サイコメトリー)】を解除していないにもかかわらず、その思考を読む間もなく、獲物を逃がしてしまったのだ。それは、ゼフィアンにとって初めての出来事だった。

「一応……名乗っておきますね」

「っ……」

ゼフィアンは背後から聞こえてきた声に脂汗を浮か

べ、ゆっくりと振り返る。穏やかな声音なのに、そこには圧倒的な威圧感が込められていた。

もうゼフィアンの表情に余裕さは一切ない。クロロは愛刀である黒い刀を鞘ごと腰から引き抜き、右手には刀身を、左手には鞘を、それぞれ握り持って名乗った。

「私の名前はクーロン・ブラッカス……二刀流の剣士です」

二刀流……ゼフィアンはその名前に聞き覚えがあり、直ぐにその正体に思い至った。

二刀流の剣士……片手には刀を、もう片方で鞘を持つという不思議な二刀流使いで、まるで月光のような稲光を放つ瞳から、そのまま『月光』の二つ名がついた達人級（マスター）の剣士。

「なるほど……この威圧感はそういうことなのねぇ……『月光』さん？」

「その名前は何十年も前に、もう返上しました。今はただの冒険者クーロンです」

そう言うクロロの瞳が月の光を帯び、銀色の輝きを放ち始める。身体からは黒いモヤモヤとした煙が上がり、その姿を覆っていく。

と、次の瞬間には月光色の稲光が走ったかと思うと、ゼフィアンの懐に一対の武器を構えたクロロが潜り込み、右手に握る刃を振るった。

「っ！」

およそ常人の域を逸脱したクロロの剣速に圧倒されながらも、さすがは魔王といったところ……ゼフィアンは完璧に反応し、氷の剣を作ってギリギリで防いだ。

しかし、直ぐに左手に握られた鞘がゼフィアンの腹部に突き刺さり、ゼフィアンは苦悶の表情を浮かべて後方に吹き飛んだ。

「あぁんっ」

そんな官能的な悲鳴を上げるものだから、クロロは思わず顔を赤くしてしまった。

「な、なんて声出すんですか！」

「いたた……貴女の所為なのだけれどねぇ」

ゼフィアンは悪態をつきながらも、どうしようかと考える。

（あまり……魔力を使いたくないのよねぇ）

ゼフィアンには本気を出せない理由があり、この状況で自分と同じ達人級（マスター）を相手にするには少々力不足……目の前の武人を倒すには本気を出すしかないが、それで勝てるとも言えないのが達人級（マスター）同士の戦いだ。

だが、悲願の達成まであと少しなのだ。ここで諦めては、あと何年かかるか分かったことではない。

「邪魔……しないで欲しいのだれけど……？」

「それは……無理な相談というものでしょう」

そういう答えが返ってくることは分かっていたので、ゼフィアンはため息を吐いた。

「……ここで貴女と本気で殺り合うわけにはいかないのよねぇ」

「おや、良いことを聞きました」

クロロは言って直ぐに、霞（かす）むような速度で稲光を走らせてゼフィアンに接近する。もちろん、ゼフィアンは反応し、氷の剣でクロロの一撃を防いでいく。

「もう……聞き分けのない子にはお仕置きよ!!」

ゼフィアンは魔力保有領域（ゲート）を開いて魔術を使う。

そうして、クロロの剣術とゼフィアンの魔術の攻防が始まり、常人には見えないほどの速さで二人は平原を縦横無尽に走っていく。

やがて、数キロ離れた山岳地帯で達人同士の剣術と魔術の攻防が激化し、山を衝撃波だけでことごとく消し飛ばした。

ザッ……と二人は消し飛んだ山の跡の平地に立ち、再び対峙した。

「はぁ……はぁ……」

「ふぅ……ふぅ……」

二人とも肩で呼吸を繰り返し、疲労していた。刹那の間の攻防により、通常の戦闘以上に身体よりも頭の方が先に悲鳴を上げたのだ。

「さすがに……早いわね。早漏は嫌われるわよ？」

「私は……女、です!!」

クロロの叫び声に続くようにして、再び凄まじい攻防が始まった。

〈グレーシュ・エフォンス〉

俺の目の前に聳(そび)え立つ魔導機械(マキナアルマ)は、何度も【イビル】で殴り飛ばしたはずなのに傷一つない。

本当にタフだ……タフすぎて帰りたくなってくるよ……本当に。しかし、その帰る場所を守るためにこうして俺は立っているのだ。ここでこいつに背中を向けるということ、それ則(すなわ)ち俺の道に恥じること。

俺は……もう前世での失敗も、父さんを失ったことも……繰り返すわけにはいかない。

そのための最強の一撃を、全身全霊で放つ。【イビル】が届かないなら、それよりももっと強く！

行くぞぉっ！

俺は弓を構えて矢を番える。さらに、弓技の発動のために魔力保有領域(ゲート)を全開にして開く。

魔導機械(マキナアルマ)は俺の動きを見て、動き出す。魔導機械(マキナアルマ)の腕が再び振るわれ、拳を俺に向けて突き出してくる。

だが、これを避ける必要はない。

「待たせたな」

威圧感とか、威厳とか全部を集約したような雰囲気と声が俺の鼓膜を震えさせ、眼前に迫る魔導機械(マキナアルマ)を声の主が己の持つ長刀で受け切った。

「重いな」

ギルダブ先輩が笑みを浮かべて、魔導機械(マキナアルマ)の攻撃を完全に受け切っていた。俺でも吹き飛ばされたというのに、背後にいる俺にも衝撃が来ないように衝撃を逃がして受けている。さすがは最強の男……そして、この場でギルダブ先輩ほどここを任せられる人物はいない。

「さぁ、やれ」

俺はギルダブ先輩の胸を借りて、弓技の構築に集中していく。

風の元素が矢に回転を加えて貫通力を、火の元素が鏃を燃やして威力を、雷の元素が速度と威力……全ての力を底上げする。水の元素でスコープレンズを作り上げ、狙いをつける……が、これでは足りない。これだけでは、あの頑丈な魔導機械（マキナアルマ）の装甲を貫くには、壊すには、切り裂くには足りない。全く足りない……何もかも全て出し尽くせ……魔力だけじゃ足りないなら命を燃やせ。こいつを倒すには……ありったけの自分をぶつけるしかない。

「くっ……」

　全身から魔力がごっそりと抜けていき、直ぐに魔力枯渇に陥ったが、ここで膝をつくわけにはいかない。

　俺の構える矢は、嵐を呼び、雲行きの怪しかった空に雷鳴と豪雨をもたらした。赤く燃え上がる鏃が煌めき、矢の回転に合わせて大きな風が吹く……そして微弱に迸（ほとばし）っていた電撃が、空の雷鳴が轟くごとに雷が強くなる。

　さあ……行こうか。

　俺は臨界にまで達した力を解き放った。

「【バリス】！」

　瞬間……閃光が走ったかと思うとあたり一帯から光が消え去り、ただ一筋の光が爆音と衝撃を撒き散らしながら空間そのものを貫いて魔導機械（マキナアルマ）に向かって飛んでいった。

「ぬっ……くぅ」

　ギルダブ先輩もあまりの突風と衝撃に、魔導機械（マキナアルマ）から離れる。

　魔導機械（マキナアルマ）は迫り来る強大な力の渦に対抗すべく、その両腕を十字に構えた。

　矢の一閃が魔導機械（マキナアルマ）の防御の上から直撃し、凄まじいエネルギーを放出する。

　風が渦を巻き、それに合わせて電撃が迸る。ジリジリと頬を焼くような熱風が吹き荒れ、全てを呑み込む。

　ズガーンッと、轟音を立てて突き進む閃光は、魔導機械（マキナアルマ）を貫こうと牙を剝（む）く……対して、魔導機械（マキナアルマ）は徐々に後方へと押されてはいるものの、その硬い装甲をぶち破るには至っていない。

　まだだ！

　もっと強く！　もっと鋭く！

　まだ足りない！

　もう嫌なんだ！　悲しいのは！

全部を守ろうなんて大それたことは言わないから！

だから……俺は俺の守りたいものだけを守る力を！

それで今は十分だ!!

　全身の血が沸騰し、血管がはち切れ、肉がズタズタに裂けていく。それでも止まるわけにはいかない。

「おぉぉおお!!」

　そして……俺の視界がブラックアウトした。

■■■■■

「ぐっ……」

　ギルダブは、目の前で繰り広げられている凄まじいエネルギーの衝突に吹き飛ばされないように踏ん張り、腕で顔を覆って暴風から身を守っていた。

　明らかにグレーシュの放った矢は、達人級（マスター）に匹敵する威力を持っているはず……それを防いでいる魔導機械（マキナアルマ）は普通ではない。とてもオーラル皇国の技術力で作れるような代物ではない……まるでバニッシュベルト帝国の技術力で作られた魔導機械（マキナアルマ）だと……ギルダブは思った。

　やがて、グレーシュが倒れたのを見てギルダブはまずいと感じ、咄嗟に助けに入ろうとするとが……グレーシュが倒れてもなお止まらない【バリス】の力に不用意に近づくことすらできない。

「くっ……グレーシュっ」

　手を伸ばすも、グレーシュにまで届くわけがない。

　もうダメかと……そう思われたとき、突然【バリス】が鳴いた。どのような鳴き声なのか例えることができないような……聞いたこともない鳴き声で、ギルダブは思わず視線をグレーシュから【バリス】へと向けた。

　神々しい光を放って、ただ一直線に進む【バリス】……なぜかそれに見惚れたギルダブはある変化に気がついた。

「……なんだあれはっ」

　と、ギルダブは絶句した。

【バリス】の矢を中心にして、銀色に輝く何かが【バリス】を覆って翼を広げたのだ。その姿は……グリフォンのようにも見えた。

グリフォンは輝かしい光を放ちながら、【バリス】の勢いに合わせて、翼を羽ばたいて直進し、魔導機械（マキナアルマ）を貫いた。

■■■■■

「…………」

クロロはゼフィアンとの戦いの中で、幾度となく被弾し、その身に生傷を受けていた。一方のゼフィアンも、幾らかの擦り傷を受けているが、どちらも致命傷は受けていない。

しかし、二人の戦闘の過激さは呼吸の荒さから滲（にじ）み出ていた。

「くっ……はぁはぁ」

クロロは必死に空気を取り込もうとするが、経験したこともない緊張感の中で筋肉が強張り、肺が上手く機能していなかった。

ゼフィアンも険しい表情をして、自身に残された魔力を計算していた。

（まずいわねぇ……これ以上使うと、後の計画に差し支える……）

ゼフィアンの頭の中に逃げるという文字が浮かび上がったとき、丁度平原の方から銀色の光が発光したのが見え、ゼフィアンは何事かと顔を顰めた。

そして、自分の用意した魔導機械（マキナアルマ）の気配が消失していることに気がついた。

「そんなまさかっ！」

あの魔導機械（マキナアルマ）は、ゼフィアンが直々に地属性の魔術で作り上げた特殊な鉱物によってオーラル皇国の技術者に作らせた代物……その硬度はゼフィアンの達人（マスター）級の魔術ですら一撃で破壊することができないほどだ。

それが壊されるなど、あり得ない……そう踏んだゼフィアンは平原の方へと駆け出した。

「なっ……行かせません！」

クロロもその後を追って、山岳地帯跡を抜けて数キロ離れた平原に再び戻ってくると、思わず呆然とした。

「え……？」

共に戻ってきたゼフィアンとクロロは目の前の光景

に心底困惑していた。

二人の視界に見えるのは、巨大な風穴の空いた魔導機械(マキナアルマ)……そして、勝利の宣言をするギルダブの姿と戦いを終えた両軍の兵士たち、それぞれの喜びの姿と肩を落とす姿だった。

「やったんですね……グレイ君」

クロロは信じていた故に、この戦いの勝利を確信していたが……やはり、嬉しかった。

一方、ゼフィアンは風穴の空いた魔導機械(マキナアルマ)を見て、深くため息を吐いた。クロロはそれで、横に立つゼフィアンに言った。

「それで……まだやりますか？」

クロロとしては疲労困憊もいいところで、これ以上の戦闘は避けたかったが、やる気というのなら受けて立つ……と、一対の剣を構えるがゼフィアンは首を振って肩を竦めた。

「戦争が終わってしまったのなら……無駄に戦う理由もないわぁ。あーあ……まさか、あれが壊されるなんてねぇ……。おかげで計画がパーよ」

「【ゼロキュレス】の……発動ですか？」

クロロが問うと、ゼフィアンは嵐が去った後のような晴れやかな空を仰いで答えた。

「よく知ってるわねぇ……その通りよ。私はどんな手段を使ってでも【ゼロキュレス】を発動する……そのために全て捨てる覚悟があるわぁ」

会ったばかりのときのような、薄い笑みは浮かべておらず、その顔には憎悪や殺意といった感情が溢れ出ていた。思わずクロロは唾(つば)を飲み込み、頬に汗を一つ垂らした。

ゼフィアンは目を伏せると、今度は自分が問いかけた。

「あの魔導機械(マキナアルマ)を破壊したのは……あの子かしらぁ？」

「……っ！　グレイ君……」

ゼフィアンが訊いて初めて、クロロは血だらけで倒れるグレーシュを発見して絶句した。丁度そこへ、勝利宣言を終えたギルダブがグレーシュを抱いて走っていったので、クロロは不安になりながらも一つ安堵の息を漏らした。

「グレイ……そう言うのね」

ゼフィアンは何かするつもりなのか、視線を尖らせて言った。クロロはそんなゼフィアンに対して、同じように視線を尖らせて口を開く。

「グレイは愛称……彼はグレーシュ・エフォンスですよ。彼に何かするつもりなら……私が許しません」

カチャリと両手に握る刀と鞘が煌めいた。ゼフィアンは両手を上げて、首を横に振る。

「何もしないわよぉ……怖い怖い」

そう言いながらゼフィアンは、踵を返して最後にこう言った。

「できればもう会いたくないわねぇ……早漏は嫌いだから」

「っ!?　だから、私は女です!!」

そんなクロロの叫び声を無視して、ゼフィアンは影の中に姿を消した。

彼女が今度はどこで、争いの種を蒔くのか……それは誰も知る由のないことである。

＜グレーシュ・エフォンス＞

えっと……例の戦いから、早いもんで三週間くらいが経ったよ。

あの後……俺がユンゲルを倒したことで戦争は終結し、オーラル皇国の大敗で幕を閉じた。

オーラル皇国の皇妃とイガーラ王国の国王の間で色々と取り決めがされた結果、オーラル皇国はイガーラ王国の属国となることが決まったらしく、イガーラ王国はその国土を広げることとなった。

まあ、小難しい話は俺にはよく分からない……だから、とりあえず身辺のことについて話しておこうかな。

俺がユンゲルを倒したことは、アリステリア様の計らいで秘匿事項となったよ。変な貴族に目をつけられたら面倒らしいからね。俺も助かったよ……。

壊れたトーラの町の復興も進んでいて、もう直ぐで学舎も再開するらしい。それは嬉しいんだけどさぁ……ノーラとエリリーはもう別の町に引っ越しちゃったからねぇ……少し寂しいかな。

まあでも、これからまだまだ頑張らなくちゃいけないことがたくさんあるからね！

例えば、あの戦いの中で使えるようになったはずの無詠唱なんだけど……あれ以来、できてないんだよねぇーなんでだろー？　しかし、一度できたんだ！絶対できると信じて俺は、男の浪漫を追求していく所存だよ！

やっぱり、浪漫は大事だよね!!

「なにやってんの？」

「ん？」

俺が父さんの剣の前で手を合わせているときに、ソニア姉の声が背後からして、振り返ると不思議そうに首を傾げていた。

「で、何か用？」

俺は部屋の隅に置いてある剣から目を外して、身体ごとソニア姉に向けた。

ソニア姉は暫く訝しげにジッと見ていたが、直ぐに少しだけ不機嫌そうに言った。

「クーロンさんが訪ねてきてるよ」

ん？　クロロが？　どうしたんだろう……。

あの戦いの後でクロロやナルクといった義勇軍の主立った面々は事後処理やら恩賞やらの件で追われていたはずだが、何の用だろうと俺は首を捻った。

いや、まあそれも気になるけど……どうしてソニア姉は不機嫌なのだろうか。

「なんか……怒ってる？」

「別に」

「そ、そうですか……」

ふえぇぇぇ……怖いよぉ。

俺はなぜか不機嫌なソニア姉を尻目に、訪ねてきたというクロロに会うために玄関まで歩いていって、開けるとクロロが武装した姿で立っていた。

黒が基調のいつもの武装……刀の柄をキラリと光らせて、クロロが微笑を浮かべて立っていた。その背後にはアルメイサが俺に手を振っており、ワードンマが腕を組んで立っていた。

「久しぶりですね」

「はい。久しぶりです」

クロロに答えるように言った俺は、後手に玄関の扉を閉めて、クロロと向かい合った。クロロの方がずっと背が高いために、俺はクロロの顔を見上げるように視線を向けた。だからだろうか……クロロさんの豊かで豊かな豊かってる……そのぉ～アングルが豊かにグッショブ!!

俺は一つ咳払いしてから口を開いた。

「今日はどうしたんですか？　みなさんお揃いで」

後ろの二人にも視線を向けながら言うと、クロロは答えた。

「ええ。実は……色々と片付いてきたので私たちは今日あたりで、この町を出ようかと思いまして」

「え……？　町を出るって……」

「そのままの意味ですよ。私は冒険者……一つの町には止まれませんから」

クロロはそう言っているが、少しだけ名残惜しいような表情をしていた。

どうしたのだろうか。

クロロは視線を俺から外すと、気恥ずかしいように頬を染めてあたりを見回した。それから誤魔化すように咳払いすると続けた。

「なんだか寂しいものですね……背中を預けた戦友と別れるのは」

「そうですねー」

はたして、そういうものなのだろうか。俺としては……、

「クロロさんと別れるのは寂しいですね」

そう素直に思った。確かに戦友だが、クロロには色々と世話になってるし、戦友ってだけじゃない……俺はクロロに恩返しもできていないのに、こうして別れることになるのは残念だと思った。

クロロは俺の言葉を聞くと、少しだけ固まったかと思うとほんのりと頬を朱色に染めて、恥ずかしそうにモジモジとし出した。

なに？　トイレ？

「どうかしました？」

　俺が問いかけるとクロロが、「……い、いいえ」とだけ言って顔を逸らし、続けて言った。

「しかし、本当に残念です。私も冒険者である前に一人の剣士……グレイ君と一度は手合わせしたかったのですが、色々と立て込んでしまいましたからね」

「なるほど……それは確かに残念です。こう見えて、僕は負けず嫌いな性分なんですよ」

　ははははは～小心者だけど負けず嫌いなんだよ、僕は。負けず嫌いなのはゲームに限定してなんだけどね！

「ほう……」

　クロロも同じ性分なのか、朱色に染まっていたクロロの表情が一変して、不敵な笑みを作っていた。

　クロロもその気のようだ。

「では、こうしましょうか。私はこれからまた冒険者として世界を旅します……しかし、八年後にまたここに戻ってくることにします。グレイ君……貴方と戦うために」

　腰に帯びた刀の刀身を抜き放ち、切っ先を向けながらクロロは言った。俺もついついと笑みを浮かべながら、手を拳銃の形にして、人差し指をクロロに向けた。

「いいじゃないか。そしたら八年後……俺が大人になってからやろう」

　クロロは面白そうに微笑むと、どうしたのか俺を優しく抱擁してきた。それで、本能が薄れて理性が戻り、なんだか恥ずかしいことをしたなぁ……とちょっと後悔……。

「ど、どうしたんですか？」

　取り繕うように慌てて口を開いたが、クロロは対して穏やかに言った。

「なぜでしょう……やはり離れるのが惜しいと思ってしまいます。本当にどうしてでしょうね」

　クロロは俺から離れながら言うと、困ったように笑い、踵を返した。

「では……一時のお別れです。八年後……私をガッカリさせないでくださいね」

「もちろんだ」

あぁ……また、本能が……。

クロロは最後に、俺を一瞥するとそのまま歩いていってしまった。その背中を見送る俺の隣に、ソニア姉は自然に並び声をかけてきた。

「なんだって？」

「うん……ちょっと会う約束を、ね」

「ふうん？……」

ソニア姉は、それ以上は特に何も言わず、晴れやかな晴天の下……空を見上げてソニア姉は言った。

「私さ……治療魔術師を目指すよ」

「ん……？」

突然、そう切り出したソニア姉に俺は困惑した表情を見せた。それからソニア姉は俺の前に躍り出ると、手を後で組んで言った。

「ちょっとさ……森の方に入らない？」

「別にいいけど……」

本当にどうしたのだろうと、俺は首を傾げながらもソニア姉の後をついて歩いていく。するとソニア姉は鼻歌交じりに穏やかな微笑を浮かべて森を歩き出す。

「どうしたの？　随分と機嫌が良さそうだね」

「ん〜懐かしく思ってね。ほら、この森」

言われて俺はあたりを見回す。空の色も落ち葉の数も違うけれど、見たことのある風景が視界に広がっていた。

「あー」

「思い出した？　五年前くらいになるのかな……」

ソニア姉は感慨深いように森の中をジッと見つめる。もう……五年にもなるのか……。

「あのときのこと……あたしはまだよく覚えてるよ」

「うん……僕も」

「グレイがあたしを守ろうと前に出てくれたよね？ありがとね」

「な、何急に……」

ちょっと照れ臭い……しかし……、

「でも、僕たちを助けてくれたのは父さん……」

「そうだね……トーラの町が襲われたときも……」

「うん……」

どちらもアルフォード父さんが最終的には助けてく

れたんだ。だから、こうして俺たちは生きている。

「あと……あのときもごめんね。グレイはあたしやお母さんを守ろうと戦ってくれてたのに……拒絶するようなことしちゃって」

トーラの町が襲われたときのことか……。

「いいよ。気にしないでよ」

「うん……」

そこで会話が途切れてしまった。アルフォード父さんのことを思い出すと胸がチクチクとする。

ソニア姉もそれは同じなのか、胸を押さえている。

「グレイ……あたしはもう誰も失いたくない。大切な人を助けられるようになるために……だから、お母さんと同じ治療魔術師を目指すよ」

「僕も……いや、僕は大切な人を守るために父さんと同じ兵士を目指す」

森の木々の葉に光が反射し、その下に影を落とす。

その日、俺たちは約束を交わした。

守るために……救うために、お互い歩む道は異なるけれど、それでも目指す目標は同じ俺たちの約束。


―？？？の世界―


青色の光が美しく輝く。その光は淡く光り、下から上……地から天へと昇っていく。多くの光がそうやって昇っていき朝日が昇ってくる前の暁の空にその青色の光と同じ色をした星々が爛々(らんらん)と輝いている。その幻想的な世界の地面の一帯は淡い青色の光を宿した青色の花びらを咲かせている不思議な花々で埋め尽くされている。まさに幻想郷とも呼べるその世界でポツリと一人……暁の空を見上げていた。

その者は深い深い海の色をした長く……そして海が波打つかのようなウェーブのかかった髪を持っている。美しい顔と肢体は男共が妄想するような女性の象徴であり、妖艶なその姿を男が見れば一瞬で虜になるだろう。だが、そんな彼女の身体に一箇所……というか何箇所か人と言うにはそぐわない箇所があった。

耳の部分が魚のヒレのようになっていて、下半身は魚の尾……それは空想に出てくるような人魚の姿に酷似していた。肌は色白を通り越して真っ白に近く、所々鱗が見えている。

そう……彼女は人ではない。

「おい、ウンディーナ！　そんなところで何やってんだよ？」

と、彼女をウンディーナと呼ぶ男の声が背後から聞こえてきたため、彼女は振り向いた。振り返ると、茶髪の髪を長く伸ばした男が立っていた。長い前髪が顔の半分を覆い、整えていないのか、髪がボサボサだった。彼の肌は褐色肌で手がとても大きく、手甲に包まれていた。腕は長いが足は短いから背は高くない。そんな彼も人ではない。

「ノームルですわね。ちょっとこれを読もうと」

ウンディーナという女性は手に持っていた本をノームルという男へ差し出した。

「ん――――？」

ノームルが覗き込むように本の表紙を見つめる。本の表紙には、「グレーシュ・エフォンス」という人の名前が書かれていた。

それを見て、ノームルは顔を顰めた。

「おいウンディーナ……バベラの図書館から勝手に持ってきたのか？」

「なんです？　人聞きの悪いことを言わないでくださいまし。アタクシはちゃんとバベラに断って持ってきましたわよ」

ノームルは暫く訝しげな目で見ていたが、やがて納得したようにふっとため息を吐いた。

「そんで？　その本なんで持ってきたんだ？」

「この……グレーシュという子の辿る物語が気になりましたの」

「へぇー？　じゃあ、生者なんだ？　バベラの図書館からは何持ってきたの？　未来の書？　それとも過去の書？」

「過去の書ですわよ。未来を覗けるのは、もっと上位の神でないとできませんから。それじゃあ、アタクシは早速読みたいので、ノームルはサラマンドラやシルフィのところへ行ってらっしゃいな」

「え――――」

ノームルは不満タラタラな顔でウンディーナの顔を見る。

「だってサラマンドラもシルフィもどっか行っちゃったしさぁー。後はジェイーロンとかウィリ・オーもいないんだよなー」

ウンディーナは肩を竦めた。

「なら、フラルカやヴォルフは?」

「あいつら怖いんだもん!」

「はぁ……仕方ありませんわね。じゃあ、一緒に読みましょうか」

「うし、きた」

ノームルはそう言ってウンディーナと一緒にその本を開いた。

＜主要人物纏め＞

○グレーシュ・エフォンス
男性　八歳　人族黒髪（コクヨウ）種

■■■■■

○ソニア・エフォンス
女性　一四歳　人族金髪（コンゴウ）種

■■■■■

○アルフォード・エフォンス
男性　三八歳　人族黒髪種

○ラエラ・エフォンス
女性　三四歳　人族金髪種
■■■■■

○ノーラント・アークエイ
女性　八歳　人族茶髪(グラン)種
■■■■■

○クーロン・ブラッカス
女性　五六歳　人族夜髪(コクヤ)種
■■■■■

○エリリー・スカラペジュム
女性　八歳　人族黒髪種
■■■■■

○ギシリス・エーデルバイカ
女性　三八歳　獣人族犬耳(イヌミミ)種
■■■■■

○ソーマ・アークエイ
男性　三八歳　人族茶髪種
■■■■■

○ギルダブ・セインバースト
男性　一八歳　人族黒髪種

■■■■■

○アリステリア・ノルス・イガーラ
女性　一四歳　人族金髪種

■■■■■

○ゼフィアン・ザ・アスモデウス一世
女性　一〇〇〇歳くらい　魔族色魔(サキュバス)種

■■■■■

○ワードンマ・ジッカ
男性　三六歳　妖精族炭鉱(ドワーフ)種

■■■■■

○アルメイサ・メアリール
女性　??歳　人族紫髪(ライティ)種

■■■■■

○ナルク・ナーガブル
男性　??歳　人族赤黒髪種

その本の物語は……主人公がこの世界に生を受けてから始まる物語。まだ、八年分の物語……これからもまだ物語は描かれていく。

第四章

閑話

〈ソニア・エフォンス〉

あたしは戦争の後、お母さんと同じ治療魔術師を目指すために勉強を始めた。と言っても、学舎は暫くお休みだから独学ということになる。

まず、治療魔術師になるには神官にならなくてはならない。神官になるには教会で神官試験に合格し、そして神に誓いを立てなくてはならない。

神官試験というのは神聖教の教典を覚え、それを暗唱すること。神聖教の教えを理解して初めて神の御前で誓いを立てられるというのだ。

あたしはお母さんが使っていた教典を貰い、それを必死に暗唱する毎日を送っていたある日の朝……。

「ソニー？　あまり無理をしちゃダメだからね？」

と、教典をテーブルに開いて暗唱していたあたしのところにお母さんが心配そうな顔で言ってきた。

「大丈夫だよ。でも……ちょっと休憩しよっかなー？」

あたしは肩が凝っていたので身体を少し伸ばす。

ずっと座って読んでいると疲れる……。

ん～ちょっと目も疲れちゃったなぁ。あたしが自分の肩をトントン叩いていると不意にあたしの肩に小さな手が置かれた。振り返ると、あたしの後ろにグレーシュがいた。グレーシュはあたしの肩に置いた手を動かして肩を揉み始めた。

それであたしはグレーシュのやろうとしていることに気がついて思わず笑みが溢れた。

「ありがとっ、グレイ」

「うん」

グレーシュは短く返事をして、あたしの気持ちのいいところを的確に揉んでくれる。

ふぅー……目の疲れも取れそう……次第にあたしは少し眠たくなってきた。ウトウトする目を擦り何とか起きようとしたがお母さんがそっとあたしの頭を撫でてきたのでそこで意識が飛んでしまった……。

起きたときにはお昼になっており、あたしの肩に毛布がかけてあった。お母さんは買い物にでも行ってしまったのか家にはいない……。

グレーシュはあたしの向かいの椅子に座って、あたしが読んでいた教典を読んでいる。

「あ、起きた？」

「うん……ごめんねグレイ」

あたしが毛布を畳みながら言うと、グレーシュは手を身体の前でフリフリして、「気にしないでよ」と言った。

「これ……面白いね」

「ん？　教典が？　そうかなー？」

「うん。神聖教って多神教なんだね」

「あぁ……そうだよ。神聖教って……」

と、あたしは今まで覚えたことをグレーシュに教えてあげた。神聖教の教えや神聖教で信仰される神様についてだとか色々……。

そして、あたしが気づいたときには全部暗唱できていた。

「あ……」

「ん？　どうしたの？」

グレーシュが急に黙りこくったあたしを、不思議そうに見ている。あたしは慌てて取り繕うように笑って、「大丈夫」と言った。

グレーシュは意図してやったことじゃないかもしれないけど……それでもあたしは今グレーシュのおかげで暗唱できてしまった。

「ふっふっふ〜ん」

「ん？　なんか機嫌良いねお姉ちゃん」

夕食のときにあたしが鼻歌を歌っているとグレーシュが少し笑って言った。もちろん、あたしが、機嫌がいいのは暗唱できてしまったからだ。

本来ならもっと時間がかかるはずなのだが……お母さんに教えたら目を丸くしていた。ちょっと嬉しい……。

「ソニーは教典が暗唱できて嬉しいのよね〜？」

「う、うん……」

実際にそうなのだが、改めて言われると気恥ずかしいものがあった。あたしは思わず赤面して俯く。グレーシュはそんなあたしを微笑ましい目で見つめていた。

「な、何よ……生意気っ」

「あ、いたいいたい」

無性に腹が立ったあたしはグレーシュの頬を引っ張った。そのときのグレーシュの顔が少し面白くてつい笑ってしまった。

「もうーいきなり何するんだよ」

「生意気な態度をとったからだよ」

「えーーー」

グレーシュは不満そうな声を上げているが、少し楽しそう。あたしも楽しい……だからふと思い出す。

夕食の席にぽっかりと空いた空席に座っていたお父さんのこと……だからといって悲しんだりはしない。もう涙は枯れてしまった。

十分に泣いた……だからあたしは前を歩きたいと思うの。治療魔術師になって、色んな人を助けたい……だからお父さん……あたしを見守っていてください……。

あたしは空席にそう願い、食べ終えた食器をグレーシュと一緒に片付けた。そして直ぐにあたしたちは寝室に入った。

「それじゃあ、もう寝るからね」

お母さんはそういって部屋の蠟燭(ろうそく)をふっと吐いた息で消す、寝室は暗くなりあたしは眠るために目を閉じた。

暫くして先に隣から寝息が聞こえ始め、あたしは目を開けてチラリと隣でぐっすり眠っているグレーシュに目を向ける。お昼まで寝ていたため頭がまだ冴えている。眠れないのだ。

暗闇になれた目が隣のグレーシュの顔を捉え、あたしは思わず吹き出しそうになった。

ぐっすりと眠っているグレーシュの顔がとても無邪気な寝顔なのだ。それは年相応の可愛らしいもので……あたしは思わず毛布から腕を伸ばし、グレーシュの頭に手をやった。

くすぐったいくらいの感触の髪を触った後にあたしはグレーシュの頬に手を添える。

「グレイ……」

あたしの弟……カワユス……ちょっと添い寝してもいいよね？　いいよね？　大丈夫だよね？

あたしはモゾモゾととなりの布団に移動する……と、パチリとグレーシュと目が合った。

「ひっ……」

それであたしは我に返り驚いて叫びそうになったところをグレーシュが慌てて、その小さな手であたしの口を押さえてくれた。あたしが落ち着くとゆっくりと手を離し、あたしに微笑みかけた。

「なにやってるの？」

「……そ、添い寝」

あたしが正直に白状するとグレーシュは、「そっか――」と言ってまた眠りに入り寝息を立て始めた。

あれ？

「も、もしかして……寝言？」

そんな寝言があり得るのか……いや、寝ぼけていたのか……あたしは安堵の息を吐いた。

バレないようにもう自分の寝床に戻ろうかと考えたとき……あたしは目の前にある可愛い弟の寝顔を見てしまいまたキュンっとなってしまった。

カワユス……抱きしめるくらいはいいよね？　よし……。

最初は少し控えめに……でも起きないと見てあたしはさらに強くグレーシュに抱きつく。ふぅ……なんだろう……お父さんに……似て、て……そっ……か、家族だもんね……。

あたしは、そのまま眠ってしまった。

次の日の朝になるとグレーシュが、「どういうこと？」と呟いたのを微睡(まどろ)みの中で聞いたのを覚えている。

ごめんね……グレイ……。

＜クーロン・ブラッカス＞

戦争も終わり、その他諸々も一段落(いちだんらく)……そろそろ私も冒険者稼業に戻るべきかと思い始める今日のこの頃。

私はこのトーラの町を未だ離れられずにいた。いつまでも未練たらしくトーラの町に居座る私に冒険者稼業でこれまで一緒に旅をしてきたパーティーのメンバーが揃って呆れたようにため息を吐いた。

「なぁ、クロロや？　そろそろ冒険者ギルドでクエストでも受けないと金がなくて宿屋に泊まれなくなってしまうのじゃが」

「わ、分かってます……」

だが、それはつまりこの町を出るということ。戦争の被害でトーラの町のギルドも復興作業中であり、クエストは簡易的な物しかなく懐の足しにもならない。

だから他の町に移ってクエストを受ける必要があるのだが…私はどうしてもそれを渋ってしまう。

「はぁ……」

パーティーメンバーの一人であるワードンマ・ジッカという男は呆れたようにもう一度ため息を吐く。

私は申しわけない気持ちと気まずさでテーブルの上にある酒の注がれた木製の器の取っ手を掴みグイッと酒を胃に流し込む。

トーラの町の酒場は被害がなく、支給品やらで稼働できている。そのおかげで私はこうして酒を飲んでいる。

酒を飲む私をワードンマの隣で見ていた二人目のパーティーメンバーである女性……アルメイサ・メアリールはワードンマと同じようにため息を吐いた。

な、なんですか二人して……。

「クロロちゃんはどうしてこの町から動けないの？　こんなの……冒険者ならいつものことでしょ？」

その通りだ。冒険者にとって町というのは一期一会（いちごいちえ）。といっても絶対に同じ町に行かないわけではないが、多くの繋がりを持つために冒険者というのは色々な町に行き、仕事を受ける。

それは一定の居場所を持たない冒険者にとって、生きるための最後の手段。仕事で得た繋がりで私たち冒険者は生きている。

冒険者というのはそういうものだ。だからこそ、一期一会であり別れはいつものこと……私はそれを何度も何度も経験してきている。

　そんな私がこの町を離れたくない理由……それは口にするのも考えるだけでも恥ずかしいことだが……。

「……そ、その……」

　私が言い渋っていると訝しげに私を見ていたアルメイサが突然口角を吊り上げてニヤリと笑った。

「あれれ～？　クロロちゃん？　顔を赤くしてどうしちゃったの～？」

「えっ⁉」

　私は思わず自分の顔を確かめる。熱い……顔が赤くなっていたのは本当だった。

「そっか～なるほどね～」

「ん？　どうしたのじゃアルメイサ？」

　不思議そうに首を傾げて尋ねるワードンマを無視し、アルメイサはただただニヤニヤと私を見つめてくるだけだ。

　そして徐にアルメイサが口を開いた。

「男だね！」

「男～？」

　アルメイサが高々といった言葉にワードンマがさらに呆れた顔でそれを眺めた。それが癇に障った様で、アルメイサは隣に座るワードンマのつま先を踵で踏み潰した。

「いたいのじゃ！」

　悶絶するワードンマを他所にアルメイサはニヤニヤと私を見つめる。

　い、居心地が悪い……。

「ねぇー？　そうなんだよね？　クロロちゃん？」

　どうしよう……確かに男関係の問題ではある。でも男は男でも男の子……あの子のことを考えるとどうにも動悸が早まる。

　どうしようか……どう答えようか私が考えあぐねているとアルメイサがグイグイと身体を寄せてきた。

「で～？　名前はなんて言うの？」

「うっ……ぐ、グレーシュ……」

　私は思わずその名前を教えてしまった。そして口にした瞬間に私の顔も赤くなってしまった。

　ど、どうしてこんなにドキドキするのか……私には分からなかった。割と長い年月を生きてきた私だがこんな気持ちになったのは生まれて初めてだった。

「ふぅ〜ん？　うふふふふ」

アルメイサは心底楽しそうに笑う。と、隣で暫く悶絶していたワードンマが話だけは聞いていたのか割り込んできた。

「クロロが男ね。ないじゃろ？」

「はぁ？　ちょっと黙ってくれる⁉」

アルメイサが本気でそう叫んだが、ワードンマは耳を塞いで軽く流した。

「よく考えてみろ？　クロロは超イケメン貴族から求婚されても断るくらい無欲で、生真面目な女じゃぞ？　そんな女が今更どんな男に惚れるのじゃ？」

「ふむ……確かに……。でも、もしかしたらクロロちゃんがショタコンという可能性もあるわよね」

「え？　なんですかそれ⁉　違いますよ！」

「だって好きなんでしょ？」

言われて私は固まった。好き？

私がグレーシュのことを？

それは……、

「違う……気がします。私がグレーシュに向けているこの気持ちは好きとは違う気がします……好きか嫌いかで言われたら好きですけど……」

「だったらあれじゃな。そりゃあ、弟みたいに思ってるだけじゃろ？」

「「え？」」

私はアルメイサと声を重ねてワードンマに視線を向けた。

「だって、そうじゃろ？　好きだけど恋愛感情じゃないってんなら弟として好きってわけじゃ。よくある話じゃぞ？　小さい子供ってのはそんな風に感じるもんじゃ」

もしワードンマが、私が持つ気持ちを少女に持っていたら危ない気がするが……しかしなるほど。

「私はグレーシュのことを弟として好きだったんですね！」

なんだか私は晴れなかった気持ちが晴れた気がした。

では、そろそろ離れることにしましょうか……少し名残惜しいですけど……。

それから私がグレーシュと約束を交わしたのは翌日のこと……八年という期間は私にとって長い時間ではないけれど……早くもう一度会いたいものです。

＜アリステリア・ノルス・イガーラ＞

戦争終結後……その事後処理に追われていたわたくしは、やっと来た休日にわたくしの夫となるお方と気晴らしにデートに行くことになった。誘ってきたのはわたくしの未来の夫……ギルダブ・セインバースト様だ。ギルダブ様はとても凛々しく……そして強くカッコいいのですわ！

平民という身分でありながらトーラの学舎では身分にかかわらず多くの支持を持ち、ギルダブ様を密かに慕う女子生徒や憧れる男子生徒は後を絶たなかったという……。

わたくしはそんな中の一人に過ぎなかった。わたくしがギルダブ様と出会ったのはほんの偶然……わたくしがトーラの学舎の庭で髪を留めていたリボンを結び直しているところで突然吹いた風にリボンが飛ばされてしまったのだ。そして、それをギルダブ様が取ってくださったのが出会い……あぁ、ギルダブ様のあの凛々しいお姿にわたくしは一目惚れしてしまったのですわ！　しかし、わたくしは王族に纏わる貴族でありギルダブ様は平民。許されない恋だと知りながら、それでもわたくしはギルダブ様をお慕いし続けた……。

いつしかわたくしに好意を向けてくれるようになったギルダブ様も、わたくしに相応しい男になると言って元からお強かったその身をさらに鍛えた。

そんな努力が伝わったのか、周囲の人々も次第に身分の垣根を越えたわたくしたちの愛を応援し始めてくれた。

そんなところで一人の貴族の男子生徒が現れるのですけれど……この話はまた今度でいいですわよね？

今はとにかくギルダブ様とのデートのために気合いをいれなくてはなりませんのよ！

わたくしは侍女のアンナに手伝ってもらい、しっかりと綺麗に粧してもらった。一応、お忍びで王都の町を歩くので町娘に見える格好となっている。

白のワンピースに白い帽子……金髪もしっかりと整えて完璧！

「行ってきますわ！」

「はい、行ってらっしゃいませお嬢様」

アンナに続き、アイクも言ってわたくしを町へ送り出した。今回、護衛はつけない。

ギルダブ様がいれば護衛が必要ないのだ。そういえば、貴族であるわたくしになぜ軍の兵士二人が護衛に付いているか……というのもまた次の機会で……。

わたくしはルンルンとスキップしながらギルダブ様との待ち合わせ場所である王都の王城門前までやってくる。すると、ギルダブ様が仁王立ちで立っていた。門番の兵士がギルダブ様の威圧感に萎縮していますわね……。

というか仁王立ち……恋人を待つ態度じゃない気がしますわ!?

でも、ギルダブ様はそういうことに疎いために配慮ができない。ギルダブ様はモテるのに女性経験が全くない……しかも、あの真面目な性格故に全てに全力を尽くそうとする。

熱い男といえば聞こえはいいのだが、些か熱すぎる……。

まあ、わたくしはそんなギルダブ様が大好きなのですけれどね！

わたくしはギルダブ様の元へスキップしながら向かう。門番がまずわたくしに気づいて一礼する。

それでギルダブ様はわたくしに気がつき頬を緩ませた。あぁ……ギルダブ様がそんな穏やかな表情を向けるのがわたくしだけだというのを知っている分……こうーなんですの？

幸福感というか……とにかく幸せですわ!!

わたくしはギルダブ様がとても愛おしく感じ人の目があるのにもかかわらずギルダブ様に抱きついた。

「む、似合っているぞアリステリア。お前は白い召し物がよく似合う」

「本当ですの？　ありがとうございますわ！」

褒められたのが嬉しく、わたくしはついもっと強くギルダブ様を抱きしめてしまった。

が、ギルダブ様の身体はとても硬くわたくしの力程度ではビクともしない。男らしい身体ですわ……。

「それでは歩こうか」

「はい！」

ギルダブ様から離れ、わたくしはギルダブ様の隣に立ち一緒に歩き始めた。

ギルダブ様の歩調はゆったりとしていてわたくしに合わせてくれているようだ。ギルダブ様は経験がないのに、こういう細かい気配りができてしまうのだ。

強いのに、それを鼻にかけない心優しいお方……そしてわたくしの未来の夫。でも、ギルダブ様が優しく……そして気を配ってくれるのはわたくしだけだと知っている。

以前に女性の方々に迫られているのを偶然にも目撃してしまったのですけれど……どうもその方々がしつこいらしくギルダブ様は「しつこい」と……とても冷たい声音でいい放ったのですわ！

あ……またギルダブ様に抱きつきたく……。


我慢ですわ！


わたくしとギルダブ様は、そのまま町の中を散策し、色んな店に立ち寄った。珍しい物や美味しい物がたくさんあり、わたくしはとても有意義な休日を過ごせた。

そして鐘が三回鳴った頃……そろそろ帰ろうかという雰囲気になったところでギルダブ様が徐にわたくしの手を握り、そしてわたくしの目の前でひざまずいた。

「えっと……ギルダブ様？」

「アリステリア……俺と結婚してくれ」

「え？」

唐突のプロポーズ……そして気がついたら手のひらには銀色の指輪があった。貴族であるわたくしからしたらとても安物の指輪にしか見えない……。

　でも、この指輪は大好きな人がプロポーズで贈ってくれた物……それだけで安物の指輪がとても大事な宝物となった。

「ぎ、ギルダブ様……」

　ここは橋の上で、川が流れている。夕焼けの空がムードを高めている……最高の情景……。

　こ、この状況はもうあれしかないですわよね？

　もう既に一度しているが、あれ以来していない〝キス〟……わたくしはこの唇を再びギルダブ様に奪われるのかと思うと次第に顔が火照(ほて)ってきた。

　身体も熱くなって、動悸が早まる。心臓の鼓動がドクンドクンと脈打ち、目の前に佇むギルダブ様に聞こえてしまうかもしれない。

　わたくしは震える唇で一言、「はい……」と答えた。

　ギルダブ様はわたくしの答えを聞くとゆっくりと唇を近づけてくる。わたくしはそれで肩を震わせながらも目を閉じ、その瞬間を今か今かと待っていると……、ポンポンとギルダブ様がわたくしの頭を撫でるように優しく叩いた。え？

「うむ。お前の答えが聞けてよかったぞ。お前が成人したら直ぐにでも結婚しよう」

　と、ギルダブ様は満足そうな顔で今までに見たことがないくらいの笑顔でわたくしに言った。

　えっと……それは分かりましたけど……き、キスは？

　わたくしが困惑した顔で見ているとギルダブ様が頭上に疑問符を浮かべた。

「む？　どうしたのだ？」

　こ、このお方は本当に分かってらっしゃいませんの⁉

　わたくしはブチリと怒りを露わにして口を開いた。

「もう！　雰囲気をぶち壊してくれましたわね⁉　今のはキスする場面ですわよ！　ギルダブ様！」

「む？　そうか」

　わたくしがプンスカプンスカと怒っているとギルダブ様がわたくしの腰にサッと腕を回し、そして唇を重ねてきた。

　一瞬の出来事にわたくしは身体を硬直させ、動きを止めた。

やがて長い長い間唇は重ねられたまま……この後に、「今更遅いですわ！」とか、「雰囲気が台無しですわ！」とか抗議しようとしていたことすら忘れ、この甘美な時間に身を委ねた。

やがてギルダブ様が唇を離すと、わたくしの怒りは霧散してしまった。

「悪かったな」

「いえ……雰囲気は台無しでしたけれどっ」

わたくしは言いながらギルダブ様の腕に抱きつく。

「わたくしはムードよりもやはり……ギルダブ様と一緒にいられるだけで……それだけで幸せですわ！」

「うむ。俺もだ」

「なにより、さっきのはギルダブ様らしいですし」

「うむ。さっきの怒ったアリステリアもな……アリステリアらしかったぞ」

「怒ったわたくしがわたくしらしいって……ギルダブ様の中のわたくしらしさを教えて欲しいですわ……」

わたくしが呆れた顔で言うとギルダブ様が真顔で答えた。

「うむ。俺の可愛い嫁だが？」

それはらしさとはまた違う気が……。

まあでもいいですわよ……それがギルダブ様らしさですものね！

こうしてわたくしの休日は過ぎていった。

一兵士では終わらない異世界ライフ／完

あとがき

皆様、お初にお目に掛かります。やおいさんという者です。

すみません……名前に、「さん」など付いてしまっていて……。

本作、『一兵士では終わらない異世界ライフ』では家族や仲間を中心に戦争をテーマにして、戦いを描いていきます。主人公である転生者グレーシュは、父親のアルフォードの背中を見て兵士を目指します。色々な理不尽から守りたいものを守れるだけ強くなるためにたくさんのことを学ぶことになります。

続編では、時間は飛んで八年……この世界での成人となったグレーシュが、兵士になるために王都へと向かいます。治療魔術師を目指して同じく王都へ行くソニアも交え、あの子たちが帰ってきます。新しいヒロインも加え、グレーシュがいよいよ兵士となって戦場を駆け抜けていきます。

本編もそうですが、個人的にはギルダブとアリステリアのカップリングが好きだったりします。ギルダブの独特な雰囲気が書いていて面白いですね！　できたら、アリステリアを弄り倒していきたいところですが……。

この先には、まだまだ強大な敵が待っています。その猛者たちや、戦争の理不尽に抗うために八年の歳月に努力を費やしましたレベルアップしたグレーシュにご期待ください。

ここで、今作を出版するにあたってご尽力してくださった方々に謝辞を！

イラストを担当してくださったfu-ta様……素晴らしいイラストをありがとうございました！　アクションの多い作品で、大変申しわけありません！

最後に、本作を手にとっていただいた読者の皆様に最大級の感謝を申し上げます。本当にありがとうございました！

やおいさん

人物設定資料

fu-ta先生により描かれた「一兵士では終わらない異世界ライフ」に登場する、キャラクターたちの設定ラフ絵を公開！

アルフォード・エフォンス
男性　人族黒髪種
第一章：30歳～33歳
第二章：36歳
第三章：38歳

ラエラ・エフォンス
女性　人族金髪種
第一章：26歳～29歳
第二章：32歳
第三章：34歳

ソニア・エフォンス
女性　人族金髪種
第一章：7歳～9歳
第二章：12歳
第三章：14歳

ギシリス・エーデルバイカ
女性　獣人族犬耳種
第二章：36歳
第三章：38歳

エリリー・スカラペジュム
女性　人族黒髪種
第二章：6歳
第三章：8歳

ノーラント・アークエイ
女性　人族茶髪種
第二章：6歳
第三章：8歳

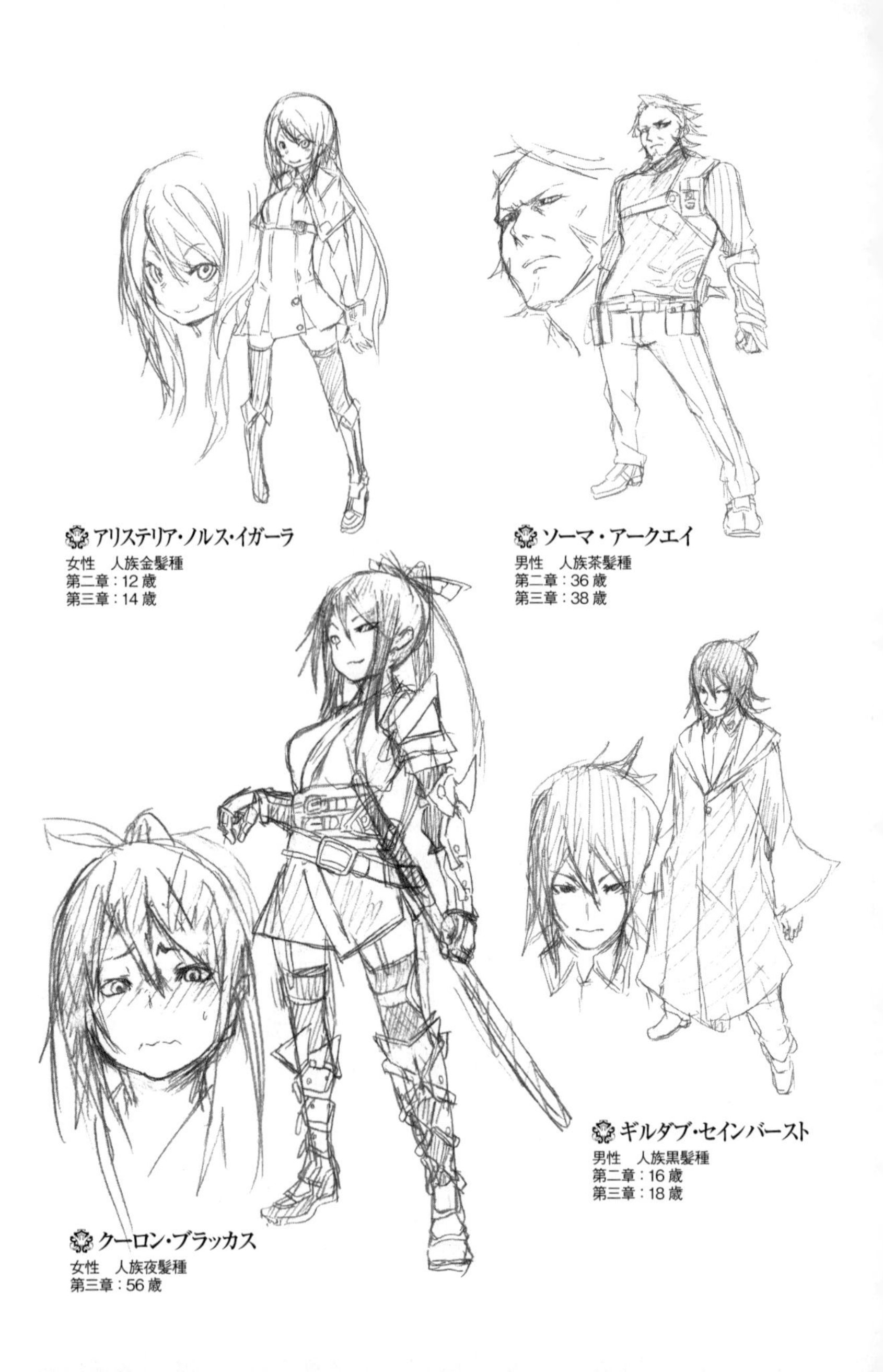
アリステリア・ノルス・イガーラ
女性　人族金髪種
第二章：12歳
第三章：14歳
ソーマ・アークエイ
男性　人族茶髪種
第二章：36歳
第三章：38歳
ギルダブ・セインバースト
男性　人族黒髪種
第二章：16歳
第三章：18歳
クーロン・ブラッカス
女性　人族夜髪種
第三章：56歳

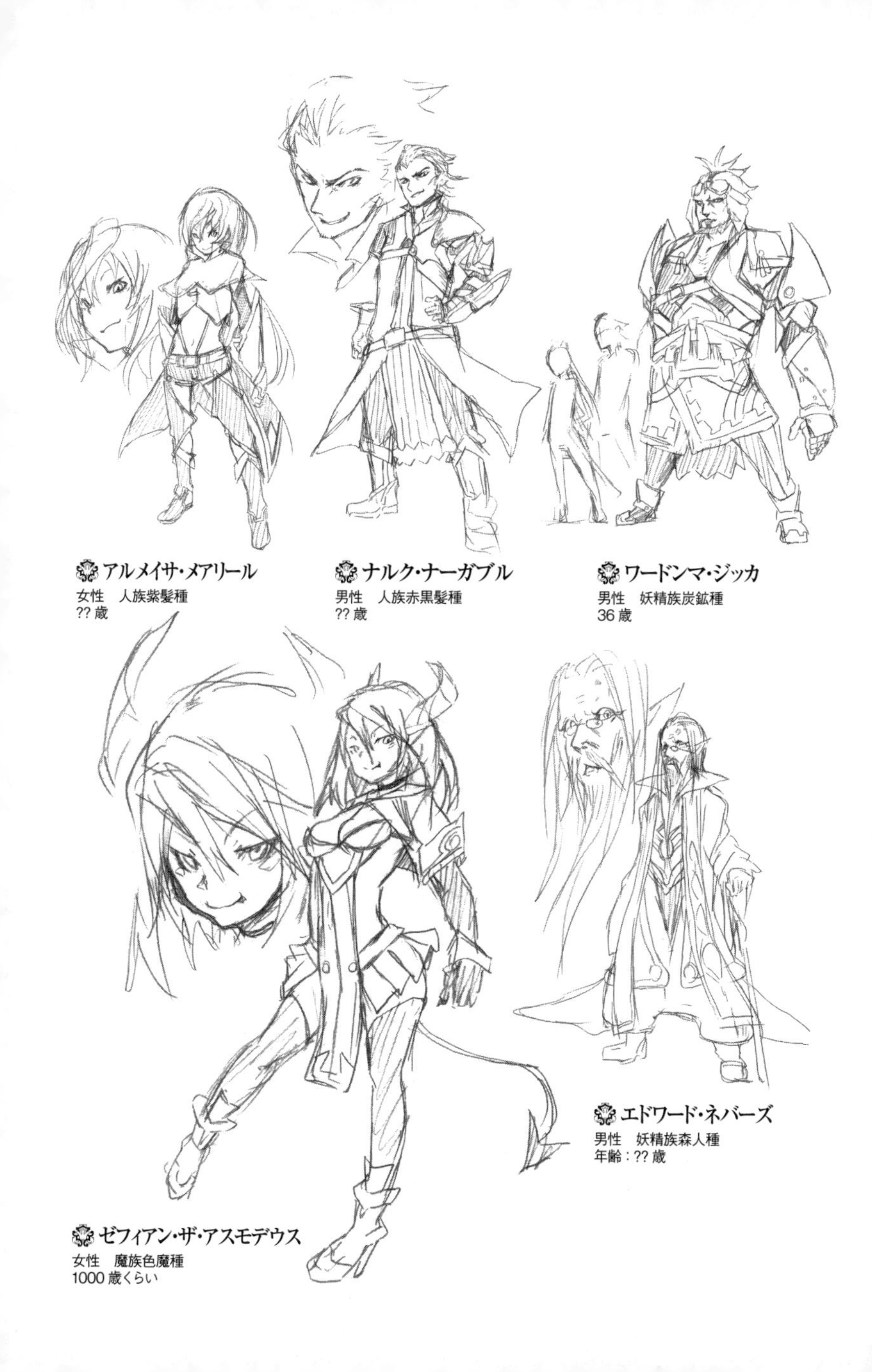
アルメイサ・メアリール
女性　人族紫髪種
?? 歳
ナルク・ナーガブル
男性　人族赤黒髪種
?? 歳
ワードンマ・ジッカ
男性　妖精族炭鉱種
36 歳
エドワード・ネバーズ
男性　妖精族森人種
年齢：?? 歳
ゼフィアン・ザ・アスモデウス
女性　魔族色魔種
1000 歳くらい

一兵士では終わらない異世界ライフ

発行日　2016年7月24日 初版発行

著者 やおいさん　イラスト fu-ta

発行人　保坂嘉弘

発行所　株式会社マッグガーデン
〒102-8019 東京都千代田区五番町6-2
ホーマットホライゾンビル5F
編集 TEL：03-3515-3872　FAX：03-3262-5557
営業 TEL：03-3515-3871　FAX：03-3262-3436

印刷所　株式会社廣済堂

装　幀　坂本知大

本書は、「小説家になろう」(http://syosetu.com/) 作品に、加筆と修正を入れて書籍化したものです。

ISBN978-4-8000-0591-5 C0093